KB162853

Re:제로

Re: Life in a different world from zero

부터 시작하는 이세계 생활

현재, 과거
The present and the past

「──다 들리거든요. 마음을 터놓았다고 생각한다면 착각입니다.」

「우──!」

Re: Life in a different world from zero

The only ability I got in a different world "Returns by Death"
I die again and again to save her.

CONTENTS

Re:제로

Re: Life in a different world from zero

부터 시작하는 이세계 생활

26

나가츠키 탓페이 지음

오츠카 신이치로 일러스트

표지 · 본문 일러스트
오츠카 신이치로

프롤로그 『감시탑의 사람들』

1

──그것은 나츠키 스바루가 의식을 잃고 『녹색 방』에서 몸을 쉬고 있을 때의 사건. 에밀리아에게 안내받은 일동이 플레아데스 감시탑의 1층으로 올라간 직후의 일이었다.

「──그대, 탑의 정상에 오른 자. 1층을 밟은 전능의 청원자여.」

일동은 마중하는 목소리를 듣고, 마중하는 상대를 보고 말을 잃었다.

그럴 수밖에. 거기서 기다리는 것은 푸른 비늘로 몸을 감싼 거대한 용── 그것도 루그니카 왕국에서는 모르는 사람이 없는 전설 속 존재였으니까.

"화들짝 놀랐지? 1층에 올라와 봤더니 볼카니카가 기다리고 있더라. 나, 엄─청 놀라서…….."

"자자, 잠깐, 잠깐 기다리는 것이야. 노, 놀랐다는 말로 끝내도 될 이야기가 아니라고?!"

1층에 자리 잡은 『신룡』을 앞두고 베아트리스가 침을 튀기듯 꽥 소리쳤다. 파닥파닥 손을 휘두르며 눈이 휘둥그레졌지만, 기겁한 것은 베아트리스만이 아니었다.

  "이, 이건……."

  "하아~ 아무리 나라도 이건 예상 밖이었데이. 뭐꼬. 『신룡』 씨는 대폭포 너머에 있다고 그러지 않았나?"

  "그렇게 듣기는 했었지. 『용력석』의 예언에 따르면, 왕선의 결말이 나는 해, 새로이 루그니카 국왕이 된 아나와 맹약을 다시 맺으려 나타난다고 했었을 거야."

  평소 태연한 아나스타시아도 이만한 상대를 마주하자 식은땀을 감추지 못했다. 그 목덜미에서 목도리 상태인 에키드나의 목소리도 살짝 들뜨고 있었다.

  "──위대한 용이자 우리의 왕국을 수호하시는 『신룡』. 긴 세월에 걸쳐 맹약을 준수하며 많은 것을 내려 주신 구원의 담당자, 볼카니카 님께 무례를 범했습니다."

  여성진의 반응보다 뒤늦게 하얀 기사 복장의 인물── 율리우스가 앞으로 나서더니 『신룡』을 향해 기사검을 바닥에 놓는 가장 깍듯한 예의를 보여 최대한의 경의를 표했다.

  친룡왕국을 섬기는 기사의 예절에 대해 볼카니카는 금빛 눈을 가늘게 뜨고는 말했다.

  「──나는 볼카니카. 옛 맹약에 따라 정상에 오른 자의 뜻을 묻겠다.」

  "옛! 저의 몸, 저의 신의는 전부 여기 계신 아나스타시아 호신

님께 바쳤습니다. 차기 왕, 차기 맹약은 반드시 아나스타시아 님께서…… 큭."

"유, 율리우스, 우는 기가?"

"죄, 죄송합니다. 『삼영걸』의 한 축, 레이드 아스트레아와 말을 주고받은 것만으로도 모자라 『신룡』 볼카니카와 대면할 수 있었습니다. 루그니카 왕국의 기사로서, 이보다 더한 영예가 있을까요. 이 탑은…… 대체 어떤 곳이란 말인가."

눈꼬리에 맺힌 눈물을 훔친 율리우스가 황공함에 목소리를 떨었다.

그런 율리우스의 감동에 찬물을 끼얹은 것 같아 약간 서글픈 심정과 함께 에밀리아가 "저기 있지……." 하고 어렵게 입을 열었다.

"율리우스가 엄—청 기뻐하고 있어서 말하기 어렵지만……."

「──그대, 탑의 정상에 오른 자. 1층을 밟은 전능의 청원자여.」

"잠만 기다리그라. 방금 말, 아까도 들은 것 같은디."

반복되는 용의 말을 알아챈 아나스타시아의 한마디에 에밀리아는 체념했다.

"저기 있지, 볼카니카 말인데……. 여기서 너무 기다린 탓에 엄—청 건망증이 심해진 것 같아. 몸은 건강하니까, 날뛸 수는 있지만……."

저 용의 강함은 진짜배기지만, 그 정신은 오랜 세월의 흐름에 버티지 못했다.

『신룡』은 1층의 시험관으로서 에밀리아를 막아섰지만, 에밀리아가 모노리스에 도달하자 역할을 마쳤는지 또다시 애매모호한 원래 상태로 돌아가고 만 것이다.

덤으로 『시험』은 끝났는데도 다시 『시험』 이야기를 내내 하고 있다.

"위, 위대한 『신룡』이, 노망이 들었다고⋯⋯?"

"유, 율리우스, 진정하그라? 자, 쪼매 지쳤제? 앉그라, 앉아."

에밀리아의 말을 듣자 율리우스가 거대한 충격에 휘청거렸다.

레이드에 이어서 조우한 두 번째 전설도 기대와 달라 허망한 심정에 무릎이 떨렸다.

에밀리아도 눈을 반짝반짝 빛내던 율리우스를 실망시키고 싶지는 않았지만——.

"에밀리아, 아마 그게 아닐 것이야. 이건 건망증에 걸린 게 아니야."

"응?"

"에키드나, 너도 느끼고 있을 테지. 이 『신룡』의 상태는⋯⋯."

"그렇군. 잘 보면 명백해. 이것은 정신의 마모가 아니라, 영혼이 빈 거다."

"영혼이, 비어⋯⋯?"

베아트리스와 에키드나, 이해를 나누는 인공정령들의 대화에 에밀리아가 갸우뚱했다.

"간단한 얘기지. 영혼이 비었다⋯⋯ 즉, 내용물이 들어 있지 않은 것이야. 그러니까 고정된 발언과 한정된 반응밖에 못하고 있어. 9할 잠자고 있다면 여기면 돼."

"9할…… 그래도 엄—청 강했는데?"

"영혼이 들어 있었다면, 그에 비할 바가 아니었겠지."

구사일생했다는 뉘앙스가 서린 에키드나의 말에 에밀리아는 섬뜩해졌다.

에밀리아는 얼음 병사들의 협력도 더해 아슬아슬한 공방을 거쳐 가까스로 살아남았다. 그런 볼카니카와의 대결도, 이 용이 보면 잠투정하던 것과 마찬가지였다는 소리다.

"다만, 영혼이 비었어도 『신룡』의 육체는 맞는 것이야. 그렇다면 프리스텔라의 인간들을 구할 방법은 있을지도 몰라."

"──! 모두를 구할 방법? 그건 어떡하면 돼?"

"──아하. 『신룡』의, 용의 피를 손에 넣는 기 말이구마."

손가락을 딱 튕긴 아나스타시아의 말에 베아트리스가 끄덕였다.

그 말에 에밀리아도 "아." 하고 눈을 동그랗게 떴다.

『신룡』 볼카니카의 피. 그것은 루그니카 왕국에 전해지는 여러 일화의 기원.

용의 피는 메마른 대지를 되살리고 풍작을 약속하며 병과 상처를 곧바로 물리치는 묘약이라는, 좌우지간 굉장한 효과들이 기록되어 있다.

그리고 애초에 그 용의 피란 에밀리아에게 그냥 흘리고 넘어갈 수 없는 요소였다.

"볼카니카에게, 피를 받으면……."

에밀리아가 왕선에 참가한 목적── 루그니카 왕국이 보존하고 있는 『용의 피』를 얻고, 그 피를 사용해서 엘리오르 대삼림의 동토(凍土), 그 동결을 푸는 것.

에밀리아의 힘이 폭주해 그 숲에서 얼음에 갇힌 동포들. 에밀리아는 그들의 몸을 해방하기 위해 왕선에 참가할 뜻을 품었으니까.

"_____."

에밀리아 참전의 가장 큰 목적이 이 순간에 이루어질 가능성이 떠올랐다.

그 사실에 에밀리아는 어찌할 바를 몰라서 숨을 죽였다.

여기서 볼카니카로부터 피를 받을 수 있다면, 에밀리아가 왕좌에 앉아야 할 이유는 사라지게 되며──.

"나, 는……."

"──에밀리아, 혼란을 주어서 미안한 것이야. 하지만 에밀리아가 생각하는 『피』와 이 볼카니카의 피는 다른 것이야. 그러니까 그쪽은 이룰 수 없어."

베아트리스가 왕선 참가의 의의를 잃을 상황이던 에밀리아에게 말했다.

그 말에 에밀리아는 "응?" 하고 눈을 동그랗게 떴다.

"이룰 수 없다니, 무슨 소리야? 나, 엄─청 제대로 공부했어. 모두의, 그 숲의 얼음을 녹이려면 성에 있는 『용의 피』가 필요하다고. 그걸로……."

"그 생각은 틀리지 않았어. 『신룡』 볼카니카가 맹약을 나누고, 루그니카의 왕족에게 맡긴 『용의 피』에는 만병을 치유하고 죽은 대지를 되살리는 힘조차 있는 것이야. 에밀리아의, 엘리

오르 대삼림의 동토를 녹일 힘조차도 있을 테지. 하지만……."

거기서 베아트리스는 눈을 내리깔고 한 차례 말을 끊었다. 그리고 끊어진 뒷말을 요구하는 에밀리아의 시선에 응답하듯이 그 특징적인 무늬가 떠오른 눈을 깜빡이고 말을 이었다.

"왕국에 맡겨진 피는, 볼카니카의 것이 아니야. 『용의 피』란, 죽은 용의, 마지막으로 맥동한 심장에서 흘러나온 피…… 심혈을 말하는 거라서."

"죽은 용의, 심혈……?"

들어 본 적도 없는 이야기에 에밀리아는 고운 눈썹을 찡그렸다. 그 말에 조용히 끄덕인 베아트리스를 향해 율리우스가 "질문이 있습니다." 하고 거수했다.

영혼의 유무에 관한 말을 듣고 앞선 충격으로부터 간신히 회복한 듯한 율리우스는 반응이 변하지 않는 『신룡』을 올려다보면서 말했다.

"여쭙겠습니다만, 베아트리스 님. 방금 이야기는 어디서 들으셨습니까? 저도 루그니카 왕국의 근위기사단에 소속된 기사입니다. 왕국의 중대사 대다수는 들었지요. 하나, 방금 이야기는……."

"——마지막 심장의 울림, 용의 심혈로서 그릇에 채워지도다. 그 피, 진정한 용의 피로서 왕성에 맡겨져 인간과 용의 맹약의 증거가 되리라."

"————."

"모르는 것도 무리가 아닌 것이야. 지금 이야기는 금서고에

봉인된 기록…… 이미 바깥세상에 이름이 남지 않은, 『탐욕의 마녀』에키드나가 서술한 글귀야."

베아트리스의 답변에 율리우스가 놀라며 숨을 죽였다.

왕국 기사인 그도 알지 못하지만, 베아트리스의 도저히 거짓말 같지 않은 내용. 그리고 그 말이 사실이라면——.

"그럼 루그니카 왕성에 보관된 『용의 피』란, 어느 용의 피인 것입니까? 마지막 심장 고동이라는 것은……."

"그 피를 남긴 용이 죽지 않으면 이상하제……. 그리 되믄 저기 머릿속이 텅텅 비었어도 살아 있는 『신룡』 씨라기엔 조리가 맞지 않네."

율리우스와 아나스타시아의 의문도 지당한 것이었다.

『용의 피』가 마지막 심장 고동으로 발생하는 것이라면, 그것은 볼카니카의 피가 아니라는 뜻이다. 그리고 그런데도 여전히 절대적인 힘을 가진 피라면——.

"알 수 없는 것이야. 안타깝지만 거기까지는 책에도 적혀 있지 않았어."

"……어정쩡한 짓을 하는 작자로군. 짐작컨대, 그 『탐욕의 마녀』라는 것이 나츠키가 나에게 차갑게 대하는 가장 큰 원인이겠지? 방금 얘기를 들으니 나도 나츠키와 의견이 같아졌어."

"어머니에 대한 험담은 용서 못해. 말을 삼가."

"둘 다 그런 식으로 싸우지 마! 하지만, 응, 그렇구나……."

에밀리아는 음악도 아닌 에키드나에 대한 해석 차이로 대립하는 둘을 야단치고 조용히 고개를 숙였다.

성에 있는 『용의 피』와 눈앞에 있는 볼카니카의 피가 다른 것이라는 이야기는 처음 듣는 이야기라 놀라웠다. 다만 그와 동시에 약간 안심하기도 했다.

"……그런 건, 엄—청 이상한데."

숲의 사람들을 구하는 것이 에밀리아의 가장 큰 목적이다.

그것은 언제나, 여전히 변하지 않았다. 그렇기에 여기서 볼카니카의 피를 받는 것이 해결책이 된다면, 그걸로 엘리오르 대삼림을 해방해야 마땅했다.

그러나 그러고 싶은 반면, 에밀리아는 망설였던 것이다.

——다른 수단이 있다면, 자신은 왕선 참가를 사퇴하고 무대에서 내려올 수 있겠느냐고.

"……에밀리아 씨의 관심사야 우짜든, 베아트리스 씨의 말이 사실이라믄 이 『신룡』씨의 피로 목적은 이룰 수 있는 기가? 실망할 가능성이 크지 않나?"

"예로부터 용의 피가 마(魔)의 촉매로 중요시되던 것은 사실. 암만 그래도 『신룡』의 생피라면 심혈 정도는 아니어도 큰 힘을 가지고 있을 것이야. 하지만……."

거기서 베아트리스가 에밀리아를 힐끔 보았다. 그 눈에 깃든 우려를 보면, 베아트리스의 가슴속을 지배한 미안함의 정체는 알 수 있다.

이 『신룡』볼카니카의 생피로도——.

"숲에 있는 사람들의 얼음은 녹여 줄 수 없구나."

"……유감인 것이야."

에밀리아의 물음에 베아트리스가 슬프게 끄덕였다.

에밀리아 이상으로 낙담한 것 같은 베아트리스의 모습에 에밀리아는 "괜찮아."하고 미소를 지으며, 시무룩해지지 않았음을 보이고자 고개를 들었다.

"엄—청 아쉬운 것은 사실이야. 하지만 갑작스러운 말이라 놀란 감정이 더 커서, 실감이 나지 않았으니…… 나는 끄덕없어."

"미리 말해 두어야 했을지도 몰라. 설마…… 이런 곳에 『신룡』이 있을 줄은 몰랐던 것이야. 아쉽기 짝이 없어."

"응, 그러게. 괜히 좋아했네."

베아트리스에게 침울한 표정은 어울리지 않는다고, 에밀리아는 가슴을 쭉 폈다.

솔직히 실망한 기분은 있다. 하지만 베아트리스에게 한 말도 사실이다. 오히려 앞질러 가거나 반칙할 수는 없다는 말을 들은 거나 마찬가지라고 느껴진다.

"그건 그렇고, 『용의 피』에 그런 차이가 있는 줄은 몰랐데이. 참고로…… 눈앞의 『신룡』 씨더러 죽어 달라 카고, 그 심혈을 받거나 하는 건……."

"아, 아나스타시아 님?!"

"농담, 농담이데이. 율리우스가 화내지 않나, 그런 짓 안 한다 카이."

눈을 부라린 율리우스의 반응에 아나스타시아가 두 손을 들고 의견을 철회했다.

농담에 놀랐지만 에밀리아도 그 의견에는 반대한다. 물론, 엘리오르 대삼림의 얼음은 녹이고 싶고 프리스텔라의 사람들도 구하고 싶은 것은 진심이지만.

"그러기 위해서 볼카니카를 희생하는 것은, 좋지 않은 일이라고 봐."

"그래그래. 내도 그러지는 않는다. ──어데까정, 최종 수단이데이."

아나스타시아가 혀를 쏙 내밀고 에밀리아의 말에 대답했다. 아나스타시아의 목덜미에서 목도리로 위장한 에키드나가 "나 원." 하고 한숨을 쉬고 말했다.

"이야기를 정리하지. 과거 볼카니카에 필적하는 강대한 용이 있었고, 루그니카 왕성에 맡겨진 『용의 피』는 그 용의 것이었다. 볼카니카는 맹약을 맺은 루그니카 왕족에게 그 피를 맡겼을 뿐. 그것이 역사의 진실이다, 그런 뜻이로군?"

"용도 거의 없어진 지금은 검증할 방법도 없어. 하지만 사실인 것이야."

"하나, 여기에는 『신룡』이 있지. 저 용의 심혈을 받는다는 선택지가 없다면, 최소한 생피는 받고 싶군. 수문도시 사람들의 치료에 쓰기 위해서 말이야."

"성에 있는 『용의 피』는 한 방울이라도 황무지가 되살아난다 그랬제. 극약이 되지 않긋나?"

"생피와 심혈은 수준이 다른 것이야. 그렇게 말해도 물론 그냥 퍼부어 봤자 효과는 보증할 수 없어. 어디까지나 치료의 실마리인 거지."

"하지만 아무 방법도 없었을 때와 비교하면 큰 진보입니다. 만사에 효과가 있는 영약이라는 이야기가 진실이라면, 시도해 볼 가치는 있습니다."

지식인들의 대화를 들으며 에밀리아도 새삼 희망이 샘솟는 것을 느꼈다.

그토록 큰일을 당한 사람들을 구하고자 아우그리아 사구를 돌파해서 온 것이다.

『폭식』의 행위도『색욕』의 행위도, 해결할 방법을 가지고 돌아갈 수 있다면 그것이 제일.

"응, 알았어. 볼카니카에게 부탁해 보자. 어쩌면 말이 전혀 통하지 않을지도 모르고, 피를 받으려고 하면 날뛸지도 모르겠지만."

"그 말을 들으니 넌더리가 나……. 에밀리아, 너는 플레아데스 감시탑의 새 관리자 권한을 얻었을 텐데, 그걸로 어떻게 안 되는 것이야?"

"관리자 권한…… 그건 자각할 수 있는 게 전혀 없어서……."

3층의 수수께끼를 해명하고, 2층의 레이드를 돌파해서, 1층의 볼카니카에게 뜻을 표했다.

그 조건들만 보면 확실히 에밀리아는 감시탑을 돌파한 자라고 할 수 있다. 하지만 그 결과가 에밀리아에게 알기 쉬운 변혁을 초래했느냐고 하면, 아니다.

어렴풋이 알 수 있는 것은———.

"이제는 이 감시탑에 오는 길인 사구가 아무도 거부하지 않는다는 점……일까."

"그것이 에밀리아 씨의 선택이가? 『사자(死者)의 서』라는 기도 꽤 성가신 물건 같고, 마녀교도 올지 모르는디. 꽤 도박 같은 이야기 아이나?"

"위험한 점도 있을지 모르지만, 그거야말로 모두가 잘 조심해서 쓰면 된다고 봐. 우리만으로는 판단할 수 없는 것도 많이 있을 테고."

에밀리아 일행이 이 적은 인원으로 결론을 내리기에는 감시탑이 떠안은 것이 너무나 크다.

좋든 나쁘든, 이곳을 어떻게 할 권리는 이들에게 없다. 그렇기에 더 많은 사람들이 지혜를 모아 가장 좋은 방법을 찾아야 한다.

"그렇게 생각하는데, 안 될까?"

"……다소 타인에게 거는 기대가 과하단 느낌은 들지만, 너다운 결론이야. 나는 아나와 율리우스가 반대하지 않는다면 반대하지 않겠어."

"고마워, 에키드나."

처음으로 찬성의 뜻을 표한 에키드나에게 에밀리아가 감사를 표했다.

그러자 아나스타시아도 "알긋다, 알긋다." 하고 손을 내저었다.

"내도 반대는 안 한데이. 실제로 기껏 숨겨 봤자 다루느라 고생할 끼고…… 그렇다믄 발견과 개척의 공훈을 노나 먹는 편이 훨씬 낫제."

"이 탑의 가장 위에 다다르신 것은 에밀리아 님입니다. 그 의사를 존중하지요."

"아나스타시아 씨, 율리우스도, 고마워!"

두 사람의 합의를 얻자 에밀리아는 웃으면서 감사를 표했다. 그리고 마지막에 아직 의사 표명을 하지 않은 베아트리스를 돌아보고 물었다.

"베아트리스는? 무책임하다고 생각해?"

"책임 무책임 이야기를 하자면, 조사하지도 않고 이곳을 팽개치는 것이 훨씬 더 무책임하지. 베티는 반대하지 않는 것이야. 개인적으로 흥미롭기도 해."

"다행이다!"

가장 가까운 식구가 반대하지 않을까 조마조마하던 가슴을 쓸어내렸다.

모두의 지혜를 모으면, 이 감시탑을 잘 쓰는 법을 찾아낼 수 있을 것이다.

"좋아, 그러면 남은 건 피구나. ……볼카니카는 같이 와 줄까?"

"내는 그건 그거대로 문제가 다발할 것 같데이."

확실히, 볼카니카는 매우 몸이 크기에 데리고 돌아다니면 이곳저곳에 부딪혀서 큰일이 날지도 모른다. 도시에 들어가지 못하고 밖에서 기다려 달라고 해도 다들 처음에는 깜짝 놀라고 말것이다.

팩처럼 크기를 자유롭게 바꿀 수 있으면 아주 편하겠지만.

"저기, 볼카니카. 당신, 우리랑 같이 올 수 있어? 아니면 여기에 꼭 남을 거거든 피를 조금 나누어 줬으면 하는데……."

「_____.」

"볼카니카?"

기대 반 체념 반, 볼카니카로부터 『시험』의 반복문이 나올 거라 여기며 말을 건 에밀리아는 볼카니카의 반응에 눈썹을 세웠다.

1층 바닥에 앉아 기둥에 기대는 처음 자세로 돌아간 볼카니카. 그 『신룡』이 천천히 고개를 쳐들어 탑 밖으로 시선을 돌린 것이다.

다가온 에밀리아 일행이 말을 걸어도 공격해 오는 것도 아닌 태도.

그것이 명확하게 이상한 태도임을 최소한 에밀리아만은 감지했다.

그리고, 그와 동시에━━.

"━━뭐야?"

오싹. 등을 차가운 손가락으로 훑는 것 같은 감각에 에밀리아는 다급하게 오한의 원인━━ 볼카니카가 바라보는 방향, 탑의 동쪽을 바라보았다.

탑의 동쪽, 그쪽에는 모래 바다보다 더 나아간 곳, 대지의 끝자락인 대폭포가━━ 아니, 대폭포와 특별한 땅이 존재한다.

그것은━━.

"━━에밀리아! 위험한 것이야!"

에밀리아의 등줄기에 흐르는 오한, 그 정체를 가장 빨리 눈치챈 베아트리스가 외쳤다. 하지만 뻗어 온 조그만 손을 에밀리아가 마주 잡은 순간, 이미 위협은 탑에 도달해 있었다.

감시탑을 에워싼 모래 바다, 그것이 지하에서 넘쳐 나오는 검은 그림자에 둘러싸여 말 그대로 대지가 뒤집히는 광경이 전개되며 그 충격파가 탑까지 집어삼켰다.

"——꺄아?!"

"아나스타시아 님!"

율리우스가 비명을 지른 아나스타시아를 안고 흔들리는 1층 바닥에 엎드렸다. 에밀리아도 베아트리스를 끌어당겨 어금니를 깨물고 충격을 버텼다.

도대체 무슨 일이 일어났는가. 한순간 보인 검은 그림자의 정체는 모르겠으나——.

"——아, 볼카니카?!"

에밀리아가 숙였던 고개를 들어 옆에서 몸을 일으킨 푸른 비늘의 용을 보았다.

『신룡』은 그 커다란 두 날개를 펼쳐 바람을 일으키면서 너른 하늘로 날아오르고 있었다. 에밀리아는 그 바람을 받으면서, 볼카니카가 크게 숨을 빨아들이는 것을 두 눈으로 확인했다.

푸른 『신룡』이 가슴을 젖히며 대기를 빨아들여 숨결을 모으고 있는 것을.

"다들, 바짝 엎드려——!!"

바닥에서는 진동이, 상단에서는 폭풍이 각각 일동을 엄습하는 가운데, 에밀리아가 필사적인 목소리로 전원에게 경계를 촉구했다. ——그, 직후였다.

「——나는 볼카니카. 옛 맹약에 따라 정상에 오른 자의 뜻을 묻겠다.」

완전히 귀에 익은 대사. 그러나 그와 함께 이어진 것은 초월적인 현상이었다.

드넓고 맑은 하늘조차도 집어삼키려는 푸른 빛, 볼카니카의 숨결이 변화한 그것은 하늘로부터 지상을 향해 발사되어 모래바다를 제 세상처럼 활보하던 검은 그림자의 파도를 밀어냈다.

그 순간, 창백한 빛이 부풀어 오르고 에밀리아의 시야가, 소리가, 냄새가, 세계가 사라졌다.

빛과 그림자, 파랑과 검정이 부딪쳐서 그곳을 중심으로 세계가 폭발한 듯한 착각── 아니, 이 순간, 틀림없이 세계의 중심은 이 땅, 이 동쪽 끝의 모래 바다였다.

멀리서 이 광경을 봤더라면 도대체 무슨 일이 일어난 것처럼 보였을까. 적어도 지척에서 그 광경을 목격한 이들에게 그것은 세계의 종말이었다.

9할은 잠자고 있다. 두 정령은 『신룡』 볼카니카를 그리 평했다.

그 말은 사실이었다. ──이것이, 『신룡』 볼카니카의 본래 가진 힘의 일부.

푸른 숨결과 검은 그림자, 한도를 넘어선 힘과 힘의 충돌은 그 인상과 정반대로 몹시 고요하게 세계를 석권할 뿐 괜한 파괴를 일절 발생시키지 않는다는 사실을 에밀리아는 처음으로 알았다.

"_____."

그 결과, 빛과 그림자의 팽팽한 대립은 삽시간에 끝나고, 주위에 초래한 영향은 미미할 뿐.

고요하기 그지없는 바람과, 아무 일도 없었던 것처럼 사라진 지저의 진동. 그것들의 여운에 숨을 집어삼키던 율리우스와 아나스타시아가 눈을 떴다.

"끄, 끝났나……?"

"그런, 모양입니다. ……한데, 방금 그건 대체."

진동과 충격이 잦아들어 조심조심 주위를 둘러보는 주종. 그런 두 사람 바로 옆에 날개를 펄럭이는『신룡』이 조용히 내려앉았다.

「──그대, 탑의 정상에 오른 자. 1층을 밟은 전능의 청원자여.」

"……그렇게 날뛰고서 이 모양인가. 아무래도 영혼이 빠진 사태라는 것도 심각한 모양이야."

긴 목을 쳐들어 같은 문구를 반복하는 볼카니카의 모습에 에키드나도 어이없어 했다. 아나스타시아와 율리우스도 그 감상에 동의하는 눈치지만──에밀리아는 다르다.

볼카니카의 숨결이 그림자를 내쫓았다. 그 사실을 인정하면서도, 가슴이 조급해진다.

"에밀리아 님? 왜 그러십니까. 어디 다친 곳이……."

"아니, 나는 괜찮아! 그보다…… 베아트리스!"

솟구치는 불안이 이끄는 대로, 에밀리아가 품속의 베아트리스를 불렀다. 껴안긴 소녀는 몸을 굳히며 그 커다란 눈을 크게 뜨고 있었다.

"에밀리아, 바로 밑으로 돌아가! 스바루가……."

"──으, 볼카니카, 얌전히 있어 줘! 우리는『녹색 방』을 보고 올 테니까!"

베아트리스의 호소에 에밀리아는 즉시 결단했다.

주저앉은 『신룡』에게 타이른 에밀리아는 베아트리스를 안은 채로 달리기 시작했다. 에밀리아의 그 서슬에 이변을 알아차린 다른 일행도 허겁지겁 뒤따랐다.

곧장 1층과 2층을 연결하는 길고 긴 계단을 뛰어 내려가서——.

"아, 언니들, 멀쩡했어? 아까, 탑이 엄청 흔들렸지이."

"메일리! 너는 무사했니?"

계단을 내려가는 중, 짙은 파란 머리를 땋아 내린 소녀, 메일리가 에밀리아를 불러 세웠다. 소녀는 에밀리아의 질문에 "멀쩡해애." 하고 달콤한 목소리로 대답했다.

"언니들을 부르러 가는 중이었어. ……문제가 조금 생겨서 말이야."

"문제…… 스바루한테?"

질문에 메일리가 끄덕이자 에밀리아는 숨을 집어삼키고, 『녹색 방』으로 가는 발길을 더욱 서둘렀다. 그리고 3층의 목적지인 방이 있는 통로에 접어들자 문제가 가시화되었다.

스바루와 람, 직전의 격전으로 소모된 동료들이 정양하고 있던 『녹색 방』—— 정령이 상처를 치유해 주는 방이 있던 통로가 붕괴되고 벽이 깨져 바깥과 연결되고 말았다.

볼카니카의 숨결이 불어 날린 검은 그림자가, 사라지기 전 이 장소에 도달해 있었음을 그 무시무시한 파괴의 흔적을 보고 알 수 있었다.

"이거…… 아, 람!"

뭉게뭉게 먼지가 자욱한 가운데, 에밀리아는 통로 한구석에 주저앉은 람을 발견했다. 옆에는 칠흑의 지룡이 다가붙어 있고, 양쪽 다 무사한 것 같았다.

"람! 그리고 파트라슈도, 다행이다……. 다친 데는 없어?"

"에밀리아, 님……."

달려오는 에밀리아의 목소리에 멍해 있던 람이 힘없이 대답했다. 그 가냘픈 목소리에 숨을 집어삼킨 에밀리아는 람이 응시하던 방향을 보았다.

붕괴한 공간, 원래 『녹색 방』이 있었을 터인 장소는 사라지고 바닥과 벽에서 떨어져 나온 넝쿨 및 풀이 축 처져 있는 그곳에는 람과 파트라슈 외의 아군이──.

"람…… 스바루와 렘은 어디 있어? 두 사람도 무사한 거지?"

"그것이……."

"──아."

애매하게 말을 끊은 람의 반응에 에밀리아는 남보랏빛 눈을 크게 떴다. 그리고 곧장 에밀리아는 구멍을 뛰어넘어 탑의 붕괴한 곳으로 뛰어들려 했다.

그런 에밀리아의 팔을 베아트리스가 "기다리는 것이야!" 하고 억지로 붙들었다.

"위험해, 에밀리아! 그리고 아무리 찾아도 스바루는 없어!"

"무슨……! 이상한 말 하지 마, 베아트리스! 스바루잖아? 분명히 어딘가에 걸리거나 해서, 무사히……."

"무사하지 않다고는 하지 않았어! 단지, 여기에는 없다는 소리야!"

베아트리스쯤 가볍게 끌고 갈 수 있는 에밀리아가 그 호소에 "뭐?" 하고 숨을 죽였다. 멈칫하고 돌아본 에밀리아가 동그란 눈을 끔뻑였다.

"여기에 없다니, 무슨 소리야? 잘 피했다는……."

"──아니요, 그것이 아닙니다, 에밀리아 님."

에밀리아가 품은 그 의문에 따라잡은 율리우스가 고개를 가로 저었다. 그는 에밀리아와 마찬가지로 탑의 벽에 뚫린 구멍을 통해 밖을 내다보고 말했다.

"아까 그 그림자입니다. 그것은 음(陰) 속성…… 샤마크의 특성과 가까운 것이라고 판단했습니다. 베아트리스 님, 음 속성의 대정령이신 당신의 견해는 어떠하십니까?"

"네 견해는 틀리지 않았어. 샤마크…… 그 본질은 '격리하는 것'에 있는 것이야. 그것이 스바루를 집어삼킨 거야. 그림자의 주인은 그대로 스바루를 어딘가로 데려가려던 모양인데, 실패한 것이지."

"실패라면…… 아! 혹시 볼카니카의 숨결?"

눈을 동그랗게 뜬 에밀리아의 말에, 베아트리스와 율리우스가 동시에 끄덕였다.

탑에 밀어닥친 검은 그림자는 『녹색 방』에 있던 스바루 일행을 집어삼켰다. 그러나 삼키기는 했어도 그림자는 볼카니카의 숨결에 날아가고 말아서──.

"잠깐잠깐, 그럼 우짜 된 기가? 그림자는 흔적도 없이 사라졌는디⋯⋯."

"――죽지는 않았습니다. 확실하게."

스쳐 간 최악의 가능성을 염려한 아나스타시아의 말을 람이 가로막았다.

파트라슈를 버팀목 삼아 일어선 람은 살며시 자신의 이마――오니의 뿔이 있었으리라 짐작되는 부분을 만지며, 그것이 근거라는 듯 연홍빛 눈을 깜빡였다.

"오니족⋯⋯이 아이고, 자매의 공감각? 그거 렘 씨캉 연결되어 있다는 소리가?"

"네, 그렇습니다. 렘은 살아 있습니다. ⋯⋯바루스는 몰라도."

"스바루도 무사해! 그건 베티가 보증할 것이야!"

람다운 말투에 베아트리스가 얼굴을 붉히고 소리쳤다. 그러나 스바루의 계약 정령인 베아트리스가 하는 말이다. 양쪽 모두에 설득력이 있다.

스바루와 렘, 사라진 두 사람의 행방은 몰라도 그 생존만은 보증되었다고.

"나츠키가 무사함은 그 애와 계약한 베아트리스가. 그리고 렘 씨가 무사함은 그 쌍둥이 언니인 람 씨가 각각 보증할 수 있다는 말이군."

"무사, 하다고까정 말하기는 시기상조다 싶지만도⋯⋯ 그 연결, 몸 상태 같은 건 알 수 없나?"

"⋯⋯ 적어도, 생명의 위기는 아니야. 그런 위험은 느껴지지 않는 것이야."

아나스타시아의 물음에 베아트리스가 고개를 가로젓고 확신과 함께 대답했다. 이 상황에서는 그 보증이 있는 것만 해도 꽤 기분이 다르다.

에밀리아도 경종처럼 두근대던 심장을 진정시키고자 가슴에 손을 짚고──.

"……에밀리아 씨, 자."

"응?"

그런 에밀리아 눈앞에 아나스타시아가 갑자기 하얀 손수건을 내밀었다. 그것을 얼떨결에 받기는 했지만 의도를 알지 못해서 에밀리아가 눈썹을 모았다.

"눈치채지 몬했나? 울고 있데이. ……살아 있다고 듣고서, 긴장이 풀린 기제."

"──아, 세상에."

그 말에 자신의 뺨을 만진 에밀리아는 눈꼬리에서 눈물이 흐르고 있음을 깨달았다. 당황하며 받아 든 손수건을 눈가에 찍으며 "어떡해, 참." 하고 코를 훌쩍거렸다.

"미, 미안해……. 이렇게, 다들 곤란해하고 있을 때……."

"사과하지 않아도 된데이. 자신의 소중한 기사 일 아이가. 내도 남의 일이 아이고. 안 그러나?"

"그렇게 말씀해 주시면 한 사람의 기사로서 더없는 기쁨이지요. ……에밀리아 님, 스바루도 분명히 똑같을 겁니다."

"……응, 고마워."

아나스타시아와 율리우스의 위로에 에밀리아는 다시 한 번 코를 훌쩍이고 감사를 표했다.

안도와 안심, 그 감정을 곱씹기에는 너무 시기상조다. 스바루 일행의 무사와 행방을 확인한 것이 아니니까. 그래도 감정은 막아 둘 수 없었다.

"그래서어? 오빠들이 살아 있다고 듣고, 언니가 울어 버릴 만큼 좋아하는 건 좋은데…… 두 사람은 어디로 가 버린 거야아?"

그, 에밀리아의 눈물이 만든 분위기를 좋은 의미로 무시한 메일리. 머리에 실은 작은 붉은 전갈과 장난치면서 던진 소녀의 말에 에밀리아는 "그렇지." 하고 고개를 들었다.

아마 지금쯤, 울고 싶을 만큼 불안한 것은 스바루 쪽이다. 여기서 에밀리아가 울면서 어물거리고 있어 봤자 두 사람을 구하는 데는 도움이 되지 않는다.

"한시라도 빨리, 두 사람을 데리러 가야…… 베아트리스, 람, 부탁해. 스바루와 렘은…… 둘은 어디로 날아갔어?"

"―――."

에밀리아의 진지한 호소를 들은 베아트리스와 람이 얼굴을 마주 보았다.

그리고 둘은 몇 초의 침묵 뒤.

"――남쪽일 것이야."

"람도 같은 방향이라고 느껴집니다. 세밀하게는 모르겠습니다만…… 꽤 먼 곳에."

베아트리스와 람이 동시에 같은 방향―― 남쪽을 손가락으로 가리키고, 에밀리아도 그쪽을 보았다.

세계도의 최동단인 아우그리아 사구에서 아득히 남쪽. 행방도 안부도 알 수 없는 두 사람, 스바루와 렘을 찾아내어 한시라도 빨리 합류해야만 한다.

"스바루는 힘든 일이 있었던 직후인데…… 빨리 찾지 않으면, 울 거야."

"에밀리아 님, 스바루는 결코 그렇게 연약하지는……."

"으응, 그렇지 않아. 그렇지 않고…… 혼자서, 울어 버리니까."

옹호한 율리우스가 눈을 내리깐 에밀리아의 대답에 얼굴을 굳혔다. 율리우스 말고 다른 사람들도 에밀리아의 말을 듣자 비슷하게 스바루를 생각해 준 것 같다.

스바루는 허세가 강하고, 오기가 세고, 고집불통이니까, 힘든 일이 있어도 참으려고 한다. 울어도 되는데, 울지 않고 버티려고 한다.

그 인내의 한계가 왔을 때, 스바루가 혼자 있지 않도록 빨리 찾아주고 싶다.

에밀리아의 기사님이 혼자서 우는 일이 없도록, 곁에 있어 주고 싶다.

"에밀리아……."

"알아, 베아트리스. 엄—청 마음이 급해. 하지만 여기서 파닥파닥 당황하고 있어 봤자 스바루랑 렘은 구해 줄 수 없어. ……냉정해져야지."

눈시울을 붉힌 에밀리아는 자기 뺨을 때리고 베아트리스에게 끄덕였다.

마음이 부산스러울 때일수록 당차게 앞을 보는 것이 에밀리아의 첫째 기사가 보여 준 방식. 좋은 점을 흉내 내고, 바라는 미래를 끌어당기는 것이 나츠키 스바루——.

"스바루와 렘은, 분명히 같이 있겠지?"

"……베아트리스 님과 감각이 공통되는 것을 보아, 아마도 그렇지 않을까 합니다."

"그래. ……그렇다면 스바루는 터무니없이 무모한 짓이라도 해서 렘을 지킬 거야. 그러니까 렘 걱정은 하지 않아도 돼. 스바루는, 조금 무섭지만."

스바루라면 자신을 뒷전에 두고 렘을 지키기 위해서 전력을 다할 것 같다.

그런 스바루의 나쁜 버릇을 우려하면서 에밀리아는 가슴 앞에 기도하듯이 두 손으로 깍지를 꼈다.

그리고——.

"부탁해, 스바루. ——제발 렘과 같이 멀쩡히 있어 줘."

제1장 『세례』

1

——저 너머의 먼 땅, 에밀리아의 기도가 모래 바다의 메마른 하늘에 삼켜진 것과 같은 시간.

"――――."

바람이 어루만지는 초원 위에서 한 소년이 한 소녀를 안아 일으키고 있다.

소년은 검은 머리에 날카로운 눈매를 가진 인물이다. 흰자위가 차지하는 부분이 큰 삼백안과 눈매는 항상 언짢은 듯 보여 평시에는 사람을 죽였을 것 같다고 표현된 적도 있다.

그러나 지금 소년의 눈꼬리는 부드럽고 입술은 작은 호를 그리고 있다. 삼백안의 눈동자에는 어렴풋이 눈물의 조짐이 있으며, 소년은 시야가 뿌예지지 않으려 필사적이었다.

그야, 당연하지 않은가.

이 순간을 얼마나 고대했던지. 그, 가슴이 아프던 나날을 생각하면 어떻게 눈앞의 소녀로부터 한순간이라도 눈을 뗄 수 있을까.

소년이 안아 일으켜 가까이서 마주 보는 대상은 밝은 파란 머리 소녀였다.

크고 동그란 눈을 깜빡이는 사랑스러운 모습에는 의식이 있는 희미한 조짐이 있다. 잠이 덜 깬 눈이라는 말이 적절할 듯한 모습이지만, 그 표현은 틀리지 않았다.

실제로 긴 잠에서 깨어난 직후다. 머리가 제대로 돌아가지 않아 현실을 인식하는 것이 조금 늦어지는 것도 당연하다.

"……영, 웅."

떨리는 입술이 직전에 나왔던 소년의 말을 되새기듯이 반복했다.

그 말에 소년── 나츠키 스바루가 "맞아, 웅." 하고 연거푸 끄덕였다.

"그래. 그렇다고, 렘. 나는, 너의 영웅이야. 줄곧, 너를……."

"_____."

"렘?"

말소리가 떨리는 것을 억누르려 애쓰면서 스바루는 소녀── 렘의 목소리를 들으려고 했다.

입 안이 말라 있는지, 렘의 혀와 입술이 목소리를 제대로 발성하지 못한다. 그런데도 무언가를 전하려는 그 입술에 귀를 가져다 대며 그 말을 한마디도 흘리지 않고 들으려 했다.

렘이 무언가를 전하려고 그렇게 움직이는 것만으로도 떨릴 만큼 기뻐서.

"──우."

"뭔데? 조급해하지 않아도 돼. 렘, 나에게 무엇을……."

'전하려는 건가' 하고 뒤이으려던 말이 끊겼다.

렘의 입가에 귀를 대며 그 말을 들으려 의식을 집중하려는 순간, 뻗어오는 손에 스바루의 머리와 턱이 붙잡혔다.

바로 "으엑?!" 하고 목소리를 뒤집은 스바루의 몸이, 목소리만이 아니라 몸까지 그 자리에서 뒤집혔다.

그것도──.

"……레, 렘?"

자세를 뒤바꾸어 스바루 위에 올라탄 렘의 행동으로 말이다.

그 느닷없는 사태에 눈이 휘둥그레지며 순간적으로 반응하지 못한 스바루. 그런 스바루를 바로 위에서 렘의 파란 눈이 내려다보며 온몸을 확인했다.

그런 뒤에 조용히 숨을 내뱉고는 물었다.

"──렘이, 누군가요?"

"_____."

"그리고, 느닷없이 영웅이라니…… 영문을 모르겠어요! 당신은 뭐 하는 사람인가요!"

스바루의 두 어깨에 무릎을 올려 움직임을 막은 상태로 렘의 손이 스바루의 목에 닿았다. 체중을 실은 압박을 받고 있는 스바루는 괴롭게 허덕이며 다리를 버둥거렸다.

하지만 렘의 구속 기술은 탁월했다. 전혀 자유를 되찾을 수 없다.

"크, 아, 히악……."

"말하지 않겠다면 말하고 싶어질 때까지 계속할 뿐입니다. 오래 끌어도 의미는 없어요. 자, 대답하세요. 당신의 목적은? 노리는 게 뭔가요!"

일부러 그러는 것인지, 아니면 순수하게 깨닫지 못했는지 스바루의 목을 압박하는 렘의 완력이 너무 강해서 물음에 대답할 여유가 없었다.

이대로는 렘에게 목이 졸려 죽겠다고, 스바루는 필사적으로 다리를 버둥거렸다.

기껏 재회했는데, 그것도 일방적인 재회가 되고 말았지만 이런 형태의 종막을 맞이하는 꼴은 받아들일 수 없고, 그렇게 내버려 둘 수도 없다.

설령 렘이 스바루를 전혀 기억하지 못한다 해도.

"아— 우—!"

"——꺄아?!"

그 순간, 갑자기 옆에서 달려든 인영이 스바루 위에 올라탄 렘의 몸을 힘차게 떠밀었다. ——아니, 떠밀었다기보다는 렘에게 달라붙어 풀 위를 굴렀다는 표현이 더 정확할 것이다.

압박하는 무게가 없어져 고개를 옆으로 돌린 스바루는 "콜록! 콜록!" 하고 기침하고는, 재회의 감동과는 다른 요인으로 눈물이 어린 시야로 굴러간 렘 쪽을 보았다.

그러자 거기에는 뒤엉킨 렘과 어린 소녀의 모습이 있었다.

"우—! 우우우—!"

"뭐, 뭔가요, 당신은……. 그만두세요! 지금, 그럴 때가……."

초원 위에 넘어진 렘 위에 엎어진 금발 소녀, 그것이 이를 드러내고 얼굴을 붉히면서 으르렁대는 모습에 스바루는 머리가 새하얘졌다.

숨을 집어삼키고 즉시 일어선 스바루는 렘과 소녀에게로 달려
갔다.

그리고——.

"너! 렘에게서 떨어져, 이 자식!"

"아— 우—!!"

렘의 머리카락을 움켜쥐려는 손을 쳐낸 스바루가 소녀를——
대죄주교, 루이 아르네브의 겨드랑이를 붙잡아 렘에게서 떼어
냈다.

가벼운 몸의 『폭식』이 품속에서 날뛰지만 팔다리를 바동거리
는 저항이 한계인 듯하다. 그 사실에 의아해하면서도 스바루는
렘의 몸에서 위기를 떼어놓았다.

"아우—! 우— 우우우—!"

"뭐야, 이 녀석…… 에잇, 얌전히 있어! 렘, 무사해?! 아무렇
지도 않아?!"

"아, 아무렇지도 않습니다. 오히려 당신이야말로 아까부터
몇 번씩……."

루이를 안은 스바루의 부름에 렘이 고운 눈썹을 찌푸리면서
대답했다. 렘은 경계하는 눈으로 스바루를 바라보면서 천천히
그 자리에 일어서려다가——.

"——어?"

다리에서 힘이 빠진 렘이 그 자리에 털썩 엉덩방아를 찧었다.

그 주저앉는 모습이 부자연스럽게 보여서 스바루도 눈을 동그
랗게 떴다. 하지만 렘은 그 눈길을 알아채지 못한 채 곤혹스러

워하면서 무릎에 손을 짚고 다시 한 번 일어서려고 했다.

그러나──.

"……설마, 설 수 없는 거야?"

"아, 아뇨, 그럴 리는…… 이런, 이런 것쯤……!"

스바루의 굳은 목소리에 렘은 빠른 말로 대구하고 다리에 힘을 주려고 한다. 그러나 그러면서 애쓰면 애쓸수록 심각한 상황을 부각시키기만 할 뿐이었다.

다리를 세우기는 고사하고 다리에 의사가 잘 전달되지 않는 상황을.

"뭐지? 오랫동안 자고 있었으니까 하반신이 약해져서? 아니, 하지만 아까 나를 끌어당겨 쓰러뜨린 완력은 누워만 있던 사람의 힘이 아니었다고."

스바루는 렘 이상으로 렘의 상태에 당황하며 서지 못하고 있는 그 모습에 눈이 휘둥그레졌다.

입원 생활이 오래가면 운동 부족으로 몸의 근력이 떨어진다는 것은 흔히 듣는 이야기다.

그 이유 때문에 하반신이 약해져서 일어나 걷는 것만 해도 몇 주씩 재활 훈련을 해야만 한다는 이야기도 드물지 않다. 하지만 그게 하반신에만 한정되었다는 것도 묘한 이야기다.

렘이 자리보전하던 기간은 1년 이상, 약해진다면 전신이 골고루 약해졌을 터다.

그런데도 묘한 형태로 렘의 몸에 이상이 나타난 것은──.

"──설마, 언니분이 싸운 영향을 받은 건가?"

렘의 다리 이상을 초래한 원인을 찾던 스바루의 뇌리에 불현듯 그 생각이 스쳤다.

람과 『폭식』의 대죄주교, 라이 바텐카이토스의 사투—— 스바루의 부족한 역량 때문에 궁지에 몰린 람은 비장의 수로서 렘과 부담을 나누는 쪽을 선택했다.

그것은 과거 신동이라고 불리며 뿔이 있었더라면 궁극 생명체로서 이름을 날렸을 완전체 람의 각성, 그 반작용을 무방비하게 받았다는 뜻이다.

그게 얼마나 괴로운지, 일부나마 람의 부담을 떠맡았던 스바루는 알 수 있다.

스바루가 받아간 것은 람이 평소 맛보는 부담의 일부. 그런데도 스바루는 며칠 밤을 샌 것 같은 권태감과 고열과 구역질에 시달리는 감각을 맛보았다.

하물며 렘이 무방비하게 받은 부담은 그것을 아득히 넘어서는, 람의 본래 능력을 해방한 결과다.

『녹색 방』에서 람도, 부담을 나눈 결과 렘에게 어떤 악영향을 끼쳤을지 모르겠다고 토로했던 기억이 떠올랐다.

만약, 그것이 렘의 몸에 일어난 이상의 원인이라면——.

"……내 탓이야."

람이 들으면 또다시 까불지 말라고 질책당할 한마디.

하지만 스바루가 떠맡은 임무를 마치지 못해서 결과적으로 람이 무리하다가 그 영향이 렘에게 쏠렸다면, 역시 그것은 스바루의 책임이다.

주위에 믿음직한 동료 한 명 없이, 스바루와 렘, 무슨 영문인지 이상한 태도를 보이는 루이밖에 없는 상황에서는 더더욱 그 책임이 무겁다.

"당신 탓이라니…… 당신이, 나에게 무슨 짓을 한 건가요?!"

"아니, 그건 말이 그렇다는 건데……."

"애초에! 당신은 누구고, 나는 누구인가요?!"

렘이 뜻대로 되지 않는 다리를 세게 두드리고 격정이 휘몰아치는 눈으로 스바루를 노려보았다.

발작을 일으킨 듯한 렘의 비통한 호소를 듣자 스바루는 꺼림칙한 상상이 현실로 드러났다고 씁쓸한 감정을 맛보았다.

──나는 누구냐고, 렘은 그렇게 말했다.

당신은 누구냐는 말은 그나마 낫다. 하지만 자신이 누구냐는 물음은, 이렇게 렘과의 재회를 고대하던 스바루에게 날카롭게 찔리는 감이 있었다.

자신을 '렘'이 아니라 '나'라고 불렀을 때도 예감은 들었다.

"……크루쉬 씨와, 같은 상태인가."

『이름』과 『기억』을 빼앗겨 하염없이 잠자고 있던 렘.

『폭식』의 피해자에는 그 밖에도 두 가지 패턴이 있어서, 『이름』을 빼앗기고 주위 사람들로부터 잊힌 율리우스와 『기억』을 빼앗겨서 자신을 잃어버린 크루쉬가 있었다.

깨어난 렘은 자신의 『기억』을 잃은 상태로 눈을 떠 기억을 상실한 상태.

그런 영문 모를 상황에서 눈매가 사나운 소년이나 옹알대기만 할 뿐인 소녀. 그리고 뜻대로 움직이지 않는 자신의 다리까지 있으면 혼란을 일으키는 게 당연했다.

"우아우!"

날뛰다 지쳤는지, 어느새 얌전해졌던 루이가 힘이 빠진 스바루 품속에서 떨어져 엉덩방아를 찧고 비명을 질렀다.

엉덩이를 문지르며 굴러가는 루이. 그쪽에는 신경을 쓰지 않고서 스바루는 천천히 렘에게 걸어갔다.

렘은 접근하는 스바루를 강한 경계심을 드러내며 응시했다.

그 눈초리를 보니 렘에게 처음으로 적의를 받았을 때의 기억이 떠올랐다.

마음을 터놓은 뒤의 거리감이 너무나 가까웠기에 잊기 십상이지만, 원래 렘은 낯을 가리는 편이고 친해질 때까지 거리감이 까다로운 아이였다.

그 점에서 친해지기 전후로 대응이 똑같은 람이 훨씬 편하다.

일설에 따르면, 실은 친해지지 않았을 가능성조차 있는 것이 두려운 점이지만.

"그런 언니분 사정이야 아무튼…… 저기."

"뭐, 뭔가요. 말해 두겠습니다만, 나에게 무슨 짓을 할 작정이라면……."

"——렘이야."

"네?"

긴장으로 굳었던 렘의 표정이 얼떨떨하게 변한다.

스바루는 다가가던 걸음을 멈추고 한 발짝으로는 손이 닿지 않을 거리를 유지하고서.

"렘이야. 그게, 네 이름이야."

새삼 그녀의 이름을 불렀다.

부드럽게 덮어 주듯이 건넨 말에 렘이 곤혹을 숨기지 못하는 기색으로 침묵했다. 그러나 그녀는 입술 안의, 희미하게 보이는 붉은 혀를 움직여 확인하듯이 "렘." 이라고 반복했다.

그것이 자기 이름이라고, 다시 자기 자신에게 다독이듯이.

"솔직히 말해서, 나도 무슨 일이 일어났는지는 확실하게 알지 못하고 있어. 다만 우리는 같이 있던 동료와 떨어져서 어딘지 모를 장소에 있어. 그것이 위험한 상황이라는 것은 너도 이해해 줄 수 있지?"

"그건……."

당혹감을 남긴 채로 렘의 눈이 스바루가 아니라, 주위의 초원을 보았다.

바람이 잔잔하게 부는 초원, 해는 높이 떴고, 축축한 기후가 피부로 느껴진다. 그것은 아우그리아 사구의 메마른 공기와 다른, 습기를 머금은 감각이었다.

즉, 스바루 일행은 공기로 느껴지는 맛이 바뀔 만큼 다른 땅에 있다.

"————."

기억을 잃어 아무것도 모르고 있는 렘에게 불안을 주고 싶지 않다. 그 마음 하나로 스바루는 자기 안에 싹튼 수많은 불안과 의혹을 겉으로 드러내지 않고 있었다.

——스바루와 렘, 덤으로 루이의 신변을 덮친 것은 모종의 전이 현상이다.

　　경치와 기후의 차이로, 아우그리아 사구로부터 꽤 먼 지역에 날아왔음은 알 수 있다. 그것이 탑을 덮친 검은 그림자의 영향이라면, 다른 일행의 안부가 마음에 걸렸다.

　　녹초가 된 스바루와 누워만 있던 렘, 가장 빈약한 조합이 무사했었으니까 다른 일행도 무사할 거라 믿고 싶지만——.

　　"——지금의 우리 상황으로는 바로 동료와 합류할 기대는 하기 어려워. 우리는 뭔가 손을 써서 자력으로 살기 위해 움직여야 해. 그러니까⋯⋯."

　　"그러니까, 뭔가요? 나더러 뭘 하라고? 다리도 멀쩡히 움직이지 않는, 나더러."

　　"⋯⋯이런 말 하면 또 수상하게 여기겠지만, 있어 주기만 해도 돼. 네가 호흡하고, 말하고, 그 눈으로 주위를 보아 준다면, 그것만으로도 족해."

　　"——? 위험이 없는지, 눈으로 보고 알리라는 의미인가요?"

　　"조금 달라. 하지만, 그래도 상관없어."

　　단지 렘이 눈을 뜨고, 호흡하고, 말을 걸어 주기만 해도 된다.

　　참으로 욕심이 없지만 깨어난 렘에게 스바루가 바라는 것이라곤 오로지 렘 자신이 건강하라는 것뿐이니, 이건 이미 에누리 없는 본심이다.

　　물론 『기억』을 되찾을 방법을 찾아야 하고, 따로 떨어지고 만 에밀리아와 베아트리스, 람을 비롯한 다른 일행과도 합류할 방법을 찾아야 한다.

일행과 빨리 합류하고 싶다. ──렘과, 람을 만나게 해 주고
싶다.

기억하지 못하는 여동생에게 그토록 애정을 쏟던 람을.

"부탁이니 지금은 나를 믿어 주지 않겠어? 목숨과 바꿔서라
도…… 아니, 목숨과 바꾸면 의미가 없으니까, 목숨 걸고 내가
너를 지킬게. 반드시. 그러니까."

"──만약 제가 그 제안을 받아들인다면, 당신은 어떻게 할
건가요?"

"그……렇지. 무작정 움직일 수도 없으니, 방침을 정하자."

스바루 일행은 너른 초원에 덩그러니 있는 상황이지만, 그 초
원을 빙 둘러싸듯이 우거진 나무들도 멀찍이 보인다. 아무래도
이곳은 숲 안의 트인 장소인 듯하다.

솔직히 어디인지도 모를 지역의 숲에 들어가는 행동은 위험하
기만 할 뿐이지만──.

"숲에서 길을 잃었을 때의 철칙은, GPS로 동료에게 위치를
알리는 거지만……."

"지피에스……?"

"알아. 그런 건 없지. 하지만…… 베아코와 나는 계약으로 연
결되어 있으니까, 어떻게 보면 내 존재 자체가 GPS 역할을 하
고 있을 가능성이 있어."

그리고 비슷하게 람이 공감각으로 렘의 위치를 감지하고 있을
가능성도 있다.

그런 의미로 치면 스바루와 렘은 둘 다 동료와의 GPS 역할을 완수하고 있는 것이다.

"남은 것은 수원의 확보, 아무튼 물부터 확보하는 것이 중요해. 베이스캠프를 정하고, 거기서 탐색 범위를 넓혀 가는 것이 좋겠지. 먹을 수 있는 풀이나 과일은…… 아아, 클린드 씨에게 배워 두길 잘했군. 스승님 만만세야……."

파쿠르나 채찍 사용법을 배우는 과정에서 다양한 기술과 지식을 교육해 준 클린드. 만능 집사인 그의 가르침에 곡소리를 낼뻔한 적도 많이 있었지만, 그게 몸에 밴 덕에 이 상황에서도 지침을 잃지 않고 있을 수 있다.

어쨌든——.

"그 밖에도 이것저것 있지만, 아무런 대책도 없이 움직이려는 것은 아니야. 이해해 주었어?"

"어느 정도는……. 저항하고 싶어도, 나는 이 상태니까요."

"미묘하게 본심이 엿보이는 발언일세……."

안심할 수 있게 스바루가 웃어 보이지만, 렘의 반응은 신통하지 않다.

『기억』을 잃은 렘에게는 스바루를 신뢰할 밑바탕이 아무것도 없다. 다리가 뜻대로 움직였다면 일찌감치 도망쳤을지도 모른다.

그렇다고 렘의 몸에 일어난 불행을 다행이라고는 여기고 싶지 않지만.

"다리, 빨리 움직일 수 있게 되면 좋겠어."

"——그……런 말을 들어도 모르겠습니다. 어떡할 거죠?"

"말했잖아. 일단 물을 찾을 예정이야. 네 다리 문제도 있으니 가능하면 거스르지 말아 주면 고맙겠는데……."

그렇게 말한 스바루는 렘과의 마지막 한 발짝 거리를 좁힌 뒤 쭈그려 앉고 뒤돌았다.

그 자세를 보면 렘도 스바루가 무엇을 하려는지 알 수 있으리라.

"나를 업어서 데려갈 생각인가요?"

"일단 두 손으로 안아 든다는 선택지도 있지만, 그건 그다지 오래 버티지 못하거든. 업게 해 주면 개인적으로는 도움이, 되겠는데."

"————."

잠시 침묵하던 렘이 처량한 표정을 지은 스바루를 빤히 바라봤다. 그러다가 한숨을 쉬고 조심조심 스바루의 등에 손을 뻗는다.

두르는 팔이 가슴 앞에서 교차하자 스바루는 렘이 흔들리지 않게 신중하게 일어섰다. 렘의 무게를 느낀다. 스바루는 몹시 가볍다고 생각했다.

요 1년 동안 잠든 렘을 옮길 기회가 수없이 있었지만, 어느 때도 의식이 없는 인간을 옮길 때의 어려움을 체감했었다.

그것이, 이렇게 스스로 매달리는 렘에게는 느껴지지 않는다.

"——? 왜 그러시죠?"

"아니, 묘하게 감동했을 뿐이야. 그래서, 물 수색 말인데."

"그 전에…… 저 아이는 어떻게 할 건가요?"

"……아아."

어깨 너머로 턱짓하는 렘. 그 방향을 본 스바루는 문제를 떠올렸다.

초원 위에서 엉덩이를 문지르면서 구르고 있는 것은 자신의 긴 금발에 엉킨 루이다. ──이렇게 상태가 이상한 대죄주교를 어떻게 해야 할까.

"────."

아무리 스바루라도 루이의 지금 상태가 부자연스러운 것은 알고 있다.

원래 절대 정상적이라고는 못할 정신 구조를 가진 상대이기는 했지만, 그것은 악랄하다는 의미이지 이러한 유아 퇴행적인 면이 엿보이기 때문이 아니다.

오히려 연령에 비해서는 지성적이고 상대의 마음에 난 상처를 멋대로 물고 빠는 듯한, 그런 악마 같은 사고방식을 가진 면모도 있었다.

그러나 지금 상태는 어떠한가.

"아─아─우─."

깨어나자마자 스바루의 얼굴을 핥거나 마치 말을 모르는 유아처럼 옹알거리며, 갓난아기 같은 발작을 일으키는 상황. 극적인 무언가가 있었던 것은 확실하다.

단──.

"그게 내가 이 녀석을 동정할 이유가 되나?"

용서하기 어려운 악이라는 사실은 절대로 흔들리지 않는다.

마지막 상황, 『기억의 회랑』에서 마주한 루이는 『사망귀환』을 체감한 후 정신에 큰 충격을 받아 스바루를 넘어서 이 세상 모든 것을 두려워하기까지 했다.

　그 시점에서 충분히 가엾은 소녀가 되었던 것이다.

　하지만 스바루는 그 소녀를 구하지 않았다. 구하고 싶다고도 여기지 않았다.

　많은 선택지가 있음에도 언제나 인간의 도리에서 어긋나는 길을 선택하고, 종국에는 그 선택을 바로잡을 기회를 잃고 퇴로를 끊은 것이 대죄주교다.

　루이의 두 오빠도, 루이 본인도 예외가 아니다.

　루이 아르네브는 용서하기 어려운 악을 범하고 지옥에 떨어지기에 마땅한 축생이 되었다.

　──그런 종자를, 왜 스바루가 구해야 한단 말인가.

　"저 아이를, 돕지 않을 건가요?"

　"……사정이 복잡하거든. 저 녀석과는 같은 장소에 있었지만, 동료라는 게 아니야. 오히려 동료와는 정반대의 입장. 방치해도 마음이 아프지 않아."

　"＿＿＿＿."

　그 답변에 등의 렘이 숨을 죽이는 것을 알 수 있었다. 하지만 답은 변함없다.

　"저 녀석은 두고 갈 거야. ……짐짝을 넘어서 폭탄이야. 데려갈 수 없어."

　탑 안에서, 밀어닥치는 그림자로부터 루이를 주운 것은 긴급 상황에서 저지른 실수였다. 거기에서 루이를 버렸더라면 스바루와 렘이 날아올 일도 없었을지 모른다.

그야말로 해롭기만 하고 좋을 일이 없는 셈이다.

"그런……가요."

"응, 그래. 나도 꿈자리가 편하다고는 못하겠지만……."

가장 우선해야 할 것은 렘과 스바루 자신. 그 부분을 착각하지 않는다.

그럴 생각으로 스바루는 드러누운 루이를 무시하고 반대쪽 숲으로——.

"——역시, 공허해도 자기 자신을 믿기를 잘한 모양이네요."

그것은 몹시 차갑고 메마른 목소리였다.

바로 지척에서 그야말로 귓전에다 속삭인 그 음성에 스바루는 "어." 하고 숨을 내뱉었다. 하지만 그 이상의 반응을 허용하지 않으며 가는 팔이 스바루의 목에 휘감겼다.

——업힌 렘이, 스바루의 목을 뒤에서 조르고 있었다.

"——억."

"입에 발린 말로 나를 꾀고, 급기야 어린 여자아이는 못 본 척하는 상대를 어떻게 믿나요. 웃기지 마세요."

불편한 다리와 달리 목에 두른 팔에는 오니의 완력이 그대로 남아 있었다.

스바루는 팔을 떼어내지 못해 호흡 곤란에 빠지면서 뒤로 쓰러졌다. 하지만 스바루 밑에 깔리면서도 렘의 손은 느슨해지지 않는다. 완전히 기도가 막혔다.

다리를 버둥거리며 몸을 뒤집으려 하지만, 렘의 힘이 그렇게 두지 않는다. 그러는 중에 여력을 상실하고 저항에 소비할 시간이 무산된다.

"꺼, 억……."

발버둥 치며 왜냐는 의문이 머릿속을 가득 메웠다. 의문에 삼켜진 스바루의 목을 조르면서 렘은 조용한 숨결에 불신감과 혐오를 띠며 말했다.

"그렇게 사악한 냄새를 풍기면서, 아무런 꿍꿍이가 없다니 뻔뻔스럽습니다!"

'사악한 냄새' 라는 말에 스바루는 기억해 냈다.

렘과 처음 만났을 때, 렘이 스바루를 의심하고 위험시하던 가장 큰 이유는, 결코 나쁜 첫인상이나 타고난 눈매가 원인이 아니었다.

──마녀의 잔향.

『기억』을 잃어 자기 자신 말고 아무것도 가지지 못한 렘도 그것은 여전히 느낄 수 있다.

그것이 렘의 불신을 초래한 가장 큰 요인.

그 점을 떠올리는 것도, 깨닫는 것도, 너무나 늦어 버려서──.

"──아."

필사적으로 몸을 틀어 변명을 하려고 했지만, 무리였다.

그대로 스바루의 의식은 천천히 천천히, 암흑의 구렁으로 떨어져서.

이대로 렘에게 죽는 것만은 싫다고, 필사적으로 외쳤다.

목소리는, 말로 나오지 못했다.

2

"――으, 렘?!"

느닷없는 의식의 각성이 스바루의 상반신을 떠밀듯 일으켜 세웠다.

그 즉시 엄습한 목의 아픔에 기침하고 뒤엉킨 가래를 뱉어내면서 스바루는 간신히 몸을 일으켜 주위를 둘러보았다.

장소는 초원, 스바루는 널브러진 상태다.

경험이 있는 각성 상황이지만 그것이 『사망귀환』이 초래한 기시감 때문이 아니라는 점은 금세 알 수 있었다. ――주위에서 렘의 모습도 루이의 모습도 보이지 않았기 때문이다.

"여기, 는…… 날려 온 장소가, 틀림없어. 나는…… 으윽."

직전의 기억을 돌아보며 목을 만진 순간, 통증이 싫은 기억을 되살렸다.

업은 렘에게 목이 졸려 그대로 목숨을 빼앗겨서―― 아니, 그게 아니다.

"목은, 아파……. 그 말은, 렘은 나를 죽이지 않은 거야."

의식을 앗아갔지만, 죽이지는 않았다.

그토록 차갑게 말한 렘이 내린 판단에 놀라면서 스바루는 안도의 숨을 내쉬다가 바로 그렇게 안심할 때가 아니라고 자신을 다그쳤다.

죽지 않았다. 즉, 아까 그 최악의 전개에서 세계가 이어지고 있다.

마녀의 잔향 때문에 인간성을 의심한 렘은 최악의 인상과 함께 도망친 상태. ——이 자리에 두 사람이 없는 것은 렘이 루이를 데려갔기 때문이라 짐작된다.

이 자리에 방치되고, 렘을 위험인물과 단둘이 있게 했다.

"젠장! 최악이야! 난 뭐 하는 거야……!"

스바루는 자신의 연이은 실수를 후회하면서 뺨을 때리고 일어났다.

하늘의 해가 기운 정도를 보니 시간은 별로 지나지 않았다. 이 또한 다행이라고 말하기 싫지만, 렘의 다리는 뜻대로 움직이지 않는 상태다.

그 다리로는 그다지 멀리 도망칠 수 없다. 그 증거로——.

"풀 위에 질질 끌린 자국이 있어……! 이러면 쫓아갈 수 있어!"

단서 없이 쫓으라고 하면 최악의 전개겠지만, 풀 위에는 발을 끈 흔적이 남아 있다. 이 흔적이 어디까지 이어지고 있을지는 도박이 되겠지만.

"불리한 도박이라면, 몇 번이나 해 왔다고!"

칭찬받을 게 아닌 소감을 외치며, 스바루는 사납게 풀 위의 흔적을 쫓았다.

다행히 흔적은 끊기지 않아서, 스바루는 렘 일행이 숲에 들어갔을 위치를 특정할 수 있었다. 녹음이 우거진 그곳은 스바루에게 열대우림을 연상케 하는 훤칠한 나무들의 밀림이었다.

의식하니 높은 기온에 땀이 맺히고, 메마른 모래 바다와의 정반대 분위기에 목이 꿀꺽 울렸다.

거대한 잎사귀, 싱그러운 넝쿨과 이끼가 눈에 띄는 밀림의 공기는 가 본 적도 없는 아마존 지역을 연상케 했다. 그곳이 무방비한 인간에게는 죽음의 땅이나 다름없다는 이야기도 들었지만——.

"그런 곳에 렘이 들어갔다면, 더더욱 못 본 체할 수 없지."

스바루도 렘도, 숲에 들어갈 준비라곤 전혀 하지 않은 상태로 여기에 있다.

불편한 다리로, 필사적으로 숲을 도망치는 렘을 생각하면 자신이 얼마나 멍청한 짓을 했는지, 경솔한 판단 하나하나를 저주하지 않을 수 없다.

"——렘! 나와 줘! 부탁해! 내가 잘못했어!"

망설임은 한순간, 스바루는 렘이 무사하기를 빌며 과감하게 밀림 속으로 뛰어들었다.

스바루는 숲의 부드러운 흙과 거대한 잡초를 밟으며 큰 소리로 렘을 불렀다. 들어 본 적 없는 벌레 울음소리, 풀을 헤칠 때 나는 소리가 시끄러워서 스바루는 더욱 목청에 힘을 주었다.

물론, 이 목소리가 도리어 렘을 겁먹게 해서 스바루로부터 멀어질 염려는 있었다. 그래도 아무 단서도 없이, 의지할 곳도 없이 숲을 헤매는 것보다는 훨씬 낫다.

무엇보다 렘을 찾기 위해서 무언가를 하고 있다고, 그렇게 생각할 수 있는 행동을 취하고 있지 않으면 죄책감과 자괴감으로 가슴이 터질 것만 같았다.

렘을 위해서 그렇게나 많은 사람이 힘을 써 주었는데, 렘에게 무슨 일이 생기면 스바루는 대체 어떻게 사과해야 한단 말인가.

죽어서 사과하는 것조차 자신에게는 불가능하건만.

"렘──! 어디 있어! 대답해 줘! 부탁할게. 내 옆에서 떠나지 말아 줘!!"

목소리가 갈라져도 상관없다는 듯이 나무들에 막힌 밀림 속에서 소리를 지른다.

그렇게 숲을 나아가는 팔다리는 무겁고 피로감은 절대적이다. 돌이켜 보면, 스바루의 몸은 플레아데스 감시탑에서 일어난 격전을 마치고 몇 시간쯤 잠잔 정도밖에 쉬지 못했다.

『녹색 방』의 정령이 베푸는 치유 효과가 있어서 회복력이 늘었어도 언 발에 오줌 누기다.

자칫하면 렘을 발견하자마자 안도하느라 긴장이 풀려 쓰러질지도 모른다.

그렇게 어처구니없는 가능성을 경계하면서 스바루는 숲속을 헤매고──.

"렘──! 대답해 줘─! 제발 부탁이야, 내가 잘못했어!"

입에 손을 짚고 큰 소리를 지르는 스바루.

진심에서 우러나온 호소. 하지만 렘의 대답은 없어서 스바루의 마음은 닳아 가기만 할 뿐이었다.

그렇게 사라진 렘의 모습을 쫓아 필사적으로 숲의 나무들에 시력을 집중하고──.

"_____."

또다시 렘의 이름을 부르려 입을 크게 벌린 순간, 시야 끝자락에 무언가가 비쳤다.

그것은 나무들 틈새, 우거진 잎사귀 너머로 엿보인 희미한 변화. 그것이 바람에 흔들리는 풀잎과는 다른 움직임을 보인 것이 보여서──.

"레──."

희망을 품고 그쪽으로 고개를 돌린 순간이었다.

──무시무시한 속도로 육박한 충격이 스바루의 가슴을 정면으로 꿰뚫은 것은.

"──?!"

반사적인 비명도 지르지 못하고, 충격에 다리가 뜨며 스바루의 몸이 뒤로 날아갔다.

그대로 등부터 나무줄기에 맹렬하게 격돌해 숨이 막혔다.

"끄억…… 뭐, 뭐, 야……?!"

정면에 보인 나무들 틈새에서 날아온 일격으로 사고가 혼란을 일으키고 정신을 차리지 못한다.

하지만 받은 충격을 감안하면 그것이 공격임은 금세 알 수 있었다. 따라서 스바루는 사고가 정리되기 전에, 먼저 그 자리에서 반사적으로 뛰어 물러나려 했다.

그러나 그러지는 못했다. 왜냐하면──.

"──어?"

스바루의 가슴을 꿰뚫은 굵은 화살이 등을 관통해 뒤에 있는 거목에 스바루를 박아 두고 있었기 때문이다.

"커, 흑……."

그 사실을 의식하자마자 넘친 피가 단숨에 목을 통해 튀어나왔다.

꿀럭꿀럭. 꿰뚫려서 찢어진 내장 및 그 외 기타 등등에서 대량의 피가 흐르며 멎질 않는다. 쿨럭쿨럭. 호흡 대신에 피를 토하며 스바루는 다시 호흡에 괴로워했다.

"크, 어……."

괴로워하면서, 가슴의 화살을 잡고 뽑으려 했다.

꿈쩍도 하지 않는다. 화살은 스바루째로 단단히 나무에 박혀서 움직임을 막고 있다.

어떻게 할 수 없는, 예사롭지 않은, 굵고 강력한 화살의 일격이었다. 그야말로 강궁. 꿰뚫린 육체는 곤충 표본처럼 박혀서 추하게 발버둥 칠 뿐――.

"어으, 웁, 에에, 엠……."

넘치는 피의 틈새로 여전히 숲속에 있을 소녀의 이름을 부른다. 말이 되지 못하는 외침에 담긴 것은 숲에 숨은 위협에 대한 경고.

숲에 숨은 누군가가―― 아니, 활과 화살을 들고 이리로 걸어오는 인영이 그렇게 만들었다.

꿀럭꿀럭거리는 피거품 소리에 섞여 풀을 밟는 누군가의 발소리가 들린다. 자신이 해치운 사냥감의 죽음을 지켜보고자, 천천히 누군가가 다가온다.

활을 든 인영. 호리호리하다. 키가 크다. 나머지는 어둠에 삼켜져 아무것도 보이지 않는다.

그 마수(魔手)에 걸려 스바루는 꼴사납게, 렘의 곁에 가지 못한 채로, 아무것도 하지 못한 채로──.

"──에, 으."

눈앞에 있다. 적이 있다. 적이 뭐지. 왜 적이, 무슨 일이 일어나고, 어떡하면 되나.

기댈 수 있는 것이 아무도 없는 이 땅에서, 자신이 할 수 있는 일은 대체 무엇인가.

치솟는 열과 지나치게 늦게 자각한 아픔이 온몸에 퍼져 스바루의 눈에서, 코에서, 귀에서도 피가 흘러나온다.

자신을 잃고, 텅 빈 감각을 맛보며, 차가운 '죽음' 이 다가오는 것을 느끼면서, 스바루는 필사적으로 시력을 집중하고 목을 푸들거려 끝까지 소녀의 이름을 부른다.

──최후까지, 소녀의 이름을 부른다.

꿀럭꿀럭, 꿀럭꿀럭 하고, 피에 범벅되면서.

마지막 한순깐가지, 소녀의 이름을 부르고, 부르고, 또 불렀다.

부르고 부르다가──.

3

──한순간, 암흑 밑바닥에서 스바루의 의식이 느닷없이 부상했다.

"케학!"

직전의 물에 빠진 듯한 괴로움은 갑자기 사라지고, 호흡의 리듬을 무너뜨려서 발생한 괴로움과 등에 느껴지는 대지의 크기가 스바루를 엄습했다.

"──크, 어, 콜록."

목을 문지르면서 몸을 일으켜 자기 몸에 일어난 사건을 회상한다.

동시에 가슴 중앙을 쳐다보니 그곳에 박혀 있었을 화살은 보이지 않는다. 그 외에도 나무들에 스친 생채기 같은 것도 사라져 있었다.

당연한 노릇이다. 그렇게나 무시무시한 일격에 가슴이 꿰뚫린 판이다.

"죽은, 건……가."

섬뜩하니 발밑이 무너지는 불확실한 감각을 맛보며 스바루의 피가 차가워졌다.

사건으로서는, 플레아데스 감시탑에서 검은 그림자에 삼켜져 날아갔다 깨어나고 불과 수십 분── 그 짧은 시간 만에 스바루는 싱겁게 목숨을 잃은 것이다.

새삼스럽게 자신이 얼마나 위태로운 위치에 있는지를 이해하고 일어섰다. 휘청거리는 몸을 가까스로 지탱해 주위를 둘러보았다.

그리고──.

"젠장, 최악이야……."

그곳이 넓은 녹색 초원 한복판이라는 사실과 있기를 바라던 인영이 보이지 않는다는 사실을 확인하고 자신의 불운을 저주했다.

장소는 스바루 일행이 탑에서 날아온 초원이 맞다.

문제는, 같이 날아왔던 렘과 루이가 보이지 않는다는 점이다. 즉, 스바루가 『사망귀환』한 시간은——.

"렘에게 목이 졸려서 의식을 잃은 뒤……!"

업은 렘에게 목이 졸려서 혼절한 뒤가 리스타트 지점.

렘의 각성이 없었던 것이 되지 않은 점과, 플레아데스 감시탑의 최종 루프가 없었던 사실이 되지 않은 점, 그 자체는 기쁜 소식이라고 하고 싶다.

——만약 탑의 최종 루프로 돌아갈 수 있었다면, 사라져 버린 샤울라와 다시 말할 기회가 있을지도 모른다는 덧없는 희망을 품지 않는 것도 아니었지만.

"바보냐, 나는. 아니 바보지, 나는."

그렇게 미련 넘치는 생각을 할 바에는 차라리 대화할 시간이, 접촉할 여유가, 마음을 말할 여유가 있을 때 더 시간을 내어주었어야 했다.

그러지 않은 나츠키 스바루에게 그런 식으로 한탄할 자격은 없다.

"——아무튼 지금은 렘을 찾아야 해."

도망친 렘을 쫓아 오해를 풀어야 한다.

렘이 품은 불신의 원인이 스바루를 둘러싼 마녀의 잔향에 있다면, 『사망귀환』한 지금은 냄새가 더 강해졌을 가능성이 있다. 하지만 그것 때문에 더더욱 상대해 주지 않는다 해도, 스바루는 렘을 지켜야만 한다.

"숲에는 나를 죽인 녀석이 있어. ……아무리 그래도 그게 렘의 소행이지는 않을 거야."

목을 조른 전과가 있는 이상, 렘이 스바루에게 공격할 가능성은 있다. 하지만 아무리 그래도 활과 화살을 조달할 여유도 다룰 기술도 없을 것이다.

"그 거리에서 정확하게 가슴을 꿰뚫었어. 렘이라도 위험해."

다리가 불편한 이상, 그 강궁의 주인이 노리면 렘도 도망칠 수 없다. 어떻게 해서든 렘이 그 화살의 독니에 걸리기 전에 잡아야 한다.

설령 기억이 없는 렘이 스바루를 아군이라고는 여기지 않더라도.

"가자, 나츠키 스바루. ──너의 대단한 모습을 보여 봐."

뺨을 때려 직전에 겪은 '죽음'의 충격과 소중한 소녀에게 미움받은 상황에 대한 슬픔을 일시적으로 잊는다. 찾아내도 합류할 수 있을지 불명이지만, 찾는 것이 먼저다.

한탄하는 것도 화내는 것도, 모든 것은 목숨이 있는 다음에 따질 문제니까.

"─────."

스바루는 깊이 숨을 내뱉고, 조금 전과 비슷하게 쓰러진 풀의 흔적으로 렘이 지나간 발자국을 찾아 숲속으로 뛰어들었다.

다만 렘을 찾아 큰 소리를 질러야 할지, 그 판단에는 큰 망설임이 있었다.

아까 화살의 세례는, 적이 무방비한 스바루를 발견한 것이 원인이리라.

상대방의 정체 및 목적은 모르겠지만 일격으로 죽이려고 한 이상 우호적인 상대라고 여기기는 어렵다. 발견되면 '죽는다'. 그런 적이라고 간주해야 마땅하다.

"다만 활을 쓰는 이상, 상대는 마수(魔獸) 같은 게 아니라 인간이야."

상대도 인간이라면 교섭 여하에 따라 사생결단을 내지 않고도 끝날 가능성이 있다. 그렇다고는 해도 그 교섭 자리에 상대가 앉아 줄지는 미지수.

애초에 여태까지 스바루가 겪은『사망귀환』의 합계 횟수 가운데, 사망 원인이 된 비율로 따지면 인간과 마수가 대체로 호각, 인간 쪽이 살짝 더 많은 편이다.

상대가 말이 통하는 인간이라고 해서 손쉽게 우호 관계를 맺을 수 있다고는 생각지 않는다.

인원이 늘면, 렘을 찾을 수 있을 가능성도 커지겠지만──.

"──코르 레오니스."

스바루는 눈을 감고 잡념을 쫓아내면서 자기 안에 깃든 권능을 발동했다.

플레아데스 감시탑 안에서 맹위를 떨친 새로운 힘『코르 레오니스』는 주위에 있는 스바루의 아군,『작은 왕』을 지탱해 주는 상대의 위치를 특정하는 탐색 기술이다.

이 힘을 이용해 렘의 위치를 특정할 수 있을까 매달리는 심정
이었다.

그러나──.

"……안 돼. 반응이 없어. 어지간히 멀리 가 버렸거나, 그게
아니면 렘이 나를 아군이라고 여기지 않기 때문……인가?"

정확한 사정거리를 모르는 『코르 레오니스』지만, 그 힘의 효과
범위에 스바루의 아군일 상대의 희미한 빛은 눈에 띄지 않았다.

능력이 불발한 원인으로 떠오르는 것은 상대와의 거리와 관계
성이다.

실제로 한 번은 효과의 대상이 되었던 다른 일행을 지금은 전
혀 감지할 수 없다.

면식이 있는 상대여도 탑 안에 있는 레이드나 『폭식』의 위치
는 특정할 수 없었다.

이 사실로 보아 효과 대상인 에밀리아 일행이 효과 범위 밖에
있다는 것과 범위 내에 있을 렘이 스바루를 아군이라고 여기지
않는다는 것을 알 수 있다.

아마도 렘과 같이 있을 루이, 그 소녀의 위치도 알 수 없는 것
이 그 증거다.

"내가 실수로라도 그 녀석을 아군으로 생각할 턱이 없지. 그
러니까 렘을 짝사랑하고 있는 내 레이다에 걸리지 않는 거야."

여기에 와서 렘과 접촉했을 때의 배드 커뮤니케이션이 후회된
다.

마녀의 잔향을 스바루가 두르고 있는 이상, 무슨 말을 선택하

면 렘의 신뢰를 쟁취할 수 있을지 모르겠다. 그래도 그때의 스바루는 설령 기만이라도 루이를 지키겠다거나 데려가자는 발언을 할 수 없었다.

"젠장, 빌어먹을…… 대체 뭐냐고……! 기껏…… 기껏 렘이 깨어나 주었는데, 왜 나는 렘과……."

이런 술래잡기를 해야만 한단 말인가.

렘이 일어나서 그 다리로 자유로이 움직일 수 있을 날을 애타게 고대했었는데, 이렇게 실제로 렘이 움직이기 시작하고 보니 스바루는 그것을 저주하지 않을 수 없다.

그렇게 된 원인으로 누구를 미워하면 될지 생각하면, 루이를 포함한 『폭식』의 대죄주교들에 대한 분노만 치솟는다.

"_____."

제자리걸음만 하는 사고를 품은 채로 스바루는 신중하게 숲속을 나아갔다.

몸을 낮추고 나아가는 것은 한 번은 스바루를 죽인 상대── 편의상 '사냥꾼' 이라고 부르겠지만, 그 사냥꾼과의 재접촉을 피하기 위한 고육지책이다.

"생각해, 생각해라……. 나의 얍삽한 머리를 살릴 데는 이럴 때밖에 없잖아. 렘은 죄다 잊고 기억하지 못해. 하지만 나를 깔아 눕히거나 마녀의 잔향을 감지하는 능력은 고스란히 남았어. 그렇단 말은, 에피소드 기억이 결여된 거야."

기억 상실은 픽션 작품에 흔히 나오지만, 많은 경우 에피소드 기억의 결여라는 상태와 조건이 합치한다. 사물의 이름이나 몸에 밴 반사 행동 같은 것은 기억하지만, 자신이나 타인의 이름 같이 추억에 해당하는 내용을 상실한 상태다.

렘이 '나' 라는 일인칭을 쓰고 스바루를 냄새 때문에 경계한 것도 그 증거라고 할 수 있다.

"렘도 혼란에 빠져 있을 터. 계속 도망칠 수는 없어. 나를 다소 나마 떼어놓으면, 침착하게 자신을 돌아볼 시간을 가질 거야. 그 루이도 같이 데리고 있다면 더더욱."

이런 것을 비는 상황도 어처구니없지만, 차라리 그 루이가 도 망치는 렘의 발목을 대놓고 잡아 주기를 기대하고 싶다. 떼를 쓰고, 때로는 걷는 것을 싫어하는 등, 열심히 렘을 번거롭게 해 주면 스바루가 따라잡을 가능성도 생길 것이다.

혹은 루이를 감당 못해 마냥 돌볼 수 없다고 렘이 소녀를 단념 하면———.

"……모르겠군."

렘이, 외견상으로는 무력한 어린아이로 보이는 루이를 버릴 수 있을지는 모르겠다.

에피소드 기억이 결여되어 어떤 의미로 그 누구도 아닌 렘은 날 때부터 가진 람과의 관계에서 유래한 열등감이나 확립된 자 아를 상실했다고 할 수 있다.

렘의 존재가 결여되었음에도 아무것도 변하지 않았던 람의 안정 감은 비정상적이었지만, 과연 렘에게도 같은 현상이 일어날지.

람과 자매가 아니고, 오니의 긍지 및 열등감과도 인연이 없고, 나츠키 스바루를 아무렇지도 않게 여기는, 그런 렘이———.

"으——."

상상하자마자 자신의 가슴이 타는 듯한 감각을 맛보아서 스바루는 세계 발을 내디뎠다.

화풀이로 짓밟은 나뭇가지가 비명과 함께 부러지고, 질퍽이는 지면에 미끄러질 뻔하면서도 스바루는 앞으로 몸을 숙인 채 정면의 키 큰 풀을 피했다.

"——아?"

갑자기 숲이 트이고, 또다시 스바루는 초원으로 나오고 말았다.

설마 숲 안을 빙빙 돌아 같은 장소로 나왔나 싶어 핏기가 가셨지만, 곰곰이 둘러보니 그렇지도 않음을 알 수 있었다.

처음 초원과 비슷하지만 바닥에 깔린 풀 높이가 다르다.

처음 초원과 비교해 이쪽이 살짝 더 풀 높이가 높다. 그리고 그쪽은 360도가 숲에 둘러싸여 있었지만 이쪽은 스바루가 뛰쳐나온 숲이 있을 뿐.

숲을 나온 스바루의 정면, 초원의 사이로 보이는 것은 넓은 지평선이었다. 유난히 하늘이 멀고 높이 보여서 묘하게 빨려들 것만 같은 착각이 발밑을 의심하게 만들었다.

하지만 스바루의 눈길을 끈 것은 그런 높고 먼 하늘만이 아니다.

그보다 더 앞쪽, 초원을 개척해 만든 작은 공간과 그곳에 놓인 야영 도구—— 쉽게 말해 누군가가 이곳에 있었던 흔적이었다.

"————."

그 순간, 스바루의 온몸에서 경계심이 솟구치며 시야가 확 좁아졌다.

다행히 간이 야영지라고 해야 할 그 장소에 인간의 모습은 없다. 야영한 흔적만 있어서 함정으로 생각하기도 어렵다.

문제는, 이 야영지를 만든 것이 누구냐는 점이다.

"가장 가능성이 높은 것은, 나를 죽인 녀석……이겠지."

스바루를 해치운 사냥꾼이 숲에서 사냥을 할 때 베이스캠프로 설정한 곳이 이 야영지일 가능성은 크다.

그렇다면 스바루는 즉시 이곳을 떠나 안전을 확보해야 한다.

조우한 것이 숲이든 들판이든 간에, 사냥꾼이 위험인물인 것은 확실하다.

곧잘 산속에서 사냥꾼이 사슴과 인간을 착각해 쐈다는 이야기를 하지만, 큰 소리를 지르면서 지인을 찾는 상대를 사슴으로 알아 오발하는 일은 그 실력으로 봐서 있을 수 없다.

사냥꾼은 위험한 적, 그렇게 결론 내리고 행동해야 한다.

그러나——.

"……나이프 한 자루라도 슬쩍할 수 있으면."

밀림이라 불러야 할 나무들의 밀도, 그 안을 나아가기 위해서는 도구의 도움이 필요하다. 아쉽게도 스바루의 소지품은 애용하는 채찍—— 강적의 소재를 활용한 길티위뿐이다.

모래 바다 공략용 복장은 미묘하게 밀림 공략에도 보탬이 되고 있지만, 나무들을 개척하며 나아가기 위한 날붙이 한 자루라도 있으면 역시 극적으로 달라진다.

따라서 야영지에서 그럴싸한 도구 하나라도 손에 넣으면 상황이 꽤 달라질 터.

"불을 지핀 흔적에, 조그맣지만…… 이거, 잠자리인가?"

야영지 중심에 모닥불 흔적이 있고, 그 옆에 자른 풀을 깐 침상 같은 자리가 있는 것을 알 수 있었다. 누군가가 여기서 시간을 보낸 것은 확실하다.

그 위도 텅 비고, 그 밖에는 아무것도 없는 것 같지만──.

"최소한, 나이프나 그 비슷한 것이 발견되면──."

"──호오, 칼이 필요한가. 마침 꽤 좋을 때 나타났군."

야영지를 간단히 조사하며 쓸 만한 도구가 없는지 찾으려던 순간, 스바루는 등 뒤에서 나온 목소리와 자신의 목에 차가운 것이 닿은 감촉을 느끼고 멈추었다.

숨을 죽이고 천천히 시선을 내리자 스바루의 목 오른쪽에 닿은 것은 그 날이 아름답게 연마된 검이었다.

"────."

깊이 숨을 들이마신 스바루는 생살여탈권을 상대에게 주었음을 이해했다.

하지만 동시에 뒤에서 들린 말에 머리는 혼란 상태였다. ──경계했다. 목숨이 걸린 상황이니까 가타부타 따질 것 없이 극도로 경계한 상황이었다.

물론, 이 이세계에 사는 초인들 중에는 스바루의 눈으로 포착하지 못할 속도로 움직이는 자나, 순간이동조차 실현하는 작자도 있음은 알고 있다.

"하지만 그 소수의 예외를 여기서 뽑나? ……나는 얼마나 재수가 없는 거냐고."

"멍청한 것. 누가 말해도 된다고 했나. 언동 하나하나를 신중하게 고르도록. 네놈의 생명이 이쪽의…… 나의 수중에 있음을 잊지 마라."

자신의 불운을 저주하는 스바루에게 등 뒤에서 들리는 상대의 목소리는 가차가 없다.

상대의 말마따나 이상한 짓을 했다간 즉시 목이 날아갈 것이다. 반드시 그렇게 될 거라는 확실한 위압을 느끼면서, 스바루는 필사적으로 타개책을 강구했다.

목소리를 듣기로 상대는 남자다.

그럭저럭 젊은 티가 나니까 스바루와 또래거나, 약간 위 정도일 것이다. 어휘 선택에는 개성이 있지만 묘하게 위화감은 느껴지지 않는다.

그리고 무엇보다——.

"입을 다물고 이것저것 잔머리를 굴리는 것으로 보이는군. 하나 목숨을 버리고 반격을 시도하는 것도 아니야. ……흠."

침묵한 스바루의 분위기로, 상대의 속내를 읽어내는 통찰력이 있었다.

생각에 잠긴 듯 숨을 내쉰 상대는 스바루의 뒷모습에 무언가 고려하다가 말했다.

"바드하임의 기후에 맞지 않는 복장이군. 피부도 하얗고…… 현지 사람이 아니야."

"나, 나는…… 으엇."

"닥쳐라. 누가 입을 열어도 된다고 했지? 다음에 내 기분을 상하게 하면, 목과 몸통이 떨어진 뒤에도 떠들 수 있을지 시험해 보도록."

대화에 응할 생각은 없다고, 목덜미를 얕게 베이자 깨달았다.

따끔한 아픔과 스륵 배어나온 피가 목에 흐르지만 여전히 스바루에 대한 상대의 검토는 끝나지 않았다.

"허리의 채찍도 숲에서 쓰기에는 불편하기 그지없어. 팔과 다리도 그럭저럭 단련하고 있지만, 늑대의 반열에 설 정도도 아니야. ……네놈, 나를 쫓아온 것은 아닌가 보군."

"━━━━."

"뭘 입 다물고 있나. 변명하지 않겠다면, 여기서 죽을 테냐?"

"어어?! 이번에는 되는 거냐?! 엉망진창이잖아!"

상대의 부조리한 말에 항의하자 뒤통수에 박힌 험악한 시선이 날카로워졌다.

쓸데없는 발언을 했다고 스바루는 몸을 굳혔지만, 그 경직도 목에 닿은 검이 물러나서 비로소 풀렸다.

"단, 천천히 뒤돌아봐라. 이상한 짓을 하면."

"목을 치겠다고?"

"아니, 손발을 자르고 심장을 파내어 네놈이 보는 앞에서 태우겠다."

"사악하기 짝이 없는 협박!"

그저 으름장만이 전해지는 상대의 위협에 스바루는 두 손을 들고 반항할 생각이 없음을 증명하면서 천천히 뒤돌아보았다.

그리고 등 뒤를 잡은 상대를 찬찬히 응시하고━━━.

"……이게 실화냐."

──넝마를 둘러 얼굴을 가린 남자와 정면으로 마주했다.

4

그것은, 실로 기묘한 풍모의 남자였다.

키는 스바루보다 약간 큰 정도로, 체격은 마른 축으로 보인다. 팔다리는 훤칠하며, 손에는 스바루의 목에 닿은 사브르 같이 칼날이 좁은 검을 쥐고 있었다.

복장은 고급스러운 귀족풍으로, 스바루 이상으로 숲을 거닐기에는 엉뚱한 행색이라고 할 수 있다. 잘 보면 얼굴에 감은 넝마는 원래 망토의 일부였던 게 아닐까.

얼굴을 다쳤는지, 정체를 숨겨야만 하는 이유가 있는지는 불명이지만──.

"뭐지? 그 얼빠진 생김새는."

"얼빠진 표정이라면 또 몰라도, 생김새는 날 때부터 이런 거니까 그냥 흉보는 거 아니냐……. 뭐고 자시고, 당신 풍모를 보면 이렇게 되어도 어쩔 수 없잖아."

"함부로 말하는군. 나도 네놈의 눈매를 보고 또다시 자객인지 의심하던 참이다."

"눈매로 직업이 결정되는 게 아냐! 애초에 내 역할은 자객하고 딱 정반대라고. 난 공격하는 쪽이 아니라 오히려 지키는 쪽이니까."

경계를 늦추지 않으며 검을 겨누고 있는 남자—— 아니, 복면 남자.

그 의심스러워하는 목소리에 대꾸하면서 스바루는 그 남자의 장구류와 그 뒤에 놓인 짐 등을 보고 눈썹을 모았다. 야영이나 숲의 활동에 적합하지 않은 복장도 그렇지만, 눈에 띈 것은 복면 남자 뒤에 놓인 짐꾸러미—— 그것은 갑자기 스바루의 등 뒤에 나타난 남자와 마찬가지로, 그 장소에 갑자기 나타난 것으로 밖에 보이지 않았다.

그에 덧붙여서, 복면 남자의 장비다. ——활이 없다.

"……아무래도, 당신은 사냥꾼이 아닌 듯하군."

"사냥꾼?"

"혼잣말이야. 덧붙여서 뭐하지만…… 혹시 그쪽 양반, 순간 이동할 수 있거나, 투명해지거나 그래?"

"——호오."

그렇게 묻자마자, 복면 사이로 엿보이는 상대의 검은 눈이 가늘어졌다.

그러나 그 반응은 분노나 손절이 아니라, 스바루에게 대한 흥미였다.

"어째서 그런 발상을 하기에 이르렀지? 이유를 말해 보아라."

"……일단, 나는 여기에 다가오기 전에 주위를 경계하고 있었어. 물론, 내 경계쯤이야 훨씬 웃돌게 움직일 수 있는 녀석들이 많은 것은 알지만, 당신은 그렇지 않아."

"어째서?"

"화내지 말고 들었으면 좋겠는데, 나는 왠지 우연히 실력이 있는 사람들이랄지, 소위 초인과 맞닥뜨릴 기회가 많아서 말이야. 그런 비상식적인 녀석들과 비교하면 당신에게서 느껴지는 분위기는…… 그 뭐냐, 평범해."

상대가 어엿한 무인이라면 틀림없이 역정을 살 발언이었다.

하지만 스바루는 상대와 대치하고서 그렇게 느꼈다. 눈앞의 남자에게서 느껴지는 분위기는, 확실하게 검을 다룰 수 있겠지만 그럭저럭 수련을 쌓은 일반적인 것.

라인하르트나 가필, 빌헬름이나 율리우스를 아는 스바루의 눈으로 보면 손색이 있다고 표현할 수밖에 없다.

"그렇게 되면, 내가 감지 밖에서 날아왔을 리는 없어지지. 나머지는 순간이동으로 내 뒤에 나타났거나, 그게 아니라면……"

"『은형(隱形)』을 사용해 보이지 않게 되었거나 둘 중 하나라는 말인가."

"──읏?!"

그 직후, 눈앞에 있었을 남자의 모습이 스바루의 시야에서 사라져서 경악했다.

하지만 경악은 그것으로 그치지 않았다.

"없어졌어……. 하지만 눈앞에 있다?"

"──정답이다. 『은형』은 기척까지 지우지 못해."

스바루의 물음에 대답하자마자 복면 남자가 완전히 동일한 상태로 되돌아왔다.

그 모습은 없어졌던 것이 아니라, 보이지 않게 되었을 뿐이다.

그리고 스바루의 물음에 대답한 순간에 돌아왔다는 말은.

"상대와 접촉하거나, 의식되면 해제된다?"

"숨을 멈추고 잠복하기에는 안성맞춤인 도구다마는."

그렇게 말한 복면 남자는 스바루에게 겨눈 검을 내리고 야영지를 턱짓으로 가리켰다.

"침상은 미끼다. 거기서 조금 떨어진 지점에서 숨을 죽이고 있었지. 네놈이 살금살금 다가오는 모습도 처음부터 보였다. 우스꽝스럽더군."

"경계하고 있는 모습은, 옆에서 보면 무지 멍청하게 비치니까…… 아니, 그런 건 됐어! 당신, 검을 내렸다는 말은……."

"네놈은 추적자가 아니다. 이유도 의도도 전혀 모르겠지만, 길 잃은 사람이 맞겠지. 그렇다면 내가 그것을 목청 높여 규탄할 이유는 없다. 칼날로 깨우칠 필요도 말이다."

다툴 의사는 없다고 표시하듯 복면 남자가 뽑았던 검을 허리의 칼집에 꽂았다. 그 모습을 지켜보고서야 비로소 스바루도 몸에서 긴장이 풀렸다.

그리고 풀리자마자 본래 목적을 떠올렸다.

"아니, 진정할 때가 아니지. 이봐, 질문만 해서 미안하지만 파란 머리의 여자아이를 보지 못했어? 이 주변에서 헤어졌거든."

"파란 머리? 아니, 보지 못했다. 오히려 이곳에 발길을 옮기고 처음으로 본 것이 네놈의 면상이다. 어떻게 해 줄 테냐."

"어쩌지도 못하거든?! 어쩌지도 못하지만…… 젠장, 여기도 헛걸음인가. 이봐, 혹시나 해서 묻는데, 내가 사람 찾는 것을 도와주지는……."

"―――――."

"그러시겠죠……."

목격 증언은 헛걸음이고, 구명의 밧줄도 눈앞에서 잘렸다.

스바루는 복면 남자의 차가운 눈초리를 대답으로 여기고 다시 렘 수색을 시작하고자 숲 쪽으로 돌아섰다.

"잠깐. 이 숲에서 헤어졌다면 그리 쉽게 합류할 수 없을 거다. 자신이 살아남는 것을 우선하는 것이 최선이라고 생각한다만?"

"――미안하지만 그럴 수는 없어. 진짜로 내 목숨보다 소중한 아이야. 무슨 수를 써서든 반드시 합류할 거야. 아니, 데리고 돌아가야 해."

"목숨보다 소중하다라. 가희(歌姬)의 시가도 아닌데 실제로 들으니 빈말로만 느껴지는군. 그렇기는 한데, 재미있는 것은 네놈의 눈이야."

무모함을 비웃는 태도에 스바루의 눈이 날카로워지자, 바로 그 눈을 남자가 손가락으로 가리켰다. 반사적으로 눈을 찔릴까 싶어 스바루가 몸을 빼니 복면 남자는 작게 웃었다.

"허위를 읊는 눈이 아니군. 실제로 자기 목숨과 같이 저울에 올라가야 알 일이지만, 적어도 이 자리에서 기만을 읊는 것은 아닌 모양이다."

"그렇다면…… 그렇다면 어쨌다는 건데? 내가 하는 말이 사실이라면, 그래서."

"――그래서 다소는 흥이 생기는군. 내가, 지혜를 빌려주마."

복면 남자가 자신의 관자놀이 주변을 손가락으로 톡톡 두드렸다.

그 답변에 차라리 '웃기지 마' 하고 고함치자는 생각까지 들었지만, 스바루의 목에서 그런 매도는 튀어나오지 않았다.

신기하게도, 이 또한 신기한 이야기지만, 남자를 의심할 기분이 들지 않는다. ——아니, 수상쩍기는 하다. 그러나 그 이상의 설득력이 있었다.

그것은 필시 남자가 가진 천성의 카리스마다.

"무슨 일이 있었는지 자세한 사정을 읊어 봐라. 찾을 방법을 찾아내 주마."

"……나와 그 아이는, 갑자기 날아온 거거든."

정신이 들고 보니 스바루는 더듬더듬 남자의 물음에 대답하기 시작하고 있었다.

복면 남자를 신뢰한 것도, 신용한 것도 아니다. ——단지 지푸라기라도 잡는 심정이다. 그런 심경일 때는 상대가 지푸라기보다 신용할 수 없는 상대라도 매달리고 싶어진다.

아마, 그뿐인 이야기였을 거라 생각한다.

5

"섣부른 짓을 했군."

사정을 다 들은 복면 남자의 첫마디는 신랄한 것이었다.

스바루는 복면 남자가 묻는 대로 렘과의 사이에 일어난 사건 —— 복잡한 주변 상황은 생략하고, 그 사정을 꼼꼼하게 설명했다.

렘의 기억이 혼란스러우며, 스바루를 기절시키고 도망친 것. 그리고 위험한 계집애가 같이 행동하고 있음도 포함해서.

"알고 있어. 내가 왕바보라는 것은. 하지만 설마 그 말만으로 끝내지는 않겠지? 내 직전의 흑역사를 들추고서 놀린 다음에 끝내거나……."

"멍청한 것이. 일부러 나의 귀중한 시간을 써서 네놈 같은 광대를 조롱할까 보냐. ──그 소녀, 머리는 그럭저럭 돌아갈 테지?"

"으, 응. 그건 아마도."

복면 남자의 분위기에 압도되어 스바루는 솔직하게 끄덕였다.

만능 메이드로서 일상의 다양한 국면에서 활약하는 렘이지만 가사 능력만 높아서는 그런 평가를 얻지 못한다.

적절한 인원을 능력에 따라 배치하고 움직인다. ──전투에서도 스바루의 호흡을 읽고 아무 말 없이 맞추어 주기도 했었다.

렘은 영리하다. 설령 그 기억을 잃어버렸다고 해도──.

"그렇다면, 네놈은 함정에 빠졌을 가능성이 높겠어."

"하, 함정? 내가 속았다는 말이야? 그게, 무슨……."

"이 판국에 기억의 유무는 문제가 아니다. 중요한 것은 상대 소녀에게 쫓긴다는 자각이 있고, 추적자에 관해 이것저것 생각할 능력이 있다는 점이지. 예를 들면──."

거기서 말을 끊은 복면 남자의 검은 눈이 스바루를 머리부터 발끝까지 쳐다보았다.

그 시선에 스바루는 자신의 짧은 생각을 책망받은 기분이 들어 어깨를 움츠렸다.

　그런 스바루를 보면서 복면 남자는 눈을 가늘게 뜨고 하던 말을 이었다.

　"예를 들면, 자기 손으로 초원에 흔적을 남겨 도망친 방향을 위장하는 것 말이다."

　"―――."

　"상대에게 기절당했다가 깨어나서 네놈은 자못 초조했을 터. 상대를 당장에라도 쫓아야 하는 상황일 때, 여봐란 듯이 발자국이 남아 있으면 어떡하지?"

　침을 흘리며 멍청한 개처럼 흔적을 쫓아서 달려 나갔다.

　그것이 실제로 일어난 사건이며, 복면 남자가 조롱하듯이 보는 눈초리의 해답이었다. 물론, 그 말은 틀렸다고 받아칠 수도 있지만―.

　"―확실히, 숲에 들어오자마자 흔적은 보이지 않게 되었어. 하지만 길이 나쁜 것이 원인이라고만……."

　"자신에게 불편한 사실로부터 눈을 돌리는 짓은 하지 않나."

　"내가 바보에 얼빠졌다는 것은 이전부터 알고 있거든. 다만 적응력과 근성만은 빛나는 구석이 있다는 게 또 하나의 나와의 공통 견해야."

　말해 봤자 전해지지 않을 테지만 스바루는 복면 남자에게 그렇게 대답했다.

　실제로 복면 남자의 추측은 이치에 맞다. 돌이켜 보면 풀 위에 남은 흔적은 너무나도 '그럴싸한' 느낌이 과했다.

　야생 동물 중 여우나 토끼는 발자국을 일부러 남기고 도중에 수풀로 뛰어드는 등, 포식자를 교란하는 기술을 쓰는 종류가 있다.

　렘이 풀 위에 남긴 흔적도 그것이고, 스바루를 속이는 교활한 함정이라면.

　"나를 다른 방향으로 보내서, 도망칠 시간을 벌었다⋯⋯?"

　"그때 상대가 선택하는 방향은 으레 정반대지. 심리적으로 가장 멀어지는 방향을 택하는 것이 이치에 맞아. ──이해하겠나?"

　"⋯⋯분하지만, 이해했어. 젠장! 렘 이 녀석!"

　복면 남자의 말대로 일부러 뻔히 보이는 미끼로 흔적을 남겼다면, 그것과 반대 방향으로 도망쳤을 가능성이 높다.

　하지만 그렇게 가능성을 추려내면 도리어 반대쪽 숲으로 가면 붙잡을 수 있다는 계산도 나온다. 어쩐지 자신이 악당이 된 기분이 들지만──.

　"생긴 거나 체취 같은 걸로 첫인상이 나쁜 건 이골이 났다고. 반드시 따라잡겠어!"

　"기세등등하군. ──자, 가지고 가라."

　"으엑?!"

　일어서서 이러고 있을 때가 아니라고 뛰어 나가려던 스바루에게 짐을 뒤지던 복면 남자가 무언가를 던졌다.

　순간적으로 받은 그것을 보니, 가죽 칼집에 들어간 작은 나이프였다.

그 사실에 흠칫 놀라 눈을 크게 뜨자, 복면 남자는 어깨를 으쓱였다.

"채찍 하나로 맞설 만한 숲이 아닐 거다. 열심히 잘 써먹도록."

"그야 엄청 고맙지만…… 괜찮겠어? 나는 아무것도 갚을 수 없는데."

"상관없다. 나도 가끔은 베풀고 싶을 뿐이다. 아니면, 그 나이프로 내게서 짐을 모조리 빼앗아 보겠나?"

농담 같은 말투지만 그럴 수 있는 실행력을 스바루에게 준 것은 사실이다.

복면 남자의 기량은 그럭저럭 되지만, 스바루 상대로 만일의 사태가 없다고 단언할 수준이 아니다. 그런 의미로는, 이것은 일종의 도박 같은 행위였다.

그러나——.

"——내 이름은 나츠키 스바루. 이건 틀림없이, 당신에게 진 빚이야. 받은 은혜는 반드시 갚을게. 의리 없는 짓은 하지 않아."

스바루는 받아 든 나이프를 단단히 허리에 꽂고 깊이 묵례했다. 그 모습을 본 복면 남자는 "흥." 하고 작게 코웃음 쳤다.

"이미 길은 제시해 주었다. 얼른 가도록. 열심히, 자신이 가진 수단을 다해서 도망친 소녀의 믿음을 쟁취해라."

"누가 아니래. 고마워! 어차차, 그것도 그렇지만."

"뭐냐."

감사의 마음을 담아 손을 흔들고 숲으로 달려가기 직전에 발을 멈추었다. 그 정신없는 모습에 복면 남자의 목소리가 어이없는 기색을 띠지만, 스바루는 눈앞의 숲을 손가락으로 가리키고 말했다.

"나는 원래 초원으로 돌아가려 여기를 지나지만, 당신은 여기를 별로 이용하지 않는 편이 나을걸. 안에 무서운 사냥꾼이 있어. 멀리서 활로 해치우려 드니까, 목숨이 몇 개 있어도 부족할 거야. 어디 갈 거라면, 이 숲은 우회하길 추천해."

"──과연. 알았다. 명심해 두지."

"응, 그렇게 해 줘. ──또 보자!"

복면 남자의 대답을 들은 스바루는 은인이 갑자기 사냥꾼의 손에 걸리는 뒷맛 더러운 전개의 회피에 성공했다.

그리고 쏜살같이 숲속으로 뛰어들어 전력으로 처음 초원을 향해서 달리기 시작했다.

"──날이 잘 드는데!"

다행히 처음 초원으로 돌아가는데 큰 고생은 없었다.

복면 남자로부터 받은 나이프의 칼날은 날카로워서 막아서는 가지와 잎을 자르고 나아가는 데에 큰 힘이 되어 주었기 때문이다.

이 큼직한 나이프라면 다루기에 따라서 금방 날이 뭉그러질 성싶지만, 그런 이상도 느껴지지 않는다. 어쩌면 꽤 명품이었을지도 모른다.

"입고 있던 것도 값비싸 보였고, 정체가 뭐였던 거지……?"

그 점을 이상하게 여기면서 스바루는 원래 초원으로 화급히 되돌아왔다. 그 뒤로 자신이 쓰러져 있던 주변을 굳이 수색하니──.

"──찾았다. 이쪽이 진짜 방향일 테지."

여봐란 듯이 남겨 둔 흔적과 반대 방향에 초지에 불규칙적으로 남은 발자국을 딱 발견했다. 최대한 흔적을 지우려고 했지만, 렘의 흔적은 지울 수 있어도 루이의 흔적은 미처 지우지 못한 것이다.

지우려고 노력한 흔적이 있는 이상, 이쪽이 다른 미끼일 리는 없으리라.

즉——.

"드디어 꼬리를 잡았구나, 렘……!"

아까 신경 쓰던, 그야말로 악당 같은 소리를 하고 새로운 표식이 된 흔적을 열심히 쫓는다. 숲 입구까지 전전하며 흔적이 이어진 것은 아까와 동일, 그러나 숲 입구의 나뭇가지가 부러진 것과, 진흙이 묻은 발자국은 속일 수 없다.

"찾았다! 이거라면——."

렘을 따라잡을 수 있다고, 기운 백배한 스바루는 진흙이 묻은 발자국을 따라가려 했다.

그, 다음 순간이었다.

"——아?"

진흙 발자국에 주목하는 스바루 발밑에서, 묶인 넝쿨이 끊어졌다. 그것은 지탱하고 있던 나뭇가지를 팽팽한 반동으로 사출해 옆에서 날아온 강렬한 타격이 스바루의 옆구리를 때렸다.

"꺼억——?!"

자신의 팔만 한 나뭇가지에 가격당한 스바루의 몸이 대차게 나동그라졌다. 진흙 위를 구르던 스바루는 신음하며 충격에 한

동안 일어서지 못했다.

예상하지 못한 기습에 얻어맞아 시야가 깜빡거리고 스바루의 의식이 통증과 쇼크로 경찰차의 회전등처럼 빙글빙글 돌며 빛났다.

"바, 방금 그건, 설마……."

잠시 뒤에 통증이 누그러지자 스바루는 겨우 일어섰다. 여전히 무릎이 후들거리고 옆구리 안쪽에 심각한 피해가 있음을 알 수 있다.

그러나 그 이상의 충격이 있었다.

"──함정?"

도망치면서도, 도망치는 것만으로 끝나지 않는다.

그것이 기억을 잃었음에도 자신의 최선을 다하는 소녀── 렘의 무서움.

나츠키 스바루는 비로소 깨달았다.

──이것은 이세계에 온 뒤로 두 번째, 렘과의 진심 어린 투쟁의 시작임을.

제2장 『용기 있는 선택』

1

"━━끄악! 아윽!"

한순간의 부유감과, 딱딱한 지면에 떨어진 아픔.

떨어질 줄 알아서 낙법은 취했으나 충격은 만만치 않았다.

특히, 넘어진 곳에 있던 굵은 나뭇가지의 추가타가 예상 밖이었다. 견갑골 언저리를 꾸득 당해서 생각지도 못한 통증에 울상을 짓고 말았다.

"아파파…… 아아, 대자연 이외의 추가 공격이 없어서 망정이지. 나이프 만만세야……."

울상과 함께 일어난 스바루는 손아귀의 나이프를 칼집에 꽂고 한숨 돌렸다.

휘릭 뒤돌아서 올려다본 것은 직전까지 스바루가 매달려 있던 거목의 줄기였다.

그 줄기의 굵은 나뭇가지 하나에서 긴 넝쿨이 지면을 향해 뻗어 있다. 넝쿨은 도중에 나이프로 절단되었지만, 절단된 넝쿨 끝에는━━.

"올가미…… 만화 등에서 본 적 있었지만, 이런 함정은 정말로 효과가 있구나."

그렇게 말하면서 스바루는 자신의 오른쪽 발목을 휘감았던 넝쿨 올가미를 제거했다.

지면에 설치되었던 함정으로, 이 올가미 위에 발이 딱 지나가면 그 발을 묶어서 공중에 매다는 구조──솔직히 자기가 걸렸는데도 구체적으로 어떤 식으로 이를 실현했는지 그 답을 모르겠다.

그리고 답을 알기 위해서 이것저것 조사할 여유도 없다.

"기억은 없어도 렘이 가졌던 지식과 손재주는 보존되어 있나……. 이렇게 쫓아가는 입장이 되고 보니 렘도 언니분의 여동생 맞군."

당연한 소리지만 새삼 실감한다. 물론 이런 형태로 실감하고 싶은 것이 아니었기에 참으로 쓸쓸한 감각이었다.

──스바루가 렘을 쫓아서 숲에 들어간 지 한 시간이 넘게 지났다.

반대쪽 숲에서 맞닥뜨린 복면 남자의 조언에 따라 렘이 루이를 데리고 도망친 루트의 위장은 간파해 냈다. 그러나 도망치는 두 사람을 잡지 못하는 것은 독기를 경계한 렘이 설치한 함정과 추적자를 노린 위장들 때문이다.

"렘의 완력이라면 발 하나 빠질 만한 구멍이야 단박에 만들 수 있는 것이 걸림돌…… 타고난 신체 능력의 차이가 강하게 드러나고 있어."

그런 소형 함정 사이에 섞여 있는 것이 조금 전 스바루를 매달아 올린 것과 같은 넝쿨이나 쓰러진 나무를 이용한 본격적인 발목 잡기용 함정이다.

우연이 겹쳐서 손에 넣은 나이프가 없었으면 저 넝쿨 함정에서 빠져 나오는 데 얼마나 시간이 걸렸을지. 상상하기만 해도 오싹하다.

그리고 초조한 마음이 앞서는 스바루를 가장 망설이게 만드는 것이——.

"쉿!"

허리 뒤에서 뽑은 길티윕을 휘둘러 그 끝부분으로 수상쩍은 지면을 세게 때렸다.

다음 순간, 그 지점을 노리고 강렬한 반동을 수반한 나뭇가지의 일격이 두 발, 세 발씩 쇄도했다. 직격했으면 팔 한두 개는 부러져도 이상하지 않은 위력.

완전히 스바루의 행동력을 빼앗기 위한 대형 함정——. 많지는 않지만 이것이 설치되었다는 사실이 스바루의 진군 속도를 늦추고 있었다.

숲 입구에 설치되어 있던 굵은 나뭇가지의 일격도 대형 함정의 일환이라고 할 수 있다.

이렇게 숲 깊은 곳으로 나아갈 때마다 발견되는 대형 함정의 위험성과 위력은 늘고 있었다. 그것은 쫓기는 렘이 자비를 잃었다기보다는, 성장하고 있는 것이다.

"쫓겨서 함정을 만드는 동안에 점점 학습해서 함정을 까는 실력이 늘고 있어……. 젠장, 역시 부지런하게 공부하네, 렘. 지금 그 능력을 발휘하길 바라지는 않았다만."

렘이 부지런하고 노력하는 재주가 있음은 알고 있고 기억이 돌아오지 못한 지금 상황에서도 그런 기질을 잃지 않은 것은 기쁘지만, 그것과 이것은 차원이 다른 이야기다.

쉽게 말해 렘은 싸움 중에 성장하고 있는 것이다. 스바루의 성장이 거의 한계에 부딪쳤음을 고려하면, 가뜩이나 혹독한 실력 차이가 더욱 현저해지고 만다.

이 차이가 결정적으로 벌어지기 전에 렘의 신병을 확보해야 하지만──.

"──찾았다."

함정이 설치된 나무들 틈으로, 작게 나무껍질이 뜯긴 흔적을 발견했다.

대형 함정과 무관한 그것은 마치 고양이가 집 기둥을 긁은 것처럼 자그마한 흠결. 그러나 이렇게 애들 장난 같은 흔적이 여기까지 스바루를 이끌어 주었다.

요컨대, 그 정체는 '짐짝'의 흔적이다.

얄궂은 이야기였지만 렘의 발목을 잡아 스바루에게 추적을 허용한 요인은 렘이 데리고 도망치는 대죄주교── 루이 아르네브의 존재다.

렘이 아무리 열심히 발자국을 지웠어도, 루이가 그 노력을 망치고 있었다.

"망할……."

그 희소식을 눈여겨보며 추격의 도움으로 삼는 스바루의 속마음은 밝지 못하다.

당연한 노릇이다. 결과적으로 루이의 존재가 스바루의 도움이 되고 있다니, 그 사악한 대죄주교와의 관계를 감안하면 무작정 기뻐할 턱이 없다.

직접적으로 렘의 『이름』과 『기억』을 빼앗은 것이 루이가 아니라고 해도, 『폭식』의 대죄주교인 세 남매의 죄는 동등하다. 한 명만 죄가 가벼워지지는 않는다.

자기 몸이 존재하지 않는다거나, 사는 방법을 잘못 배웠다 같은 건 관계없다.

그것이 그 하얀 세계에서 울부짖던 루이 아르네브에 대한 스바루의 결론이다.

그러니까 이대로 순조롭게 렘을 따라잡았다고 치고, 렘을 설득할 단계가 되어도 루이의 대우를 양보할 생각은 스바루에게 없었다.

애초에——.

"어째서 내가 렘하고 이런 술래잡기를 해야 하는 건데……!"

흔적을 쫓으면서 스바루는 되돌아온 부조리에 대한 분노로 입술을 깨물었다.

깨어난 렘이 『기억』과 『이름』을 잃었을 가능성은 고려하고 있었다.

물론 원래의 완벽한 렘이 돌아오는 것이 제일이었지만, 크루쉬와 율리우스의 전례가 있는 이상 렘이 원래 상태로 깨어나리라는 기대는 별로 없었다.

그 불안이 적중한 결과, 렘은 자기 자신도, 스바루도 잊고 말았다.

그렇다고 해도 스바루는 굳게 버텨 서서 렘을 지탱해 주리라 마음먹고 있었다.

에밀리아와 람, 베아트리스── 같은 진영의 동료와 서로 도와서 다 같이 렘을 지탱해 줄 수 있다. 그것이 스바루가 버티고 설 수 있었던 근거였다.

그런데 지금 스바루는 의지할 사람이 없는 숲에서, 도망치는 렘을 쫓아가고 있다.

"어째서, 이렇게 된 거야⋯⋯. 왜 항상⋯⋯."

순순히 모든 것이 곱게 해결되지 않는단 말인가.

모든 것을 다 떠올린 렘이 깨어나서, 지나가 버린 시간에 놀라면서도 장래의 이야기를 함께 엮어 나간다. 그러면 되는데.

만약 가령 렘의 상태가 지금과 동일해도, 주위에 같이 노력해 주는 동료가 있다면 이런 재난에 괴로워하지 않을 수 있었다. 그래도 되는데.

운명은 항상 나츠키 스바루에게 가장 가혹한 길을 준비한다.

그리고 그것을 스바루만이 아니라, 스바루 주위의 소중한 사람들에게 겨누는 것이다.

"──투정은 다 부렸냐, 나츠키 스바루."

스바루는 어금니를 꽉 깨물고 자기 뺨을 두 손으로 세게 때렸다.

날카로운 아픔과 충격이 의식을 흔들고, 직전까지의 나약한 마음을 일시적으로 팽개친다.

　그렇다. 운명은 항상 가혹한 길을 제시했다.

　그렇기에 나츠키 스바루는 수도 없이 고난이라는 채찍에 맞아가며, 그때마다 피를 토하고 일어서서 앞으로 갔다.

　"종국에는 막아서는 고난을 자신의 채찍으로 삼은 남자, 그것이 나다."

　엄밀히 말해 채찍의 원재료가 된 마수 『길티라우』는 말하는 것처럼 힘겨운 벽도 아니었고 막아선 고난 중에서는 쉬운 편이었지만, 그렇게 큰소리쳤다.

　큰소리치며 자기 자신을 북돋아 감정을 일으켜 세워 약아빠진 머리에 열을 주입해 싸울 방도를 찾아내는 것이 스바루가 여태까지 해 왔던 방식이다.

　"생각해, 생각해, 생각해라, 나츠키 스바루. 이대로 쫓아가 봤자, 언젠가는 렘도 루이가 저지른 짓을 알아챌 거야. 그렇게 되면 흔적이 사라져. 그렇게 되기 전에 결판을 내."

　피아의 전력을 분석하고, 상대의 강점과 나의 강점을 열심히 고찰한다.

　현재 상황에서 렘의 강점은, 기억이 없어도 잃지 않은 손재주와 주의력. 만드는 와중에 숙달되어 가는 성장도와 얼굴과 목소리가 귀엽다는 거. 움직이는 모습을 더 오래도록 빤히 지켜보고 싶지만 그 부분은 뒤로 미루겠다.

　그에 반해서 스바루의 강점은, 채찍과 나이프 쓰는 재주와 화가 치밀게도 루이가 남겨 주고 있는 단서, 사나운 눈매는 애교라 치고── 기억이 없는 렘 이상으로, 렘이 어떤 아이인지를 알고 있다는 것. 이것들을 들 수 있다.

"……렘은, 내가 쫓아오고 있다는 사실을 깨닫고 있을 거야."

무수한 함정의 존재가 증명하는 것이지만, 렘은 스바루의 추적을 알고 있다.

그렇지 않으면 이토록 함정을 많이 준비할 이유가 없다. 처음에 몇 개만 노파심에 까는 정도로 그치고 도주를 우선해야 맞다.

그러지 않고 함정을 계속 설치하는 것은, 스바루의 추적을 확신하고 있기 때문이다. 그리고 렘이 스바루의 추적을 확인할 수 있는 이유는 역시 마녀의 잔향일 것이다.

"도대체 얼마나 구린 거야, 지금의 내 몸은……."

이전에 렘과 베아트리스로부터 날마다 흐릿해진다는 이야기는 들었지만, 그것도 『사망귀환』 직후나 빈도로 크게 증대하는 듯했다.

그리고 스바루는 이 반나절, 감시탑 안에서 '나츠키 스바루×2'의 횟수를 거듭하다가 그대로 이런 곳에 날아온 상황이다.

"──즉, 이세계 생활 사상, 가장 마녀 냄새 풍기는 남자가 지금의 나."

스바루는 그렇게 생각하는 사이에도 두세 개 소형과 중형 함정을 해제하고, 루이가 남긴 단서를 따라가면서 렘의 발걸음을 뒤쫓았다.

그야말로 빵 조각을 줍는 헨젤과 그레텔 같은 기분. 단, 스바루는 외톨이이며, 이인조는 도망치는 쪽이라는 차이가 있었다.

"음, 이번에는 알기 쉬운 곳에 있었군. 다음은⋯⋯."

벗겨진 나무껍질을 발견한 스바루가 다음 길을 정했다.

루이는 스바루에게 장소를 알릴 의도가 없기에, 단서가 되는 흔적에는 통일감도 없거니와 발견하기 어려울 때도 매우 많다. 아마도 렘이 함정을 만드는 작업을 하는 중에 방치된 루이가 맘대로 행동하고 있다는 것이 상황의 진상이리라.

한동안 발견하기 어려운 단서가 이어졌지만, 알기 쉬운 것이 나와서 다행이다.

"남겨 줘서 살았다. 렘이 봐서 지워지면, 단서가⋯⋯."

끊긴다고 말하려던 순간, 스바루는 말을 멈추었다.

그리고 방금 막 지나친 나무 쪽으로 돌아가 껍질이 벗겨진 나무를 쳐다보았다. 크고 우람한 나무이며, 벗겨진 것은 꽤 눈에 띄는 위치.

과연 이것을 렘이 놓치고 못 볼 수가 있을까.

"내가 아는 렘이라면⋯⋯."

눈썰미가 좋고 주의력이 깊은 렘이라면 명백한 흔적은 지웠을 터다.

그것이 남아 있는 이상, 렘의 시야가 어지간히 좁아지지 않은 이상──.

"──얍!"

스바루는 나아가려던 길 너머로 발밑에서 뽑은 굵은 풀뭉치를 던졌다.

뿌리에 흙이 붙은 그것은 포물선을 그리며 키 큰 수풀로 날아들어 가서——.

——곧바로 장렬한 소리와 함께 수풀이 침몰하고 커다란 구멍이 대지를 집어삼켰다.

"으아……!"

여태까지 거친 소형 함정을 비웃는 것처럼 거대한 구멍이 지면에 뚫리고, 그 구멍을 노리며 주위의 나무들이 비명과 함께 쓰러진다. 쓰러지는 나무로 구멍을 메우는 초대형 함정——만약 스바루가 걸렸더라면, 지금쯤은 운신할 수 없는 생매장 상태다.

여기에 와서 지금까지의 함정을 심리적인 낚시로 이용한 큰 기술이 터졌다.

추적의 힌트가 되었던 그것이 스바루를 생매장하기 위한 함정으로 입을 쩍 벌리고 기다리고 있었다는 뜻이다.

렘다운 수단이라 칭찬하고 싶지만——.

"——내가 아는 렘은, 이걸로 끝나지 않아."

심리적인 함정을 걸고, 거기에 추적자가 걸려서 움직임을 막으면 최선.

그러나 스바루가 아는 렘은 집중력이 강한 노력파, 얼굴과 목소리가 귀엽고 기특하게 일해 주고만 있어도 가슴이 훈훈해지며, 그리고——.

"기다리다 지치면 직접 덤벼들지. ——안 그래, 렘!"

그렇게 말하고 뒤돌아선 스바루가 껍질이 벗겨진 나무 위를 쳐다보았다.

딱 그때였다.

"큭──!!"

이를 앙다문 렘이 그 나뭇가지로부터 스바루에게 뛰어든 것은.

2

추적자를 떨쳐내지 못하고, 함정도 발목을 잡지 못한다.

그런 상황에 처한 순간, 스바루가 아는 렘이라면 어떻게 할까.

상대의 위치는 냄새로 알 수 있으며, 상대가 의존하는 빵 조각의 정체도 판명되었다면 그 점을 역이용해서 함정에 빠트리고 직접 원인을 끊으려 한다.

그리고 스바루의 그 예측은 적중했다. 문제는──.

"──하아아아아아!"

덤벼드는 렘을 막을 수 없는, 스바루와의 전력 차에 있었다.

떨어지는 렘의 팔에, 스바루가 "끄으아!" 하는 비명을 지르며 날아갔다.

솔직히 불편한 다리로 이렇게까지 움직일 수 있는 것도, 자기 몸이 반사적으로 렘을 받아내려고 했던 것도 스바루에게는 예상 밖이었다.

"한도 끝도 없이, 끈질긴 사람!"

"기, 기다려, 렘, 내 말을 좀…….."

"잔말이 많습니다!"

휘두른 팔에 튕겨 날아가 코피를 흘리는 스바루의 호소에 렘은 귀도 기울이지 않았다.

렘은 숲의 지면을 기며 그 파란 눈으로 스바루를 노려보고 있었다.

"그 자리에서 우리를 포기했으면 그 이상의 행위는 하지 않을 생각이었습니다. 그런데 당신은 우리를 쫓아오고…… 따라오지 마요!"

"그렇게 심플하게 말하면, 엄청 상처받는데……."

"코가 삐뚤어질 것 같다고요! 당신이 접근하면, 금방 알 수 있습니다. 그것도 아까 초원 때보다 더 심해져서……."

코피가 흐르는 코를 누르면서 스바루가 비틀비틀 일어섰다.

일어서는 스바루와 기는 렘. 상황은 스바루가 유리하게 보이지만, 렘이 팔만 가지고 다리 없는 귀신처럼 움직이기 시작하면 스바루는 구멍에 떨어지고 끝장난다.

상대와의 거리를 슬슬 재어가며 여기서 오해를 풀 수밖에 없다.

"렘, 내 말을 좀 들어 줘. 너에게, 나는 꽤 냄새가 나는 모양이지만……."

"……네, 냄새 납니다."

"그리운 표현……! 냄새가 나는 모양이지만, 그리고 그것이 좋지 못한 것으로 느껴진다는 것도 알겠지만, 나는 너에게 적의가 없어!"

스바루는 두 손을 들고 자신이 적대할 마음이 없다는 뜻을 표시했다.

하지만 그렇게 주장해도 렘의 경계 어린 기색은 사그라지지

않는다. 그만큼 마녀의 잔향이 텅 빈 렘을 몰아세우는 요인이
되었다.

　정말이지 언제 어느 때고 마녀와 관계된 요소는 멀쩡한 상황
을 부르지를 않는다.

　"냄새 문제도 있고 내 첫인상이 나쁘다는 점은 자각이 있어.
이래 봬도 18년간 나 자신이라는 존재와 함께해 왔거든. 그러
니까, 다시 하게 해 줘."

　"……다시 하게?"

　"내가 잘못했어. 모든 것을 잊고 불안한 너에게, 하나도 설명
해 주지 못했어. 전부, 내 사정이고, 네 마음을 고려해 주지 못
해서……."

　조급해지는 마음과 초조해지는 기분, 그것들이 렘을 배려하
지 못한 요인이다.

　하지만 그런 자기변호에 무슨 의미가 있는가. 지금 필요한 것
은 자기 자신을 지킬 말이 아니다.

　렘을, 그 완고한 마음을 풀어 주기 위한 호소의 말이다.

　"네가 소중해. 지키고 싶을 뿐이야. 그러니까, 내 말을 들어
줘. 나를 거부하지 말아 줘. ──나에게, 한 번 더 기회를 줘."

　"──그게, 다입니까?"

　"……뭐?"

　"당신이 저에게 변명할 것은, 그게 다예요?"

　그, 렘에게서 나온 대꾸에 스바루는 어안이 벙벙해졌다.

　목소리에 담긴 감정이, 스바루가 바란 그것과는 달랐다. 그러

나 나쁜 예상과도 달랐다. ——렘의 목소리는 고요한, 참지 못할 노기로 채색되어 있었으므로.

"레, 렘⋯⋯?"

"당신이 우리를 쫓아다니던 것이나, 그 몸에서 터무니없이 사악한 냄새를 풍기고 있음은 물론 수상쩍고 이상하다고 생각합니다. 하지만."

거기서 말을 끊은 렘은 곤혹스러운 표정의 스바루를 사악한 존재로 간주하듯 노려보았다.

"그 어떤 이유로도 그렇게 작은 여자아이를 못 본 체하려던 짓은 털어낼 수 없습니다. 그렇게 비정하고 비열한 상대를 어떻게 믿으라는 거죠?"

"——아."

사악을 규탄하는 그 눈초리에 스바루는 말을 잃었다.

후려친 말이 뇌에 침투하자 스바루는 자신이 첫 수부터 마녀의 잔향과는 전혀 다른 형식으로, 렘의 신뢰를 얻기 위한 선택을 그르쳤음을 이해했다.

스바루는 자신의 행동으로, 렘의 신뢰를 상실했다.

그것이 설령, 사악의 구현인 대죄주교라고 해도, 아무것도 모르는 그녀의 눈으로 보면 어리고 힘없는 소녀였다는 사실을 놓치고 말았다.

"_____."

무슨 말을 하면 될까. 스바루의 머릿속에서 즉각 답이 나오지 않는다.

스바루는 수도 없이 고난을 극복하고, 때로는 극복하지 못한 채 목숨을 잃고, 또 다른 각도로 해결책을 찾아 왔지만, 이 순간 의 답은 자기 안에 없다.

사죄와, 변명과, 진실, 어느 것을 우선해야 하는가.

어느 것이라고 해도, 눈앞에 있는 렘의 불신 어린 눈초리를 바 꿀 수 있을 것 같지가 않다.

그리고 그것은 이미 『사망귀환』으로 확정되고 만 스바루의 행동 결과.

"——아무 말도 하지 못하네요."

눈길이 고정되지 않고 얼굴이 경직되어 말을 하지 못하는 스 바루의 모습에 렘이 기다리다 지쳤다.

렘은 자신의 상반신을 부르르 일으켜 세워 스바루로부터 거리 를 벌리려 했다. ——여기서 스바루를 쓰러뜨리고 후환을 끊을 생각은 없는 것 같다.

기운이 빠진 스바루가 자신들을 쫓아오지 않을 거라 생각했을 지도 모른다.

물론, 그렇지는 않다. 여기서 뿌리치더라도 스바루는 렘이 잡 아 줄 때까지 손을 계속 뻗을 것이다. 계속 뻗을 것이지만——.

"——레."

몸을 틀어서 그 자리를 떠나려는 렘을 불러 세우려고 한다.

먼저 이름을 부르고, 그 뒤에 이어질 말은 아무것도 생각하지 않은 채로, 소녀의 이름을 부르려고 했다.

그리고——.

"_____."

몸을 돌린 그녀의 등에 손을 뻗으려던 스바루의 시야에 변화가 발생했다.

그것은 울창한 나무들 너머로 희미하게 어른거리는 그림자——본 적이, 있었다.

"——렘!!"

'온다' 고 생각하기보다 먼저, 스바루는 반사적으로 렘의 등에 달려들었다. 스바루의 그 움직임에 놀라서 렘의 작은 몸이 굳었다.

그 작은 몸을 휘감듯이 껴안은 순간.

——강궁이 쏜 화살이 머리 위를 지나가고, 정중앙이 관통된 거목이 날아갔다.

3

머리 위에서 거목이 두 동강 나는 충격이 온몸을 때렸다.

그 충격을 등으로 받는 품속에, 부드럽고 뜨거운 렘의 몸이 있다.

자신의 팔도 다리도 달려 있다. 그 사실만 알면 이 순간은 합격점이다.

"가, 갑자기 무슨 짓을——."

"입 다물고 있어. 혀 깨문다!"

갑작스러운 상황에 렘의 반응이 늦어졌지만, 그 반론에 귀를 기울일 겨를이 없다.

스바루는 껴안은 렘의 몸을 바로잡고, 앞으로 쓰러졌다가 몸을 틀고서 껴안은 상태로 힘차게 굴렀다.

품속의 렘이 억눌린 비명을 지르는 게 느껴지지만, 그것은 더 큰 소리—— 부러진 거목이 쓰러지는 굉음에 막혔다.

그대로 구르고, 구르고, 구른 끝에, 갑자기 지면이 소멸했다.

"끄악!" "꺄아?!"

부유감은 한순간이고, 곧장 지면이 떨어진 두 사람을 받아냈다.

쓰러진 나무와 토사가 쌓인 구덩이—— 그곳은 렘이 스바루를 빠트리기 위해서 만든 함정이었다. 일부러 그 구덩이로 굴러 들어가 상대의 사선(射線)을 끊은 것이다.

의도는 성공. 단, 그 대가가 없지는 않았다.

"커, 윽…… 악, 부, 부러뜨렸겠다……!"

무의식중에 정신없이 렘을 끌어안은 왼팔. 그중에서 렘에게 잡힌 손가락이 부러졌다. 중지와 약지와 소지가, 다시 말해 엄지와 검지를 뺀 손가락 일가가 전멸했다.

이상한 방향으로 꺾인 손가락을 직시하지 않으려 노력하면서 몸부림치는 스바루에게서, 같은 구덩이에 떨어진 렘이 기어서 벗어나 거리를 벌렸다.

"당연하죠! 그렇게 갑자기…… 도대체, 무슨 일이 일어난 건가요?!"

"……미처 말을 못 했는데, 숲속에 위험한 사냥꾼이 있어. 사슴 사냥 목적으로 잘못 쏘았을 거란 가능성은 이걸로 거의 사라졌지만. ……으윽."

스바루는 이마에 비지땀을 흘리면서 부러진 손가락을 부목과 손수건으로 고정했다.

부러진 것이 왼손의 손가락이었던 것은 그나마 다행이다. 이게 오른손이었을 경우, 스바루의 행동력이 초등학생 수준까지 저하할 위기였다.

"위험한 사냥꾼…… 당신 편이 아닌 건가요?"

"같은 편이 이런 기세로 지원 사격하겠어? 애초에, 무엇을 위한 지원 사격…… 으엇?!"

살며시 구덩이에서 고개를 내밀어 바깥 상황을 살피려던 순간, 바로 눈앞의 쓰러진 나무가 터졌다.

아무래도 사냥꾼은 스바루 일행을 저격하기 위해 먼저 시야 청소부터 우선하기 시작한 모양이다. 상대에게 원거리 공격 수단이 없음을 간파하고 있다.

"본래라면 저격수는 존재가 들킨 시점에서 위치를 바꾸는 것이 정석일 텐데……. 젠장, 얕보고 있군. 아무 반박도 할 수 없지만."

"──이게 화살의 위력? 믿을 수 없습니다. 이런 건, 일반적이지 않아요!"

"그래! 나도 그렇게 생각해! 맞으면 아마 가슴에 큼지막한 구멍이 뻥 뚫리겠지!"

실제로 지난번 결과로는 나무에 박혀서 곤충 표본 같은 모양으로 죽었다.

다만 이상한 점이 없지도 않다. ──스바루는 지난번과 반대쪽 숲으로 왔는데.

"어째서, 저 자식이 여기에 온 거야……?"

부러진 손가락에서 전해지는 통증이 스바루의 뇌를 송곳으로 푹푹 쑤셔 댄다.

그 고통에 깨져 버릴 만큼 어금니를 깨물면서 스바루는 필사적으로 사고를 돌렸다.

이 사냥꾼과 스바루를 죽인 사냥꾼이 다른 사람이라고는 생각하기 어렵다.

양쪽 다 스바루를 공격했고, 무기가 같은 강궁이다. 문제는 어째서 적극적으로 자신들을 노리는 것인가.

혹시 이곳은 사유지로, 상대는 불법 침입한 상대를 과격하게 쫓아내려고 하고 있을 뿐. 사냥꾼은 활의 조준은 정확하지만 힘 조절이 서투른 덜렁이라는 가능성은 어떨까.

"그렇다면 말이 통하지 않을까! 이봐! 나에게 적의는 없어! 우리가 이 숲에 있는 것은 어쩌다 우연으로……."

"잠깐 기다려 봐요! 우리라는 것은 나와 그 여자아이까지 포함하고 있는 건가요? 당신과 같이 묶이고 싶지 않습니다!"

"지금 그런 말이나 할 때가── 뜨악?!"

정전을 호소하는 스바루에 대한 대답은, 지면을 크게 날리는 화살 한 발이었다.

중간에 하던 렘과의 말다툼도 날아갈 법한 장렬한 위력은 머 잖아 시야의 장애물을 일소하고 구덩이 속의 스바루 일행에게로 적의를 드러낼 것이다.

"아무래도 말이 통할 상대가 아닌 모양이네요……."

"상대가 화살이라면 곡사로 맞히려 들 가능성도 고려해야 해……. 정말로 스나이퍼처럼 몇 시간씩 대기한다면…… 아니, 아무래도 활일 때는 스코프로 보는 것하고 다르니까 장시간은 무리인가?"

자주 영화 및 만화 등에서 저격총을 다루는 스나이퍼가 몇 시간씩 가만히 사냥감을 기다리는 식의 장면이 등장하지만, 활이라면 방식이 아무래도 다를 것이다.

"──즉, 상대의 노림수도 단기 결전."

오래가지 않아서 상대가 모종의 수단을 쓸 거라고 추측한 스바루는 오래 생각할 여유가 없다고 판단했다. 상대가 대화에 응할 마음이 없는 이상, 싸움은 피할 수 없다. 그리고 피할 수 없는 싸움인데 쓸 수 있는 카드는 너무나 빈약하다.

"스승님의 가르침대로, 내뺄 수밖에 없어."

다행히, 구덩이에 뛰어든 덕에 상대는 스바루 일행의 위치를 육안으로 볼 수 없다. 구덩이 반대쪽으로 올라가 자세를 낮추고 도망치면 덤불로 달아날 수 있을지도 모른다.

'혹은' 하고 스바루는 숨을 죽이고 렘 쪽을 보았다.

"──왜 갑자기 입을 다물고 그러죠? 지금, 도망칠 계획을 세우던 게 아닌가요?"

"……아무래도 긴급 사태니까 이야기를 들어 줄 마음이 들었나 보네."

흙 위에 무릎을 굽힌 렘이 "음." 하고 고운 눈썹을 모으며 불쾌하다는 표정을 지었다.

그러나 손찌검은 하지 않는 이상, 말다툼할 때가 아니라는 점은 렘도 이해하고 있는 듯하다. 렘이 일시 휴전을 인정한다면 이야기는 빠르다.

"렘, 들어 줘. 내가 뛰쳐나가서 놈의 눈길을 끌겠어. 그 틈에 너는 구덩이 반대쪽을 기어 올라가서 피난해."

"네……?"

같이 도망치는 것과 렘만 먼저 보내는 것, 어느 쪽이 승산이 있는지는 명백하다.

상대가 제아무리 활의 달인이라고 해도 여기는 나무들이 빼곡한 숲속이며, 스바루는 화살이 날아올 가능성을 고려하면서 뛰어다닌다. 시간을 벌 수 있으리라 짚었다.

"충분히 시간을 벌면 나도 내뺄 거야. 다만 도망친 너와 따로따로 떨어지고 싶지 않으니까 가능하면 표식을 남겨 줘. 알아보기 어려울 거라고는 생각하지만 내 고향에 화살표라는 기호가 있으니까 그걸로 대체적인 방향을……."

"──자기중심적으로 말하지 말아 주세요."

도망치기 위한 방책을 렘에게 척척 전하는 스바루. 하지만 그런 스바루의 설명을 막은 렘이 강하고 날카롭게 노려보았다.

그러는 이유를 알 수 없어서 스바루는 곤혹에 빠졌다. 그 반응에 렘은 더더욱 신경질을 냈다.

"전부, 죄다 자기 혼자서 정하고…… 그 결과, 나에게 도망치라는 건가요? 어린아이를 저버리려던 것을 이유로, 당신에게 화내고 있는 나에게?"

그렇게, 처음에 스바루를 거부한 것과 같은 이유로 스바루의 제안을 거절했다.

그 논리는 이해가 간다. 선한 인간성이 낳는 답이라고, 그렇게 말할 수 있을 것이다. 하지만 그것이 이 상황에서 스바루를 저버리지 않도록 할 줄은 몰랐다.

"그건…… 하지만, 나는."

"변명은 됐습니다. 시간도 없고요. 하지만 저만 도망치라는 지시는 거절하겠습니다. 애초에, 저 아이를 두고 갈 수도 없어요."

놀라움을 숨기지 못하고 있는 스바루로부터 시간을 뗀 렘이 구덩이 밖에 의식을 돌렸다. 그 방향에 있던 것은 처음 화살이 날려버린 거목──거기서 살짝 떨어진 위치에 있는 다른 나무였다.

"없다 싶었더니 저기에 숨어 있었나? 이 소동에 무슨 수로 얌전히……."

"……데리고 다니기 힘들어서 기절시켰습니다. 한동안은 일어나지 않을걸요."

"너……."

이 마당에 이르러 스바루 일행의 이탈에 짐짝이 되는 루이. 그 사실에 움트려던 분노가, 렘의 너무나 렘다운 답변을 듣고 깨졌다.

살짝 과격한 그 즉단, 정말이지 렘답다고 말할 수밖에 없다.

"……나도, 좋지 않은 수단이었다고는 생각하고 있어요."

"아니, 묘수야.──상담이 있는데, 저 녀석을 두고 같이 도망쳐 주지는 않을 거지?"

"나는 자신이 누구인지도 모릅니다만, 그런 짓을 할 바에는 혀를 깨물고 죽겠습니다."

솔직히 여기서 루이를 내버리고 렘과 이탈하는 것이 스바루에게 가장 좋은 선택지인데, 렘 자신이 그 선택을 허용해 줄 것 같지 않았다.

"그림자에 삼켜지기 전, 자비심을 보인 내가 저주스러워……."

『녹색 방』이 그림자에 삼켜질 때, 렘만이 아니라 반사적으로 루이의 몸도 끌어안은 행동이 이 사태를 불렀다. 이미 재시도할 수도 없는 상황이지만, 그때의 선택은 틀렸다고 목청 높여서 주장할 수 있다.

"어떻게 할 거죠?"

"……할게. 데려가겠어. 저 나무가 맞지?"

"──네. 나무 옹이구멍에 재워 두었습니다. 승산은 있는 건가요?"

"스승님에게는, 강적과 싸울 때는 망설임 없이 도망치라고 당부받았어."

스승님── 클린드에게 들은 것은 피아의 실력 차이가 어쩌고 하는 이야기가 아니다.

어차피 이 세계는 웬만한 상대가 다 스바루보다 강하니까 맞닥뜨린 상대는 전원이 더 고수라고 여기는 것이 자기 방어 수단으로서 가장 좋다는 이야기다.

그렇기 때문에 도망치는 것을 최우선으로. 그러나 만약 도망칠 수 없다면——.

"써먹을 수 있는 거라면 전부 써먹겠어. 렘, 싫겠지만, 힘을 빌려줘."

"——그것이, 그 아이를 구하는 데 도움이 된다면."

내민 손을 가만히 바라보던 렘은 그 손을 잡지 않았다.

그저 방책을 짜내는 스바루에게 마지못한 기색으로 끄덕이기만 할 뿐이다.

4

왼팔을 한 차례 크게 휘둘러 부러진 세 손가락의 상태를 확인한다.

통증은, 있다. 지끈지끈 사라지지 않는 통증이 뇌에 손톱을 박는 듯한 감각을 맛보면서, 스바루는 그 통증이 달리는 데에 방해가 되지 않게끔 각오를 다졌다.

그리고——.

"——흡!"

힘을 꾹 담아서, 쓰러진 작은 나무를 구덩이에서 지상으로 밀어 올렸다.

다음 순간, 밀려 올라간 나무에 무시무시한 속도로 육박한 화살이 꽂혔다. 충격이 나무를 팔에서 잡아 뜯고 힘차게 뒤쪽으로 날아갔다.

"으아아아아!!"

스바루는 그 광경을 흘긋거리며 구덩이에서 기어올라 황폐한 지면을 밟았다.

궁술에 자신이 있는 사냥꾼일지라도, 활의 속사에는 한도가 있다. 총과는 달리 화살을 시위에 걸고 당겨서 조준해야만 한다.

이 시간차가, 스바루에게 자그마한 생존의 가능성을———.

"———빨라요!!"

구덩이에서 기어오른 스바루가 첫걸음을 박찬 순간이었다.

시간으로 치자면 처음 한 발이 미끼용 나무를 날려 버리고 불과 2초—— 하지만 숙련된 사냥꾼에게는 그 2초면 다음 화살을 쏘기에 충분했다.

"———아."

렘의 목소리가 들린 직후, 스바루의 뒤에서 지면이 날아갔다.

부름에 멈춰서 수비 태세로 전환하지 않은 덕을 보았다. 말을 더 보태자면 부름에 반응할 수 있을 만큼 신경이 우수하지 않았을 뿐이지만, 결과만 좋으면 된다.

곧바로 목적지인 나무를 향해서 달리는 스바루에게 2초 이내의 간격으로 화살이 연달아 날아온다.

그 공세에 쫓기면 스바루도 머잖아 고슴도치 꼴이 된다.

그러나———.

"그렇게는 못 합니다———!"

사냥꾼의 다음 공격은 용감한 목소리와 함께 내던진 흙덩이에 중단되었다.

그것은 구덩이의 비탈에 등을 대고 흙이 묻은 큰 돌을 집어 든 렘의 투척── 아니, 포격이라고 해야 할 강렬한 공격이었다.

"마법 쓰는 법을 알면 최고겠지만……."

전력 확인 시, 렘은 마법이나 오니의 뿔이 가진 힘을 사용하는 데 난색을 표했다. 정확히는 그 능력들을 사용하는 방법을 떠올리지 못했다. 기억을 파헤칠 시간도 지금은 없었다.

대신에 스바루가 제안한 것이 오니족이 타고난 피지컬을 이용한 원시적인 폭력── 투석이 스바루 일행을 약자라고 얕보며 위치를 바꾸지 않은 사냥꾼을 엄습했다.

"구석에 몰린 쥐가 고양이를 문다고 하지! 실컷 겪어 보시라고!!"

바로 발밑에 발생한 화살의 충격파를 뛰어넘어 부르짖은 스바루가 보는 앞에서, 사냥꾼이 화살을 쏜 방향으로 렘이 던진 돌이 날아간다.

"아, 아아아아아아──!!"

적대하기 시작하면 자비심을 보일 줄 모르는 것이 렘의 차밍 포인트다.

노파심에 주워 모은 돌멩이가 렘의 가녀린 팔을 거치기만 해도 어마어마하게 위험한 흉기로 돌변했다.

"저렇게, 렘이 시간을 벌어 주는 틈에──."

저격을 포격으로 때려잡는, 올바른 병기 운용을 하면서 스바루가 목적지 나무에 도달했다.

그대로 나무 뒤쪽으로 돌아가니 내부가 썩어서 뚫린 옹이구멍 안에, 자신의 금발을 돌돌 만 것처럼 자고 있는 루이의 모습이 눈에 들어왔다.

　"발을 멈추지 마세요!!"

　"──웃!"

　한순간의 망설임을 간파한 렘이 절박하게 외친 소리가 스바루의 주저를 쳐부수었다.

　그 말을 듣자마자 스바루는 거부감을 간신히 꾹 참고 루이의 몸을 들었다. 그리고 가벼운 몸을 잡고서 옹이구멍에서 뛰쳐나와 렘에게로──.

　"──아?"

　그렇게 뛰쳐나온 스바루의 눈앞에 갑자기 검은 그림자가 길을 막았다.

　같은 길을 지나 구덩이로 돌아갈 예정이다. 도중에 이런 건 없었다며 스바루가 갑자기 나타난 그림자를 쳐다보았다. ──그리고, 말문을 잃었다.

　"샤아아아────!!"

　소리도 없이 숲을 지나와 스바루 앞을 막아선 거대한 그림자. 그 정체는 전장이 10미터쯤 될 법한 거대 뱀이었다.

　빽빽한 녹색 비늘로 감싼 몸에 눈이 노란 거대 뱀. 그 갑작스러운 난입자의 이마에 뒤틀린 하얀 뿔이 있는 것을 보자 스바루는 그 정체를 이해했다.

　"마수──!!"

그 위용을 목전에 둔 스바루는 멍청하게 간과한 요소를 후회했다.

스바루 본인부터 자각 증상이 있었을 터다. 자신이 현재, 이 이세계에 불려 온 이후로 가장 마녀의 잔향을 진하게 풍기는 상태임을.

그렇다면, 아우그리아 사구에서 그랬듯이 여태까지 많은 상황에서 그랬던 것처럼 마수가 스바루에게 끌리는 것은 필연.

이런, 인적이 적은 어두운 숲속이라면 딱 절호의 주거지인데.

"샤아아아━━━."

큰 뱀이 커다란 입을 쩍 벌리고 스바루를 노린다.

스바루는 고사하고 안고 있는 루이까지 삼켜도 여유가 있을 법한 아가리. 그것이 지척에 다가오는 광경에 스바루의 시간 감각이 완만하게 변화했다.

━━아, 큰일 났다.

스바루는 남 일 같은 감각 속에서 그렇게 느꼈다.

반사적으로 루이를 감싸듯 움직인 자기 몸을 저주하면서, 뱀의 입에 머리부터━━.

"샤아악━━━?!"

"우아?"

무심코 눈을 감은 스바루의 머리 위로 철퍽철퍽 무언가가 쏟아졌다.

설마 식사 전에 소화액을 뿌리는 타입일까 싶은 꺼림칙한 상상이 머릿속을 스쳤지만, 그렇지는 않았다. 스바루의 온몸을 더럽힌 것은, 쏟아진 검은 피.

날카로운 화살에 몸통이 꿰뚫린 뱀이 쏟아낸, 대량의 핏덩이
였다.

5

"흡──."

좌아악 머리부터 거무칙칙한 피를 뒤집어쓰며 스바루는 경악
에 숨을 집어삼켰다.

하지만 놀란 이유는 거대한 뱀도, 토혈을 온몸에 뒤집어쓴 상
황도 아니다.

"왜, 사냥꾼의 화살이 뱀을……?!"

자칫 루이와 함께 뱀에게 삼켜질 뻔한 스바루를 구원한 일격.

뱀의, 스바루 3인분 정도 될 만한 굵은 몸통을 관통한 것은 직
전까지 실컷 스바루 일행을 괴롭히던 사냥꾼이 쏜 화살이었다.

"나를 구했어……?!"

영문을 모르겠다고 생각하면서도 그 이외의 답이 떠오르지 않
는다.

설마 사냥꾼이 변덕을 부렸거나, '너를 죽이는 것은 바로 나다'
처럼 소년 만화 같은 전개로 돌입했다고도 생각하기 어렵다.

하지만 일어난 사건만 고려하면 스바루는 구원받았다. 그리
고 그 한 발의 영향은, 이 순간 뱀의 이빨을 막은 것만으로 그치
지 않았다.

"샤아아악————!!"

몸통이 화살에 꿰뚫려 피를 흘리는 뱀이 하늘을 뒤흔드는 괴성을 질렀다.

큰 뱀은 그대로 스바루의 등을 쫓지 않고 화살이 날아온 쪽——자신을 쏜 사수를 노리고 매섭게 숲을 기기 시작했다.

몸길이 10미터의 거대한 뱀이 땅을 기어 사냥감으로 다가가는 모습은 압권이다.

큰 몸뚱아리에 어울리는 묵직함이 느껴지지 않게 대지를 미끄러지듯 이동하는 그 모습은 숲의 지면이 움직이는 것으로도 느껴졌다.

큰 뱀의 접근에 사냥꾼도 다음 화살로 응사하지만, 맞지 않는다.

"샤아아아————!!"

뱀이 침이 떨어지는 이빨을 드러내어 사냥꾼을 노리고 덮쳐든다.

그 공격을 사냥꾼이 뒤로 뛰어 피하고, 마수의 숨통을 끊고자 코앞에서 화살을 쐈다.

나무들 너머로 펼쳐지는 인간과 마수의 장렬한 사투.

서로 한 걸음도 물러나지 않는 싸움이 거센 충격음을 뿌리는 가운데, 스바루는 루이를 안은 채로 렘이 있는 구덩이로 달려갔다. 그리고——.

"렘, 손 줘! 이 틈에 도망치자!"

"——아, 그 아이는 무사한가요?"

"그래, 열 받게도 쿨쿨 자고 있어! 자, 서둘러!"

구덩이의 벽에 등을 기댄 렘에게 스바루가 손을 뻗었다. 하지만 렘은 스바루의 손을 본 뒤에 "아니요." 하고 고개를 젓고 자력으로 가장자리에 손을 걸었다.

스바루의 손은 빌리지 않겠다는 고집스러운 행동이다. 그거라면 그거대로 좋다고 스바루는 손을 거두고, 대신에 끄집어낸 채찍으로 자기 등에 루이의 몸을 묶었다.

내던지면 다시 렘과 말썽이 생길 것이다. 그 사태는 피하고 싶다.

"그, 리고――!"

"자, 잠깐!"

루이의 몸을 등에 꽉 고정해 떨어지지 않는 상태를 확인한 뒤에, 스바루는 구덩이로부터 기어오른 렘을 억지로 안아 들었다.

공주님처럼 안기는 모양새의 렘은 갑작스러운 상황에 표정이 굳었다.

하지만――.

"지금은 나랑 사냥꾼이랑 뱀이랑, 어느 쪽이 제일 나은지 생각해!"

"……말이 통하면, 뱀입니다."

"통하지 않으니까, 차점인 나로 참아 줘! 간다!"

당연한 우선순위라고 생각하지만, 그래도 갈등을 숨기지 않는 렘의 얼굴로부터 눈을 돌린 스바루는 싸우고 있는 사냥꾼과 뱀을 거들떠보지 않으며 전력으로 전장에서 이탈했다.

사냥꾼과 뱀, 어느 쪽이 승리해도 스바루 일행을 쫓아올 터다. 결판이 빨리 날지 늦게 날지는 모르겠지만, 최대한 거리를 벌리고 싶다.

"헉, 헉——."

그렇게 램을 안고 달리는 스바루의 뇌리에 엉뚱하게도 그리운 추억과도 같은 감동이 스쳤다. 이전에도 이렇게 마수에 쫓기면서 숲을 달린 적이 있었다.

단, 그때 안고 있었던 것은 램이 아니라 람이었다.

"언니분도 잊었으니, 이제 나밖에, 하아, 기억하지 못하는 일이지만……."

"숨이 찼습니다. 이대로는 따라잡힐걸요."

"알아! 나 참, 자매가 하나같이…… 하아, 인정머리가 없다니까……!"

안고 있는 상대가 다른데, 신랄한 말은 엇비슷하다.

그 감동에 등이 떠밀린 스바루는 숨을 허덕대는 자신을 질타하고, 후방 경계를 램에게 맡긴 채 필사적으로 숲을 달렸다.

오늘은 아무튼 내내 움직이고만 있다.

육체적으로도 정신적으로도 진이 빠져서, 가능하다면 팔다리를 쭉 뻗고 드러눕고 싶다. 아니 추적자를 뿌리치면 반드시 그럴 거다. 여덟 시간 잘 거다.

"그러니까, 그때까지 버텨라, 내 몸아——!!"

"——윽, 잠시만요!"

"아야야야얏?! 왜?!"

분발의 기합을 지르는 스바루의 귀를 품속의 램이 세게 잡아당겼다. 그 아픔에 얼굴을 찌푸리는 스바루에게 램이 진로에서 벗어난 쪽을 손가락으로 가리켰다.

"물소리가 들립니다. 흐르는…… 강? 흔적을 지울 수 있지 않을까요?"

"확실히 반가운 소식이야! 일단 강을 넘으면 쉽게 쫓아오지 못할 테지……!"

공교롭게도 스바루에게는 자기 심장 소리와 호흡 소리가 시끄러워서 물소리가 들리지 않았지만, 이 자리에서 렘의 청각을 의심할 이유가 없다.

"저쪽입니다." 하고 가리키는 렘의 손가락을 따라 스바루는 진로를 변경하고, 강을 찾아서 달린다.

그리고 나무들을 넘어서 수풀을 뛰어넘고 길이 열렸을 때——.

"——강! ……이, 지, 만?"

숲이 열리고 시야가 넓어진 순간, 스바루에게도 호쾌한 물소리—— 그렇다. 호쾌한 물소리가 비로소 들리고 있었다.

그도 그럴 터. 들려온 물소리는 큰 강줄기에서 나고 있었다. 그것도 스바루 일행의 눈 아래 10미터 가까운 절벽 아래를 흐르고 있다.

잠깐 건너서 흔적을 지울 수 있기를 바란 생각을 비웃듯이.

"아무리 그래도 이건……."

품에 있는 렘이 눈 아래의 큰 강에 숨을 죽였다.

거칠게 흐르는 물의 세기와 높이를 고려하면 차마 말을 잇지 못하는 것도 당연하다. 자신의 직감에 의지하는 바람에 여기로 이끌고 말았다는 자책감도 있을 것이다.

하지만 그 후회를 탓할 시간도, 반대로 위로할 시간도 없다.

"——젠장, 결판이 난 건가?!"

등 뒤의 숲, 어딘가 멀리서 어마어마한 포효가 하늘에 울려 퍼졌다.

그것은 모종의 감정을 띤 뱀의 울음소리로 들려서, 승리든 패배든 간에 살아남은 쪽이 스바루 일행 쪽으로 온다.

"그 전에, 여기서……."

"——나를, 두고 가세요."

떠나야 한다고, 그렇게 생각한 스바루의 가슴에서 렘이 그렇게 말했다.

렘의 바싹 긴장한 목소리에 스바루는 "하." 하고 숨을 내뱉었다.

"뭐, 라고?"

"두고 가세요. 저 때문에 괜한 길을 돌아왔습니다. 한시의 유예도 없습니다. 어떻게든, 상대의 발을 잡아 보겠으니……."

"바, 바보 같은 소리 하지 마! 너를 두고 가다니……."

"그럼, 어떡할 건데요?! 다리가 움직이지 않는 여자와 어린아이를 데리고, 벌써 숨을 헐떡이고 무릎도 후들거리는 당신이 더 어쩌겠다고!"

얼굴을 붉힌 렘이 바로 지척에서 스바루에게 호소했다. 그 기세에 압도된 것은 아니지만 스바루도 반사적으로 대꾸하지 못했다.

어쩔 거냐는 물음에, 바로 대안을 내놓을 수 있을 만큼 스바루는 똑똑하지 않다.

하지만 똑똑하지 않으니까 똑똑할 필요가 없는 답이라면 바로 내놓을 수 있었다.

"──아니, 안 돼. 너를 두고 가진 않아."

"──윽, 그렇게 고집을……."

"고집을 부리는 게 누군데! 네가 더 책임을 느끼는 건 알아! 그래도 말이야, 책임감 발휘할 곳을 잘못 찾았다고! 누가, 너를 두고 갈 수 있을까 봐!"

"어……."

"네가 없으면 의미가 없단 말이야! 네가 죽을 바에는, 내가 죽는 게 나아. 어떡해야 알아줄 건데!"

스바루는 장난기 쏙 빠진 본심을 쏟아내어 렘의 의견을 철회시키려 했다.

본심이다. 물론, 스바루도 죽고 싶지는 않다. 『사망귀환』이 기회를 준다고 해도, 죽기는 싫다. 그러니까, 최악의 선택지와 최저의 선택지, 어느 쪽을 선택하는 편이 나은지 정도의 이야기에 불과하다.

그런데도──.

"나도 너도, 죽지 않을 방법을 택할 거야."

"……등에 있는 그 아이는 어떡하고요."

"미끼로 삼아도 된다면 그러겠지만, 그랬다가 일이 꼬이는 것도 곤란해. 그러니까 지금은 이 녀석도 같이 데리고 도망치겠어."

하여간 스바루와 렘의 문제에 반드시 끼어드는 루이가 가증스럽다.

그러나 지금 여기서 루이를 내던지면 렘과의 관계는 수복할 수 없는 상태가 될 것이다. 그 선택지는 있을 수 없다. 그렇기에 밉살스러워도 내던지지 않는다.

　"＿＿＿＿＿＿＿."

　스바루의 단호한 의지를 들은 렘이 눈을 크게 뜨고 침묵했다.

　그녀 안에는 여전히 받아들이기 어려운, 사악한 냄새에 휩싸인 스바루를 어떻게 판단해야 할지 수용하지 못하는 갈등이 엿보인다.

　그런 갈등을 눈 끝자락에 담아 두면서, 스바루는 주위를 둘러보며 탈출로를 찾았다.

　그러나 생존으로 가는 길은 그렇게 형편 좋게 발견되지 않는다. 렘이 자신을 미끼로 써먹으라고 말을 꺼낸 것도 무리가 아닌 상황이다.

　그렇다면 남은 것은＿＿＿.

　"＿＿뛸 수밖에 없어."

　"뭣…… 자, 잠깐만요! 그거야말로 무모해요! 이런 상황이라고요?!"

　"등에 묶은 무게추와, 발이 움직이지 않는 렘, 손가락이 세 개 부러진 데다가 늑골도 살짝 수상쩍고 빌빌대는 나……."

　"손가락은…… 어쨌든! 그런 상태로 어림도 없어요! 이런 높이에서…… 뛰어든 순간, 의식이 없어져서 물에 빠질 뿐입니다!"

　렘이 아래의 강을 가리키며 현실적인 반대 의견을 말했다.

　높이는 10미터, 이쪽은 멀쩡히 움직이지 못하는 두 사람을 부상자가 챙겨야 하는 상황. 거친 물살에 버텨내면서 어떻게든 맞은편 기슭에 도착해야 한다면, 아예 자살 행위로 느껴지는 것도 당연했다.

"하지만 자살이 아니야. 가령 그렇더라도 죽을 때는 같이 죽는다고."

"절대로 싫어요!"

"아파악!"

이를 빛낸 스바루의 웃음이 렘의 따귀에 호쾌하게 얻어맞았다. 상당한 위력에 목이 홱 돌아간 스바루는 "아구구." 하고 맞은 뺨을 붉혔다.

"알았어. 네가 그렇게 말하니까, 죽지 않아."

"_____."

"네 소망은 내가 이루어 줄 거야. ──나는, 너의 영웅이니까."

그 말을 들은 렘이 놀란다.

그건 렘의 기억이 자극되었기 때문이 아니라, 깨어나자마자 들은 수상한 발언이 질리지도 않고 반복된 것에 느끼는 놀라움일 것이다.

하지만 그래도 된다.

방금 한 말은 렘에게 들려주고 싶었던 것이 아니다. ──렘의 연청색 눈에 비치는, 한심함을 허세로 숨긴 남자에게 마법을 걸고 싶었을 뿐이다.

"꽉 잡아."

다가오는 위험을 느낀 스바루가 숨을 내뱉으면서 말했다.

렘은 여전히 저항하려고 했지만, 말리려는 말을 고르는 사이에 스바루의 발이 절벽으로 전진한다. 낙하의 예감에 렘의 손이 스바루의 옷을 꽉 잡았다.

그리고——.

"——죽으면 용서하지 않을 거예요!"

'아아, 그러면 죽지 못하겠네.' 하고, 쓴웃음과 함께 스바루가 절벽을 세게 박찼다.

6

충격과 물기둥이 솟구치며 맹렬한 기세로 온몸이 삼켜져 빙글빙글 회전한다.

가까스로 발끝부터 물에 뛰어든 덕분에 받은 대미지는 최소한으로 그쳤다.

단, 최소한이라도 충분하고 남을 위력이라 체력 게이지가 이미 새빨갛던 스바루로서는 없는 근성으로 겨우 버텼다는 인상을 씻어낼 수 없었다.

하지만 구태여 씻어낼 필요도 없었다.

"어푸."

그런 인상을 씻을 필요도 없이, 스바루의 온몸은 물에 폭삭 젖었다. 마치 세탁기 안에서 돌아가는 행주처럼 휩쓸리는 기세에 희롱당할 뿐.

어떻게든 수면에 떠올라 호흡을 하고 싶다. 하지만 자유가 없다. 팔다리를 버둥거려 떠오르려 해도, 팔에는 소중한 것을 안고 있어서 그럴 수도 없다.

　"＿＿＿＿＿."

　물살에 시달리고는 있었지만, 가슴으로는 애정의, 등에서는 증오의 대상을 각각 느낄 수 있다. 묶어 둔 채찍도 강하게 안은 팔도 풀리지 않았다.

　"어푸어푸."

　물이 코와 입으로 흘러들고, 눈과 귀로도 들어오는 느낌이 든다.

　버둥거리는 팔과 다리는 무의미하게 물을 헤집고, 강이라는 거대한 생물의 식도를 통해 속수무책으로 위장으로 옮겨지는 기분이다. '그곳'에 다다르면, 돌이킬 수 없다.

　거기에 이르기 전에, 어떻게든 해야 한다.

　"어푸어푸."

　필사적으로 물을 헤치고 있으려니, 여러 가지로 쓸데없는 생각이 머릿속을 꿈틀거렸다.

　에밀리아는, 베아트리스는, 람은, 메일리는 무사할까. 율리우스와 아나스타시아, 에키드나는 어떻게든 하고 있겠지. 파트라슈가 있으면 다들 안심. 이 자리에 파트라슈가 있었더라면 구해주었을 텐데. 서로 돕기를 반복하고, 극복하고, 그 으뜸가는 상대가 렘일 텐데 손가락이 부러졌다. 새삼스럽지만 무지무지 아픈데도 용케 울부짖지 않았다. 장하다. 렘 앞에서 꼴사나운 짓은 하기 싫다. 에밀리아 앞에서도, 베아트리스 앞에서도, 페트라와 가필 앞에서도 그렇다. 오토와 클린드, 프레데리카에게는 한심하다는 사실이 알려졌으니까 상관없지만. 로즈월에게 알려지면 무서운 일이 생기니까, 어떻게든 숨겨야만 한다. 프리스텔라에 빨리 돌아가서, 곤경에 처한 사람들을 구해서, 왕선이, 내일이, 모두가——.

"어푸어푸."

모두, 가——.

7

"——콜록."

힘껏 손을 뻗어 어떻게든 붙잡은 나뭇가지를 끌어당겼다. 가지를 잡은 것은 왼손으로, 고장 난 세 손가락이 비명을 질렀지만 신경 쓰이지 않는다.

"웨엑, 꾸웨엑."

기침하며 배 속을 채우고 있는 물을 요란하게 쏟아냈다.

그러면서 간신히 오른팔의 무게를 끌어안아 수면에 고개를 내밀게 했다. 의식이 없이 축 처진 옆얼굴을 바라보며 필사적으로 나뭇가지에 의지해 기슭으로 기어올랐다.

"콜록, 허윽."

겨우 기어오른 기슭에서 구토감에 휩쓸려 대량의 물을 토해냈다. 그리고 아직 몸 안에 물이 남아 있는 감각에 저항하면서 끌어올린 소녀를 지면에 눕혔다.

"————."

입가에 귀를 대어 소녀의 호흡을 확인한다. 반응이 없다. 입술을 깨물고 눕힌 소녀의 가슴 주변을 꾹 압박해 심폐 소생을 시도한다.

그러나 숨이 돌아오지 않는다. 인공호흡을 해야 하나 몸을 숙여 얼굴을 가까이 댔을 때 "콜록." 하고 물을 뱉어냈다. 얼굴을 옆으로 기울여 물을 뱉게 해 준다.

온몸의 권태감을 참으면서 몸에 묶은 채찍을 풀어 등의 무게추를 내렸다. 처음부터 의식이 없던 것이 복이 되었는지, 내려놓은 무게추는 약하게 호흡하고 있었다.

즉, 전원이, 무사하게——.

"무사, 하게……."

머리가 휘청 크게 흔들려서 그 자리에 털썩 쓰러졌다.

어떻게든 기슭에서 벗어나 최소한 덤불에 몸을 숨겨야 한다고 생각하지만, 몸이 전혀 말을 듣지 않는다. 완전히 체력이 고갈된 것이다.

손가락 하나 움직이지 못하는 채로, 의식이 캄캄한 어둠 속으로 떨어진다.

그대로 의식이 끊기기 전에 비는 것은, 사냥꾼도 뱀도 아닌, 별개의 누군가가——.

"렘, 을……."

최소한 렘만이라도 무사히 구해줬으면 하는 소원이었다.

8

───.

──────.

─────────────.

"───아."

천천히 의식이 차가운 암흑 속에서 끌려 올라간다.

잊고 있던 호흡이 조용히 기억이 나서 스바루는 텅 빈 몸 안에 공기를 들이켰다. 더, 더 달라고, 물에 빠졌던 것처럼 산소를 원해 크게 입을 벌리고──.

"──씩씩쌕쌕 시끄럽다고, 자식아."

"우겁."

그 벌린 입에 억지로 무언가가 처박히고 매도를 뒤집어썼다.

무슨 일인가 싶어 눈을 크게 뜨지만 아무것도 보이지 않는다. 아무래도 얼굴에 무언가가 감겨서 눈을 가린 모양이다. 단지 그 난폭한 누군가가 입에 무언가를 쑤셔 넣은 것을 알 수 있다.

흙과 풀 맛, 크고 단단한 감촉──금세 신발이라고 짐작이 갔다.

누군가가 스바루의 입에 자신의 신발코를 쑤셔 넣은 것이라고.

"우웩! 푸억! 무, 무슨 일이…… 꾸웩!"

"자식이, 뭘 반항하고 자빠졌냐. 니 처지를 알고나 있냐?"

"콜록, 커헉."

얼떨결에 신발을 뱉어낸 직후, 그 신발코에 명치가 차였다. 충격에 숨이 막힌 스바루가 기침하고 있을 때, 그 난폭한 남자가 침을 뱉었다.

그 대접에 스바루의 머릿속은 크게 혼란에 빠져 있었다.

눈도 보이지 않고 영문도 모르는데, 갑자기 폭력을 당해서.

덤으로 아픈 가슴을 문지르려 해도 팔이 뒤로 묶여 있어서 그 것도 불가능했다. 다리도 묶인 모양이라 서서 도망치는 것도 무리였다.

"무, 무슨, 일이……."

"아앙? 이 자식, 언제까지 까불고……."

"──자자, 진정하라고! 아무것도 몰라서 그래. 눈가리개, 풀어 주자."

"쯧."

침을 흘리고 웅크린 스바루. 그 앞에서 두 남자가 무언가 입씨름을 벌이고 있다. 나중에 들어온 쪽이 난폭한 남자를 설득하고, 거친 기척이 혀를 차면서 멀어지는 것을 알 수 있다.

그러고 나서 "이거 참." 하고 부드러운 남자의 목소리가 나왔다.

"난데없이 미안해. 뭐가 뭔지 싶을 테지만, 일단 눈가리개를 푼다? 손발의 밧줄은 풀 수 없으니까 양해해 줘."

"──────."

스바루가 대답하지 않고 있으려니, 남자가 천천히 머리에 손을 얹고 단단히 묶여 있던 눈가리개를 풀어 주었다. 약한 통증과 함께 개방감이 생겨 스바루는 심호흡과 함께 가슴의 아픔을 참으면서 조용히 시력이 돌아오기를 기다렸다.

그리고──.

"──뭐야, 여기."

되찾은 시야에 펼쳐진 것은 여러 개의 천막과 모닥불. 그리고 주위를 바쁘게 오가는 거친 분위기에 도검 및 갑옷을 걸친 남자들.

무심결에 말을 잃은 스바루의 뇌리에서 그 광경을 가리키는 가장 적절한 이미지는——.

"……역사 드라마에서, 이런 걸 본 적 있어."

딱히 직전에 큰 강줄기를 보았기 때문은 아니지만 스바루의 머릿속에 스친 것은 대하 드라마의 한 장면, 전쟁이 시작되기 전의 준비에 쫓기는 진지.

마치 그 장면을 재현한 듯한—— 아니, 그게 아니다.

"마침 물을 길러 갔을 때 발견해서 말이야. 미안하지만, 당신은 우리의 포로가 됐어."

정면으로 돌아들어 온 사람은 눈가리개를 풀어 준 남자일까.

남자가 허리에 손을 짚고 왠지 사람 좋아 보이는 난처한 표정으로 스바루에게 말했다.

——나츠키 스바루는, 포로가 되었다.

제3장 『남자는 고달파』

1

──포로.

그 한 마디에 스바루는 거대한 혼란을 느끼고 침을 삼켰다.

"────."

주위는 스바루가 사로잡힌 곳은 대하 드라마 등에서 보던, 전쟁을 위해서 만들어졌다고 짐작되는 야영 진지 같은 광경이다. 여러 개의 천막이 서 있고 오가는 것은 무장을 걸친 삼엄한 분위기의 인간과 아인족의 혼성군.

스바루는 바람막이용 조악한 막을 둘러친 장소의 딱딱한 흙 위에 앉아 있다. 뒤로 손이 묶이고 발도 구속되어 자유를 빼앗긴 상태였다.

단, 스바루에게 중요한 것은 자신의 부자유보다──.

"렘…… 여자애가 나랑 같이 있었을 거야. 그 아이는 어쨌지?"

"오, 자기가 포로라고 듣자마자 궁금해하는 게 여자애? 그 아이들은 당신에게 소중한 사람인 걸로 봐도 될까?"

스바루의 조용한 물음에 눈앞에 쭈그린 남자── 스바루의 입에 신발을 처박은 난폭자를 말려 준, 밝은 주황색 머리를 가진 젊은이가 눈썹을 세웠다.

　젊은이의 연령은 스바루보다 약간 위, 호감을 살 만한 웃음을 띠고 있지만, 가벼운 무장과 허리의 도검을 보아 진지에 속한 전사 중 한 명임을 알 수 있다. ——기사가 아니라, 전사다.

　명색이 1년 넘게 이세계에서 생활해 왔던 스바루는 구별할 수 있다.

　기사는 화려하고, 전사는 투박한 법——. 나쁜 의미가 아니다. 요구받는 내용의 차이다.

　기사라면 기량은 물론이거니와 민심을 안정시킬 수 있어야 한다. 그 점에서 청렴한 외모는 필수라고 할 수 있다. 라인하르트와 율리우스가 좋은 증거다.

　다른 한편, 전사에게 필요한 것은 싸울 힘과 승리뿐. 눈앞의 청년도 예외가 아니다.

　"……한 번 더 묻겠어. 나랑 같이 있던 여자애는?"

　"당신, 고집이 센걸. ……둘 다 무사해. 조금 지나치게 기운찰 수준으로 건강하지."

　"——저, 정말이야?! 어정쩡한 대답은 그만둬! 파란 머리 아이가 무사하면 그걸로 충분해."

　"꽤 야박한데 그래?!"

　무심결에 앞으로 몸이 쏠린 스바루의 확인에 청년이 쓴웃음과 함께 머리를 긁었다.

　에누리 없는 본심이지만, 자세한 사정을 설명해도 그에게는 공감을 얻지 못할 것이다. 좌우지간, 렘이 무사하다고 들어서 안심했다. 나머지는 스바루 일행의 입장이다.

"포로가 되었다는 이야기는 받아들이기 어렵지만 받아들이기로 하고…… 렘, 하고 다른 애는?"

"만나고 싶다면 나중에 만나게 해 줄게. 당신이 순순히 질문에 대답해 준다면. 참고로 그 아이들 말인데, 지금은 감옥에 들어가 있어."

"감옥?! 왜 그런 짓을…… 끄악?!"

감옥이라는 말에 가혹한 환경에 괴로움을 겪는 렘의 모습이 머리에 스친다. 하지만 그 사실에 항의하자마자 안대를 찬 남자가 등 뒤의 부러진 손가락을 난폭하게 짓밟았다.

스바루가 이를 악물고 아픔에 신음할 때, 안대 남자는 "망할 것이." 하고 혀를 찼다.

"포로 신세라는 자각이 부족한 녀석이군. 네놈은 물어보는 대로 대답만 하면 된다고!"

"자말, 그만하라니까! 또 기절하겠어!"

"입장을 알아 처먹게 해. 모가지 위만 무사하면 되잖아. 뭐하면 남은 손가락도 모조리……."

"──자말."

웅크린 스바루의 손을 짓밟는 남자── 자말이 사악하게 웃으며 내뱉자 갑자기 젊은이가 차분한 투로 그 이름을 불렀다.

그 부름에 자말은 숨을 죽였다가 "알았어." 하고 마지못해 발을 거두었다.

"어, 윽……."

"쯧. 토드에게 감사해라. 기분 더럽네."

부러진 손가락이 해방되어 호흡이 가능해진 스바루에게 자말이 내뱉었다. 자말은 곧장 뒤돌아서 짜증을 표하며 자리를 떠났다.

"나 참, 성질이 급한 녀석이라 미안해. 신경이 곤두서 있거든. 물가에서 당신들을 발견한 것은 자말의 부대였지만……."

"였, 지만……?"

"거기서 당신과 동행이던 아이에게 꽤 저항을 받은 모양이라서. 부대는 반파, 대장인 저 녀석은 얼굴에 먹칠했다는 거지."

토드라고 불린 젊은이의 설명에 스바루는 "아아……." 하고 자말의 분노에 수긍했다.

강에 뛰어들었다가 강기슭에 기어오른 뒤에 생긴 일이리라. 먼저 깨어난 렘이 다가온 자말과 동료들을 때려눕힌 것이다.

그 동행인 스바루에게 자말이 매섭게 대하는 것도 이해할 수 있는 이야기였다.

"하지만, 나, 쟤, 싫어……."

"하하, 별일인데. 나도 별로 좋아하지 않아."

스스럼없이 웃으며 토드가 어깨를 으쓱였다. 악의 없는 답변이다. 부러진 손가락에 고통을 받은 쪽으로서는 배겨낼 재간이 없지만, 지금은 인내하고 스바루는 숨을 뱉었다.

그렇게 아픔을 머리에서 몰아낸 뒤에, 이성적으로 대화를 할 수 있을 듯한 토드를 쳐다보았다.

"토드, 씨라고 하면 되나?"

"호오, 잘 듣고 있었네. 그래, 토드야. 그래서, 토드 씨의 질문 말이지만……."

"순순히 대답하면 된다며. ……뭐가 묻고 싶은 거야."

어차피 하찮은, 일개 이세계인에 불과한 나츠키 스바루다.

세계를 넘나드는 방법 같은 것은 모르고, 안타깝게도 이세계물의 정석인 지식 치트를 할 만한 전문 지식도 없다. 아는 것 하나 없어서 파고들면 눈물이 날 지경이다.

"그런 내가, 과연 무엇을 대답할 수 있을까?"

"뭘 비굴하게 그러는지 모르겠네. 뭐, 가망이 적지만 묻고 싶은 것은 우선 하나뿐이야. ──당신, 『슈드라크의 민족』이야?"

"……슈드라크?"

뜸을 들이던 토드의 물음이지만, 들은 적이 없는 단어다.

하지만 그렇게 되물은 스바루의 반응에 토드는 "거봐, 역시." 하고 자신의 이마에 손을 짚었다.

"그 반응으로 알겠군. 당신은 무관하다는 걸."

"이것 봐, 기다려. 아직 아무 대답도 하지 않았잖아. 아무리 그래도 지레짐작……."

"그렇지 않아. 사족(士族)을 물었는데 위장하는 녀석은 없어. 들은 적이 없는 녀석도 그렇지. 그런 반응을 보이고서 『슈드라크의 민족』이라고 해 봤자 아무도 안 믿을걸."

단정적인 말투지만 허세로는 들리지 않았다.

토드의 확신을 가진 말에는 설득력이 있고, 스바루도 더 따지지 않았다.

그러나, 그렇게 되면──.

"그 『슈드라크의 민족』이라는 건, 대체 뭔데?"

"우리가 찾는 사람이야. 저 커다란 숲…… 바드하임 밀림 어딘가에 있지."

"──바드하임 밀림."

"이 주변 일대 전부가 숲이야. 찔끔찔끔 찾아서 몇 년이나 걸리려는지."

지긋지긋하게 중얼거리는 토드의 시선을 좇은 스바루도 탄식하는 원인을 이해했다.

──그렇게 한탄하고 싶어질 정도로, 광대하고도 광대한 숲이었다.

스바루가 붙잡힌 진지 쪽에서 봐서, 오른쪽도 왼쪽도 끝없이 지평선까지 녹음이 이어지고 있다. 안의 깊이도 그에 필적한다 치면, 숲을 가는 도중에 여러 번 하던 생각이지만 비유 없이 아마존의 대밀림에 필적할지도 모른다.

넓이와 가혹함, 마수와 정체 모를 동식물의 생식을 고려하면 그야말로 마경이다.

"……여기서 사람을 찾아? 조심스럽게 말해서, 무리 아냐?"

"당신도 그렇게 생각해? 아니, 진짜로 두 손 들겠어. 돌아가는 게 몇 년씩 늦어지면 약혼자가 외면할 거야."

전장에 보내져 연인과 생이별한 병사의 비애. 그에 가까운 것이 느껴지는 토드의 발언에 스바루도 다소나마 동정한다.

하지만 현재진행형으로 생이별한 것은 스바루 쪽이기에 그 동정도 오래가지는 않는다.

"이봐, 토드 씨. 당신 눈으로 볼 때, 나는 정직하게 대답했을 거야. 그렇다면 당신도 약속을 지켜 주면 고맙겠는데."

"남이 약혼자를 만나지 못해 슬퍼하고 있는데 자기는 여자를 만나게 해 달라고? 피도 눈물도 없군."

"다친 사람의 부러진 손가락을 밟은 놈의 동료에게 듣고 싶지 않아."

"하하, 하긴 그래."

꽤 대담한 스바루의 대꾸였지만 토드는 화내기는커녕 웃음을 터트렸다. 그리고 그는 스바루의 다리를 묶은 밧줄을 늦추어 걸음의 자유를 주었다.

"좁은 보폭으로 걷는 정도는 할 수 있겠지. 감옥까지 데려가 줄게."

"그래, 가능할 것 같아. 안내 부탁하마."

"유들유들하시네. 귀하신 몸인가, 이 친구."

쓴웃음 지은 토드가 등을 두드리자 스바루도 찔끔찔끔한 보폭으로 걷기 시작했다.

그렇게 포로용 천막에서 나온 스바루가 주춤주춤 걷는 것을 주위 남자들이 호기심 어린 눈으로 보는 것을 알 수 있었다. ——역시, 전투를 위한 진지로 보인다.

급조한 목책으로 진지를 둘러싸고, 간이형 구사(廏舍)에는 날렵하게 생긴 지룡이 묶여 있다. 색이 다른 천막 여럿이 줄지어 있으니 규모상 100명 이상의 인원이 있을까.

제법 대형——이라고는 해도, 저 광대한 밀림 전부를 조사하는 것은 도저히 불가능하다. 앞날이 깜깜한 임무라고 토드가 한탄하는 기분도 이해가 간다.

그런 식으로 토드와 그 만나지 못하는 약혼자에게 스바루가 동정하고 있을 때.

"아아, 귀하신 몸이라니 생각났지만…… 당신의 짐을 뒤졌더니 나온 나이프, 그건 어디서 손에 넣은 물건이야?"

문득 떠올린 듯한 토드의 질문에 스바루는 한순간 눈썹을 모았다. 짚이는 게 있었다.

숲속에서 복면 남자에게 받은 나이프다. 숲의 장애물이나 렘의 함정을 돌파하느라 신세를 진 물건. ——새삼스럽지만, 그 복면 남자야말로 『슈드라크의 민족』일 가능성이 있었다.

만약 그렇다 치면, 그의 존재를 이야기하는 것은 은인에 대한 배신이 되는 게 아닌가.

"왜 그래?"

침묵에 토드가 의아해하지만, 스바루도 내심으로 어려운 양자택일에 고민하고 있다.

토드는 포로가 된 스바루를 비교적 친절하게 대해 주지만, 그래도 포로 대우인 것은 마찬가지다. 우호적이라고는 말하기 어려운 상대다.

한편으로 복면 남자 쪽은 이미 만나지 못할 가능성이 높지만, 렘을 찾는데 효과적인 조언을 해 주었을 뿐더러 그 나이프까지 양도해 주었다. 은인 레벨이 높은 상대다.

즉——.

"——그 나이프는 우리 집안 물건이야. 가보지."

"그래? 이것 봐라, 그렇다면 당신 여간내기가 아니잖아."

"뭐?"

여러 가지로 생각한 결과, 마음속으로 은인을 감싸기로 결정.

그렇게 생각해 뱉은 스바루의 거짓말에 토드의 목소리가 놀란 감정으로 살짝 높아졌다.

스바루는 그 이유를 알지 못하고 있었지만, 도트는 "그야." 하고 말을 이었다.

"검랑(劍狼)의 문장이 들어간 나이프잖아. 듣기로 그런 건 황제로부터 신하가 직접 하사받는 거라며. 그렇단 말은 당신도 명예로운 가문이라는 뜻이잖아?"

"——잠깐."

목소리가 들뜬 토드, 그의 이야기를 듣던 스바루는 숨을 죽였다.

받은 나이프의 내력은 일단 상관없다. 그것도 꽤 놀랄 만한 에피소드가 있는 것 같았지만 일단 내버려 두겠다.

문제는 별개의 부분에 있다. ——검랑의 문장, 그리고 황제다.

"————."

입을 다문 채로 발을 멈춘 스바루는 주위에 다시 눈길을 주었다.

여러 개의 천막, 모닥불, 조소를 보내는 남자들에 지나치게 넓은 숲—— 그리고 유달리 큰 천막 옆, 바람에 나부끼는 파란 깃발이 보였다.

──그 파란 깃발 중앙에는 검에 꿰뚫린 늑대의 얼굴이 그려져 있다.

"이게 무슨……."

스바루도 이 이세계에 온 지 1년 넘게 지났다.

에밀리아의 첫째 기사로서 소개될 기회도 늘어서 언제까지고 이세계인이라고 여유 부릴 수 없기에, 이것저것 이쪽 세계의 상식에 대해 한창 공부하는 중.

그 공부의 성과와, 검에 꿰뚫린 늑대──『검랑』이 일치한다.

그것은──.

"──신성 볼라키아 제국."

친룡왕국 루그니카의 남방, 국경을 건넌 제국의 문장.

자신들이 왕국과 제국의 국경을 뛰어넘어 다른 나라에 날아왔음을, 스바루는 이때야 비로소 이해했다.

2

──신성 볼라키아 제국.

그것이 스바루가 현재, 포로가 된 지역── 아니, 나라의 이름이다.

이세계를 공부한 성과로서 스바루가 느끼는 볼라키아에 대한 인상은 '게임 등에서도 그렇지만, 제국은 왠지 악의 소굴 같네.' 같은 것이었다.

루그니카 왕국과 마찬가지로, 이 세계의 파워 밸런스를 담당하는 네 개의 강대국 중 하나인 볼라키아 제국은 세계도의 남쪽을 지배하는, 가장 큰 국토를 가진 대국이다.

비옥한 대지와 온난한 기후, 북쪽의 구스테코나 서쪽의 카라라기와 비교해도 풍요로운 토양의 혜택을 받은 볼라키아에서는 당연한 것처럼 『약육강식』의 구조가 형성되었다고 한다.

다수의 종족, 민족이 난립하며 강자가 모든 것을 손에 넣고 약자는 상실하고 학대받는다.

그런 폭거가 통하는 것이 볼라키아 제국―― 요컨대 나츠키 스바루와 가장 상성이 나쁜 사람들이 사는 땅이었다.

"――신성 볼라키아 제국."

천막 옆에서 흔들리는 군기를 보자 무심코 스바루의 입에서 그 말이 새어 나왔다.

그 아연한 스바루의 중얼거림을 들은 토드는 가볍게 눈썹을 세우더니 말했다.

"――볼라키아 만세!"

"으어?!"

갑자기 바로 뒤에서 폭발하는 듯한 목소리가 터져서 스바루가 깜짝 놀랐다. 펄쩍 뛰며 놀라는 스바루의 반응에 토드는 "하하하." 하고 웃었다.

"뭐야, 왜 그래, 그 반응. 당신이 먼저 꺼내놓고."

"볼라키아 만세?"

"볼라키아 만세."

짐작도 가지 않는 누명이지만 왠지 모르게 이해했다.

신성 볼라키아 제국, 그렇게 부르면 '볼라키아 만세'라고 대답한다. 그것이 그들의 상식이며, 국민성의 일부인 것이다.

그리고 또 한 가지 이해한 점이 있다.

"내가 루그니카 사람이라고, 섣불리 털어놓지 못하겠어."

그것이 은근히 스바루에게는 큰 타격이었다.

현재, 스바루의 입장은 루그니카 왕국에서 벌어지는 왕선의 참가자, 에밀리아의 첫째 기사다.

로즈월의 후견 아래 정식으로 기사 서훈을 받은 스바루는, 사실 당대뿐이기는 하지만 어엿한 루그니카의 말단 귀족──『기사작』인 것이다.

그게 아니어도 루그니카 왕국 안에서라면 왕선에 대해 모르는 사람은 거의 없다.

따라서 신분을 밝히면 편의를 봐줄 수도 있다. ──적어도 렘이 무사한 것을 확인하면 말이 통하는 토드에게 그 이야기를 하고자 생각했었다.

하지만 여기가 볼라키아 제국이라면, 이야기가 달라진다.

"──────."

루그니카 왕국과 볼라키아 제국의 관계가 나쁜 것은 이 세계의 역사서를 읽은 스바루도 잘 아는 사실이었다.

400년 이상 전에 국토를 둘러싼 대전쟁을 수도 없이 반복한 두 나라는, 400년 전 루그니카 왕국이 『신룡』과 맹약을 맺은 이후로 큰 싸움에서 멀어졌다.

하지만 그 뒤에도 작은 전투는 산발적으로 일어나고 있으며, 지금도 양국 관계가 냉전 상태에 있음은 의심할 여지가 없다. 왕선의 개시가 선언되기 전에는, 이 기회를 틈타 제국이 전쟁을 시작하지 않게끔 사전에 약정이 이루어졌다고도 들었다.

그런 볼라키아 제국 내에서 자신이 루그니카의 말단 귀족이라고 이야기하면 어떻게 될까.

이것이 양식 있는 제국 귀족 상대라면 몰라도, 여기는 전장 한 구석의 진지다. ——토드는 몰라도, 자말 같은 혈기 왕성한 패거리에게 국빈 대우를 바랄 수 있을까.

"절대 무리지."

즉, 스바루는 자신의 신분을 섣불리 밝힐 수 없어졌다.

이렇게 되기 시작하면, 동행자가 그 사실조차 잊고 있는 렘이었다는 점은 불행 중 다행——. 정말로, 불행에 불행에 불행 중에 작은 다행이었지만.

"이봐, 정말로 왜 그래? 손가락만이 아니라, 다리도 못 쓰게 된 거야?"

"아니, 그게 아니야. 단지, 볼라키아 만세라는 말을 듣고 가슴속에서 솟구치는 외경의 마음이 떨리는 것을 참을 수 없어져서……."

"아아, 과연. 그거야 어쩔 수 없지. 그건 내 쪽이 배려가 모자랐군."

그렇게 수준 낮은 변명에 토드가 수긍하자 스바루의 뺨을 메마른 사교성 웃음이 장식했다.

과연, 문헌으로밖에 몰랐던 세계관이지만, 이것이 '제국'이란 말인가.

일종의 히든카드, 신분을 밝혀서 메이더스령으로 귀환하는 방도는 봉인되었다고 봐도 된다.

혹시 양식적인 제국인이라면, 이쪽 입장을 존중해 줄지도 모르겠지만──.

"둘 중 하나로 도박하기에는, 좀 불리해."

"뭘 중얼대고 있어? 자, 염원하던 대면이시다."

"──아."

등이 떠밀려 좁은 발걸음으로 걷던 스바루의 어깨가 두드려졌다. 토드의 말에 고개를 드니, 데려온 곳은 진지 끝자락에 설치된 철제 우리. 정연하게 놓여 있는 여러 우리 안에 탈싹 앉은 소녀가 있어서──.

"렘!"

"──아, 당신은."

찾던 소녀의 모습을 발견한 스바루가 우리로 달려들었다. 상대를 깨달은 렘이 그 기세에 눈썹을 찡그리고, 변함없는 적개심으로 스바루를 노려보았다.

하지만 상관없다. 우선 렘이 무사한 것을 확인하면──.

"아아, 다행이다! 무슨 짓 당하지 않았어? 어디 아픈 곳……푸압!"

좁은 보폭으로 서두른 결과, 발이 엉켜서 앞으로 쓰러졌다. 당연히 몸을 지탱할 손을 쓸 수 없었기에 스바루는 안면부터 쇠우리에 격돌, 그대로 "크헉." 하고 뒤로 나자빠졌다.

그 충격적인 자폭을 보자 아무리 렘이라도 경계보다 놀람이 앞선 표정을 지었다.

"잠깐, 갑자기 뭔가요?!"

"아니, 미안……. 거, 겁을 줄 마음, 은……."

"겁먹지 않아요! 우습게 보지 마세요. ……코랑이는 괜찮나요?"

"응?! 걱정해 준 거야?"

"뭐? 아니거든요?"

애벌레처럼 몸을 일으키고 코를 훌쩍인 스바루의 말에 대한 렘의 답변이 싸늘하다.

단지, 연청색 눈에 응시받은 스바루는 자기도 모르게 기쁜 마음이 서린 한숨을 흘렸다. 그 모습에 창살 안의 렘은 더더욱 뺨을 굳혔지만.

"아무튼, 무사하다면 다행이야. 어디 이상한 곳 없어? 반대로 다리를 움직일 수 있게 되었다거나, 폭삭 젖어서 한기가 든다거나 뭐든지 말해 줘."

"그런 식으로 정성을 다하는 척하며 접근하지 말아 주세요. 숲에서는 어쩔 수 없이 협력했습니다만, 당신의 수상한 구석은 딱히 달라진 게……."

"아니, 줄곧 자고 있어서 면역력이 떨어졌을 가능성도 있겠지. 어이, 토드 씨! 렘이 감기에 걸리면 대형 사고야. 이불 하나만 빌려주지 않겠어?"

"나를 무시하고 멋대로 이야기를 진행하지 마세요!"

렘이 처한 환경의 개선을 요구하자 당사자인 렘으로부터 강한 기세로 항의받았다.

아무래도 사냥꾼과 마수의 양대 위협으로부터 벗어난 과정을 거쳐도, 렘 안에서는 스바루에 대한 의심과 경계심이 불식되지 않은 모양이다.

그 사실에 스바루가 쓴웃음 짓고 뺨을 긁자, 토드가 손뼉을 짝 짝 쳤다.

"그래그래, 감동적인 대면인 것은 알겠지만, 조금 어긋났잖아. 자, 그래서, 으음, 당신은 렘 씨라고 하면 될까?"

"──글쎄, 어떨까요."

"이거 이봐, 난처한걸. 고집스러운 데에도 한도가 있을 텐데."

스바루와 렘의 배드 커뮤니케이션에 토드가 떨떠름한 표정을 지었다.

퉁명스럽게 고개를 돌린 렘이지만 그녀의 차가운 대응은 스바루에만 한정된 이야기가 아니라, 이 진지── 요컨대 토드를 포함한 제국인에 대해서도 일관적인 것 같다.

그건 그거대로, 가까운 사이에게만 본심을 내비치는 렘답다고 못할 것도 없지만.

"그렇게 아무나 상관없이 물어뜯으면, 금방 광견이라는 별명이 붙을걸."

"달리 할 말이 있을 텐데 나더러 개라고요? 체취 말고도 무례한 사람이네요."

"체취가 무례하다니 무슨 뜻이야? 청결감이 부족하다는 의미?"

며느리가 미우면 손자까지 밉다는 관용구가 있지만, 렘의 스바루에 대한 말투는 바로 그 전형이다. 초면의 나쁜 인상이 참으로 오래 끌고 있다.

이것은 렘부터 무너뜨리기는 어렵겠다고, 스바루는 토드 쪽을 다시 조준했다.

"아무튼, 이 아이는 렘이 맞아. 구해줘서 고맙다……고, 이 우리에 들어간 상황을 보면 감사를 표하기 어렵지만."

"말했잖아? 자말의 부대 녀석들이 걸레짝이 됐어. 이 정도는 해 두지 않으면 우리로서도 체면이 서지 않아. 뭐, 험한 짓은 하지 않을 거야."

"……그 말, 믿어도 돼?"

"제국 귀족의 신임이 있잖아. 자말도 이래저래 군말하지 않아."

말과 함께 토드가 자신의 품속을 뒤져 그 나이프를 꺼냈다. 그 행동에 스바루가 눈을 크게 뜨자 토드는 나이프를 칼집에서 뽑아 스바루의 손과 발의 밧줄을 끊었다.

"오오…… 혹시, 이대로 해방해 줄 거야?"

"그래, 이 아이를 데리고 어디로든……이라고 말하고 싶지만, 그럴 수야 없어."

"_____."

"그렇게 무섭게 보지 말라고. 딱히 꼬장 부리는 게 아니야. 보다시피 우리는 숲에 있는 『슈드라크의 민족』과 싸우기 위해서 포진하고 있어. 하지만 배치된 것은 우리만이 아니야. 섣불리 어슬렁대다간 다른 진지 녀석들에게 잡힐걸."

광대한 숲을 공략하기 위해, 이곳 이외에도 곳곳에 진지가 존재한다는 의미일 것이다.

만약 스바루 일행이 깜빡 실수로 다른 진지의 부지에 들어갔을 경우, 역시 이곳과 비슷하게 포박되거나 심문당할 위험이 있다는 충고다.

"자말로 득시글대는 진지에서, 배 터지게 신발을 먹을 가능성도 있다는 소리인가."

"나는 아픈 게 싫어서 되도록 대화로 해결하려고 하지만. 내 입으로 말하기도 뭐한데, 나 같은 놈은 제국 군인치고는 드문 편이라고."

"웬만한 작자들은 그 무례한 남자처럼 고자세라는 건가요."

"뭐, 그러다가 당신의 역정을 샀으니까 자업자득이지만 말이지."

렘의 딱딱한 목소리는 강렬한 혐오에 차 있었다.

스바루도 호감을 품을 이유가 없는 상대지만, 자말과의 초면이 어지간히 최악의 만남이었을 것이다. 토드도 두둔하지 않으니 아군이라도 옹호할 수 없는 모양이다.

"토드 씨, 당신이 우리를 걱정해 주는 것은 알겠어. 하지만 어떡하면 돼? 당신도 한탄했지만, 이 숲의 공략이 완료될 때까지는 도저히 기다릴 수 없다고."

"그야 맞는 말이고, 외부인을 내내 진지에 두었다간 우리도 혼나. 걱정하지 않아도 며칠 뒤에 보급 부대가 가까운 마을로 갈 거야. 그 부대와 같이 진지에서 나가면 돼."

"그렇군. 보급 부대라."

당연하지만, 많은 사람들이 행동하려면 상당한 물과 식량이 필요하다. 그것을 전부 현지에서 충당할 수 있을 리 없어서 군대에는 전투 부대와 비슷하게 보급 부대가 중요하다.

이 진지에도 그런 역할이 있으며, 토드는 그 부대와의 동행을 권하는 것이다.

"그럼, 한동안은 신세를 져도…… 되나?"

"되지 않겠어? 그렇게 금방 전황이 움직이지 않을 테고…… 다만, 자말 녀석에게는 접근하지 않는 편이 나을 거다. 또 신발을 먹고 싶지 않으면 말이야."

"그건 뼈저리게 잘 알아. 렘도…… 그 방침으로 괜찮아?"

렘은 고개를 홱 돌린 채 답변이 없다.

그러나 얼굴을 마주 보며 부정하지 않는다는 것은 반론이나 대안이 없다는 뜻이리라. 단순히 귀여운 반항이라고 받아 둔다. 아니, 귀엽고 귀여운 반항이다.

"그런데, 당신들은 별난 관계인걸. 어떻게 된 두 사람이야?"

"아— 여행자라고나 생각해 줘. 렘은 내 소중한 아이고, 또 한 명은 모르는 아이야."

"아직도 그런 말을 하고……."

토드에게 건넨 대답을 들은 렘의 불신감이 더더욱 깊어진다. 스바루도 실수했다고는 생각하지만, 다른 한편으로 도저히 루이를 동행자라고는 인정하고 싶지 않다.

솔직히 제국이 떠맡아 주겠다면 그래 주길 바란다.

"그러고 보니, 그 녀석은 렘과 같이 우리에 들어 있지 않네. 어디 간 거야?"

"──그 아이라면, 치료를 위해서 데려갔습니다. 강에 뛰어드는 무모한 짓을 했을 때 어딘가에 이마를 다친 모양이라."

"치료…… 치료?"

시선을 피한 렘의 답변에 스바루는 한순간 얼이 나갔다가, 정색했다.

그리고 창살에 달려들었다.

"치료라고 그랬어?!"

"뭐, 뭔가요. 그래요. 치료요. 아니면 당신이 싫어하는 그 아이에게는, 상처 치료를 하는 것도 싫다는 말인가요?"

"그것도 틀린 말이 아니지만, 문제는 다른 쪽에 있어. 이봐, 토드 씨! 루이 녀석은 어디서 치료를 받고 있지? 어느 텐트야?!"

뒤돌아본 스바루의 서슬에 토드가 "뭐야?" 하고 놀랐다. 그러나 스바루는 일의 중대함을 전혀 알지 못하는 토드의 어깨를 잡고 다시 한 번 "어디야." 하고 물었다.

"치료를 받고 있다면, 붉은 깃발이 걸린 천막이야. 그런데 갑자기 왜 그래?"

"왜고 자시고 없어, 다 죽게 생겼다고!"

스바루가 눈이 휘둥그레진 토드의 어깨를 밀고 황급히 붉은 깃발의 천막으로 갔다.

스바루의 그 기세에 무심코 렘과 토드가 얼굴을 마주 보았다.

"뭐지? 좌우간, 쫓아가 보겠지만……."

"가 보세요. 말리지 않으면, 터무니없는 짓을 할 것 같습니다."

"왜 내가 그 소리를 들어야 한다지……."

머리를 긁은 토드가 급한 걸음으로 돌진하는 스바루를 허겁지겁 뒤쫓았다.

그렇게 멀어지는 스바루의 등이 시야에서 사라지고.

"……대체 뭔가요, 저 사람은. 계속, 나를 휘둘러 대고."

렘은 그렇게, 아무에게도 들리지 않을 작은 소리로 중얼거렸다.

한편, 먼저 이야기를 들은 스바루는 붉은 천막을 찾아서 시선을 이리저리 돌리고 있었다.

루이가 치료를 받는다는 말에 최악의 가능성이 스바루의 뇌리에 스쳤다.

어떤 이유인지 제정신을 잃은 상태로 보이는 루이가 치료를 받음으로써 정상으로 돌아와 『폭식』의 대죄주교 중 한 명으로 부활할 가능성이다.

그렇게 되었을 경우, 스바루는 물론 기억이 없는 렘도 대적할 수 없다. 토드나 자말, 진지의 제국인이 뭉텅이로 덤벼도 다수의 희생자가 나올 것이다.

그렇게 둘 수는 없다. 두어서는 안 된다고, 초조함이 스바루의 마음을 채웠다.

그리고 눈에 들어온 붉은 천막으로 성큼성큼 나아가──.

"실례한다! 여기에 금발의 무서운 꼬마가──."

"아─우─아─!!"

천막을 걷으려던 순간, 안에서 무시무시한 기세로 금빛 탄환이 뛰어나왔다.

그것은 정확하게 스바루의 코밑── 인중에 직격해 "끄악." 하고 의식과 상반신을 흔들었다. 스바루는 그대로 뒤에 엉덩방아를 찧었다.

그리고 반사적으로 왼손을 지면에 짚고 말았다. ──손가락이 세 개 부러진 왼손을.

"끄으아아아악──!!"

"아─! 아─! 우─ 아─!"

장렬한 통증에 몸부림치는 스바루. 고통에 시달리는 스바루 위에 걸터앉아 꺅꺅 즐겁게 까부는 악마가 있다. ──루이다.

소녀는 초원에서 스바루를 깨웠을 때와 변함없이, 천진한 사악이 현현한 듯한 웃음을 띠며 가슴에 붙어 볼을 비비고 있다.

그것을 치워내고 싶지만, 아픔에 불타는 의식이 허용치 않는다.

"억, 크, 아, 악……."

"우와, 왼손 짚은 거냐? 그건 못 배기겠네……. 하지만 보기로는 이 아이도 멀쩡한 것 같은데. 이마의 상처도 치료했고."

몸부림치는 스바루를 따라잡은 토드가 쓰러진 가슴 위에서 까불거리는 루이를 살며시 들어 올렸다. 루이는 "아─ 우─." 하고 손발을 바동대지만 토드는 개의치 않는다.

토드의 말대로 루이의 머리에는 붕대가 감겨서, 이마의 상처는 치료된 모양이다. 단, 마법이 아니라, 심플한 의료 수단으로.

"크, 아…… 그, 그렇군. 머리 치료라는 게, 그런……."

마법으로 상처를 치유할 줄 알아서 초조했었지만, 그 방법이라면 고쳐지기를 바라지 않는 부분에 치유가 미칠 일은 없으리라. 스바루의 염려는 괜한 걱정으로 끝난 모양이었다.

 "이렇게 따르는 아이를 모르는 아이 취급하고, 소중히 여기는 아이에게는 차가운 대접을 받고 있다. 잘은 모르겠지만…… 당신, 고생하고 있나 보네."

 "그건 부정하지 않겠어……. 나만큼 고생길을 걷는 녀석은 별로 없을걸."

 인간이 평생에 체험할 고생에 한도가 있다면, 스바루는 평생분의 고생이 한꺼번에 쏟아진 것뿐일까. 아니면 『사망귀환』하는 몫만큼 카운트가 리셋되어서 안식의 순간은 영원히 오지 않는 것인가. 생각만 해도 두렵지만——.

 생각만 해도 두렵다. 두렵지만——.

 "일단, 살아 있어. 그게 중요하지."

 "목표가 낮게 느껴지는군. ……그래서, 당신은 어쩔 거야? 며칠 뒤의 보급 부대에 동행하는 쪽으로 진행해도 되겠어?"

 "어, 어어, 그렇게 부탁해. 하지만 신세만 지고 있으면 미안한데."

 "응? 그거라면 안심하셔. 밥만 축내는 사람을 둘 셈은 없으니까."

 토드의 말에 책상다리로 앉아 있던 스바루는 "뭐?" 하고 고개를 들었다. 그러자 토드는 다리를 바둥거리는 루이를 지면에 내려놓고 허리에 손을 짚었다.

그리고 자기 뒤에 펼쳐진 제국의 진지를 손으로 가리켰다.

"이만한 진지야. 일손은 아무리 있어도 부족하다고. 일할 것은 산더미처럼 있고, 이것저것 도움을 받아야겠어."

"일하지 않는 자 먹지도 말라…… 그 소리야?"

스바루가 나직이 중얼거리자 그 말을 들은 토드가 "일하지 않는 자……." 하고 반복했다.

"그렇군. 딱 그 느낌이야. 당신, 좋은 말을 알고 있잖아."

연신 끄덕이는 토드 옆에서 루이가 그 행동을 흉내 내듯 고개를 끄덕였다.

그 모습을 쳐다보면서 스바루는 목뼈를 크게 뚜둑거렸다.

"아무것도 하지 말라고 하거나, 신발 먹는 것보다 훨씬 나을까……."

3

"으기기기기……!"

"자, 부목이라도 물고 있어. 아플 거다—."

그렇게 말하면서 토드가 스바루의 부러진 손가락에 냄새가 코를 쑤시는 약을 바르고, 부목을 대어 재빠르게 붕대를 둘둘 감아서 고정, 처치를 완료했다.

"다음은 마지막으로 이 물약이지. 다소나마 통증도 사그라들 거야."

비지땀을 줄줄 흘린 스바루에게 토드가 약이 든 병을 건넸다.

내용물은 끈적거리는 녹색의 점액이었지만, 스바루는 각오하고 그것을 쭉 들이켰다.

"우웁! 맛없어! 무, 묵직한 액체가 목에 들러붙어……!"

"마시기 힘든 것으로 유명한 약이니까. 귀중품에다 효과도 끝내줘. 상처 낫는 속도가 빨라지지."

스바루가 마셔서 비운 병을 손가락 사이에 끼운 토드가 웃었다.

입가를 닦은 스바루는 그런 토드의 말에 "고마워." 하고 고개를 숙였다.

"그렇게 귀중한 물건을, 나 같이 영문 모를 녀석에게 나눠주다니."

"별말씀을. 실제로, 더 놔두었다간 손가락이 썩어서 떨어질 참이었어. 검랑의 단검까지 받은 상대에게 은혜를 베풀었다고 생각하련다."

통 크게 껄껄 웃는 토드의 답변에 스바루는 눈썹 끝을 내리고 입술을 깨물었다.

토드의 친절한 대응은 스바루를 볼라키아 귀족의 관계자라고 생각하는 것이 원인이다. 잘 대해 주는 상대를 속이는 것은 마음이 아프다. 가슴이 따끔거린다.

"그나저나, 그거군. 이럴 때, 치유 마법이라도 있으면 확~ 상처도 낫겠는데."

그래서, 스바루는 죄책감을 얼버무릴 겸 화제를 바꾸었다.

별생각 없는 태도를 가장해, 궁금하던 의문── 판타지 느낌이 없는 치료에 관해서 말이다.

"오? 이거 또 사치스러운 말을 다 하는걸. 치유 마법이라니 구경도 쉽게 못하는데."

"——역시, 그랬어?"

"그야 뭐. 불입네 바람입네 일으키는 것과 같은 감각으로, 상처도 병도 고칠 수 있다면 편리하겠지. 당신의 왼손도 눈 깜빡할 새에 나을 테고."

어깨를 으쓱이고 차분하게 말하는 토드를 보고 스바루는 눈을 내리깔았다.

그리고 자신의 예상이 적중해서 불안감과 안도감을 동시에 자극받고 있었다.

——이전, 아직 그 꿍꿍이가 폭로되지 않고 그저 분위기 잘 타는 광대 귀족이라고 로즈월을 인식할 적에, 치유 마법의 희귀함에 관한 대화를 나눈 적이 있었다.

마법은 재능에 좌우되며 치유 마법 사용자는 귀하다고.

그 정보에 더해 진지에 준비된 치료용 천막에는 약초와 물약병이 진열되어 마법이 아니라 의학적인 도구들이 준비되어 있었다.

상처를 치료해 준다고 말하던 토드도 결코 마법적인 것에 의존하지 않으며 약초와 부목이라는 수단을 택했다. 그러니, 틀림없다.

"치유 마법은, 희귀한가."

"적어도 나는 한 번도 본 적 없어. 듣기로는 제도 쪽에 쓸 수 있는 술사를 숨겨 두고 있다던데. 여하튼 간에 일반인과는 먼 세상 이야기지.”

“＿＿＿＿.”

“오히려 당신의 입에서 치유 마법이라는 말이 나온 쪽이 더 놀라워. 내가 보자면 선택지에도 오르지 않을 이야기라고?”

친근하지 않은 것은 애초에 사고의 구석에서도 존재를 주장할 수 없다.

그 정도로 제국에서는――― 적어도 토드 같은 병사들에게 치유 마법이란 친근하지 않다.

그러니 그런 대답이 나오리라 예측했던 스바루는 “아니.” 하고 고개를 가로저었다.

“아까도 슬쩍 말했잖아? 우리는 여행자야. 이곳저곳 여행하고 다니다가 치유 마법을 쓰는 사람과 마주친 적도 있거든.”

“그렇군. 확실히 차림새가 이상하다 싶었지. 이 주변의 더위와 당신들 복장이 영 맞물리지 않았으니까.”

그렇게 말한 토드가 머리부터 발끝까지 스바루를 쳐다보았다. 그 복장은 플레아데스 감시탑의 공략을 위해서 모래 바다를 지날 대책이 되어 있던 옷이다.

아우그리아 사구는 흔히 생각하는 사막과 다르게 더운 장소가 아니었지만, 모래바람에 대항하고자 피부를 거의 다 가리고 있다. 그 때문에 습도와 기온이 높은 볼라키아에서는 다소 계절에 어긋난 복장이라고 할 수밖에 없는 상태였다.

“그래서, 여행 중에 치유술사 등과 만나서, 그 편리함에 타락했단 말이지.”

"표현이 안 좋네! 실제로, 편리하기는 하지만."

실제로 스바루도 몇 번쯤── 아니, 상당히 빈번하게 치유 마법의 신세를 지고 있다.

그야말로 이세계 소환된 당초, 처음 난관부터 베아트리스의 치유 마법이 없었으면 생환이 불가능했을 정도다. 만약 그때 베아트리스가 없었으면 스바루는 배가 갈라진 채로 내장을 흘리며 사망해 오늘까지 살아오지 못했다.

"자기 내장을 밟고 넘어지는 경험, 다시는 하고 싶지 않단 말이지."

"치유 마법이라."

"──? 토드 씨?"

제법 희귀한 경험을 회상하는 스바루 앞에서, 토드가 조용히 숨을 내뱉었다. 그 분위기 변화에 스바루가 눈썹을 모으자 토드는 "아니." 하고 한쪽 눈을 찡긋했다.

"나는 치유 마법이란 잔혹한 것, 주변에 없어서 다행이라고 생각하거든."

"잔혹이라니…… 왜? 오히려 반대이지 않나?"

토드의 견해에 몰이해를 드러내자 그는 "그야, 보라고." 하고 한쪽 눈을 감은 채로 말을 이었다.

"상처가 낫는다는 건, 죽지 않는다는 뜻이야. 부상당해서 뒤로 빼 줄 일도 없어. 상처가 낫고 다시 한없이 싸워야 하지. 상처가 아문다는 것은 그런 뜻이야."

"────."

"나는 무서워서 못 견디겠다. 처음에 치유 마법이라는 것을 만들어 낸 녀석은 도대체 얼마나 싸움을 좋아했던 걸까? 그 점을 대놓고 보여 주는 느낌이라서."

고요한 토드의 말에 스바루는 아무 대꾸도 할 수 없어졌다.

편협한 사고방식이라고는 생각했다. 실제로 치유 마법의 활약 장소는 싸움에만 그치지 않는다. 그야말로 일상의 연장선상에서 사고의 피해자와 환자를 구하는 역할도 있다.

그러나 단면을 보면 토드의 사고방식도 사실이다.

전장에서 부상당한 상대를 치료해 다시 싸움으로 몰아세운다. ——그런 측면이 없다고 단언할 수 없는 이상, 그것을 두려워하는 그의 마음도 부정할 수 없다.

단지 그런 토드의 사고방식이 제국 사람의 일반적인 사고라고 치면, 루그니카 왕국에 돌아가는 길에서 스바루가 명심할 사항이 하나 더 늘었다.

그것은——.

"……렘이 치유 마법을 쓸 수 있는 것은, 비밀로 해야겠어."

스바루의 과한 생각일 가능성도 있지만, 그것은 꽤 무거운 문제라고 인식해야 한다.

현재 렘은 마법을 어떻게 쓰는지도, 뿔에서 유래하는 오니화 방법도 잊었을 것이다. 하지만 예전에 할 수 있던 일을 지금의 렘이 절대로 하지 못한다는 근거는 없다.

어떠한 계기로 치유 마법을 발동했다가 그 광경을 제국 사람이 본다면.

"적어도, 루그니카에 돌아갈 길이 멀어지겠지."

선의와 악의, 어느 쪽에서 발목을 잡을지는 모르겠지만 확실하게 붙들린다. 그 사태는 피해야만 한다. 물론 생명이 걸린 상황에서는 꼭 그렇지만도 않지만——.

"미안, 미안해. 탈선했네. 그렇게 미간에 주름을 잡게 할 생각은 없었어."

침묵한 스바루를 보자 토드가 분위기를 리셋하듯이 말했다. 스바루 쪽도 자신이 생각할 수 없던 가치관의 의견에 "괜찮아." 하고 마주 끄덕였다.

그러고 나서 토드는 화제를 바꾸고자 천막 바깥으로 의식을 돌렸다.

"하지만, 그렇게 되면 우리 안의 아가씨도 여행의 동행이라는 거지? 그런데 왜 당신은 저렇게 시비가 걸렸어?"

"예상치 못한 사고일까……. 전에는 제법 마음이 잘 통하는 사이였지만, 지금은 조금 이런저런 일이 있어서 완전히 일방통행이야. 길게 봐 줘."

"나야 상관없지만, 당신은 상당히 괴롭겠어……. 그런데, 그렇게 되면."

스바루와 렘의 복잡한 사정에 깊이 파고들지 않고, 토드가 턱을 만지면서 시선을 떼었다.

토드가 바라보는 쪽에는 스바루가 의식적으로 무시하는 오른팔이 있었다. 스바루의 오른팔에 아까부터 내내 매달리고 있는 것은——.

"아—?"

아무 생각도 없는 표정으로 얼빠진 소리를 내는 루이였다.

루이는 스바루의 오른손에 매달린 채로 무엇이 재미있는지 싱글벙글 웃다가 때때로 스바루의 손가락을 가지고 놀며 자기 머리털을 감는 등, 맘대로 굴고 있다.

"아무리 그래도, 당신들의 딸이라는 나이는 아니지. 무슨 관계야?"

"몇 번씩 말하잖아. 모르는 아이야. 하지만 멀쩡한 녀석이 아닌 건 분명하고."

"대응 한 번 냉랭한데. 하지만…… 철창 속의 아가씨는 이 아이를 신경 쓰던 것 같은데?"

"그게 문제란 말이지……."

새삼 토드의 지적을 받은 스바루는 처한 상황의 복잡함에 탄식했다.

현재 스바루의 렘에 대한 마음은 완전히 헛돌고 있는 상태다. 기억을 잃은 렘의 차가운 대응은 스바루가 루이를 박대하는 것도 크게 영향을 주고 있다.

그러나 그 사실을 이해해도 스바루는 루이를 받아들일 수 없다.

당연하다. 루이는 대죄주교, 결코 양립할 수 없는 순수한 악의 일원.

"그런데 어쩌다가 이렇게 됐지? 넌 뭘 꾸미고, 대체 뭘 하고 싶은 거야."

"우—? 아— 아— 오—."

스바루의 힐문에도 루이는 실실 웃기만 하지 대답을 돌려 주지 않는다.

끝까지 가증스러운 태도다. 물론 『기억의 회랑』에서 보였듯이 악랄한 대응을 해도 곤란하지만, 적이라고 단정할 수 있는 만큼 마음은 미혹되지 않고 끝날 것이다.

지금처럼 마치 갓난아기나 젖먹이 같은 행동을 해서 그 위험성을 스바루밖에 인식하지 못하는 상태보다 훨씬 더.

"뭐, 여행의 동행이잖아. 어디로 가든 간에, 조금 더 친하게 지내 두라고."

"──그거, 어느 쪽에 대한 어드바이스야?"

"어드바? 글쎄, 어느 쪽이든 좋아하는 쪽으로 받아들여 봐."

토드는 들은 적 없는 단어에 갸웃하면서 일어섰다.

이곳은 치료용 천막, 다른 잡담을 하느라 오래 머무는 것도 좋아하지 않을 것이다. 스바루도 오른손에 루이를 매단 채로 토드 뒤를 따랐다.

"자, 일단 상처 치료도 끝났으니…… 빠르지만 잡무를 부탁해도 될까?"

"응. 그래, 아무것도 안 하고 두는 것보다 죄책감이 덜하지. 뭐든지 말만 해 줘. 신발을 먹는 일 말고는 얼마든지 환영해."

"어지간히 자말에게 억하심정이 생긴 모양이군……. 알았다, 알았어. 그런 짓은 안 시켜. 일단 저것부터."

생각에 잠기다가 토드가 힐끗 본 것은 검은 깃발이 걸린 천막 군이었다.

덩달아 그 천막을 본 스바루가 "이건?" 하고 물었다.

"진지용 비축품이야. 이것저것 필요하다고 모으고 있는데, 자잘한 정리가 영 질색이라서. 거기서, 정리정돈이 특기인 당신이 나설 차례라는 거지."

"내가 정리정돈이 특기라고 그랬던가?"

"아니? 하지만 특기라면 좋겠네 싶었지. 그리고 만약 특기 아니어도, 도움받은 고마움으로 힘써 줄 것은 확실하겠네 하는 생각도 했고."

"성격 참 좋으시네요…… 토드 씨."

사람 좋은 웃음을 띠면서 제법 심술궂은 말을 하는 토드. 스바루는 그의 말에 뺨을 푸들거리며 검은 천막군을 대강 바라보았다.

언뜻 보아 천막은 스물 안팎이었지만, 이것이 전부 비축품으로 채워졌을 뿐더러 토드의 말마따나 엉성하게만 정돈되었다면 중노동일 것이다.

"하루 이틀로는 끝나지 않겠군……."

"뭐얼, 보급 부대의 용차가 나가기 전에만 정리해 주면 돼. 하하하."

"하하하……."

요컨대 신속하게 일하라는 뜻이리라.

왼손의 부상을 감안하면 다소 어렵지만, 도리가 없다.

"이것도 오늘 밥벌이를 위해서, 렘을 데리고 에밀리아땅에게 돌아가기 위해서……."

"우—!"

주먹을 꽉 쥐고 가혹한 노동에 도전하려는 스바루 옆에서 루이가 소리를 지른다. 곧장 오른팔에 매달리자 스바루는 밉살스러운 듯 얼굴을 찌푸렸다.

전혀 뭘 모르는 표정으로 스바루의 몸과 마음에 부담을 주는 대죄주교. 그 악랄함은 남겨 둔 채로 다루기 어려워진 인상만 매우 강한 난적이다.

"어째 샤울라도 그렇고, 알지도 못하는데 엉겨드는 비율이 너무 높다고……."

"아— 우—."

아는 건지 모르는 건지, 기분이 좋아 보이는 루이를 질질 끌면서 스바루는 검은 천막으로 발길을 놀렸다.

최종적으로 서로 이해한 샤울라와 달리, 루이와는 애초에 의사소통도 못하고 있다. 이해를 나누는 것은 불가능하다고 생각하면서.

4

"그래서…… 날이 어두워질 때까지 내내 천막 정리를 하고 있었던 건가요."

중노동을 마치고 돌아온 스바루를 바닥에 비스듬히 앉은 렘이 마중했다.

표정은 험악하고 목소리는 딱딱하지만, 강렬한 적의는 일단 접어 둔 눈치다. 그 모습에 스바루가 눈꼬리를 내리자, 렘은 눈을 흘기듯이 뜨고 말했다.

"맞이해 준 게 아닙니다."

"저기, 마음을 읽지 마라. 그나저나…… 감옥에서 내보내 준 모양이네?"

"——적어도, 이곳 분들은 나에게 적의가 없는 것 같아서요."

거북한 듯 눈을 내리깐 것은 강변에서 맞닥뜨려 벌였다고 하는 싸움—— 그 외눈 남자, 자말의 부대와 렘이 벌인 좋지 않은 첫 대면의 죄책감 때문일 것이다.

렘은 기본적으로 마음을 터놓지 않은 상대에게 대응이 냉랭한 구석이 있다.

스바루와 허물이 없어진 뒤로는 꽤 누그러지기는 했으나, 기억을 잃은 지금은 그 기질이 살짝 부활한 기색. 그 점을 반성하고 있는 거라 짐작된다.

"하지만 반성할 수 있다니 장하다, 렘. 참 잘했어요."

"당신은 나를 어떤 식으로 보는 거죠? 당신에게 칭찬받아도 기쁘고 자시고 할 것 없습니다. 애초에."

미소 짓는 스바루에게 신랄하게 말한 렘은 시선을 슥 올렸다.

덩달아 얼굴을 들어도, 그곳에 있는 것은 원뿔형 천막의 높은 천장뿐이다. 뭔가 싶어 스바루가 갸웃거렸다. 그러자 렘은 언짢은 듯 혀를 찼다.

"왜 우리 세 명이 같은 천막인 건가요. 배부른 소리를 할 처지가 아님은 알고 있습니다만, 조금 더 배려해 주어도……."

"아니, 오히려 이것은 배려로 똘똘 뭉쳤다고 봐. 토드 씨에게

우리는 같은 여행의 동행이라고 전했으니, 그 때문일…… 아야
야야야야야얏!"

"괜한 짓을!"

옆에 앉자마자 렘의 손이 허리뼈 주변을 세게 잡았다. 그대로
요추가 삐걱거리며 괴로워하는 스바루에게 렘은 눈에 날을 세
웠다.

그러나 그런 렘의 행동을 작은 그림자가 "아―." 하고 끼어들
어 막았다.

"당신은 또……."

"우―!"

루이가 스바루의 허리를 잡은 렘의 손에 올라타서 몸 전부로
항의한다.

어째선지 루이에게 약한 렘은 그 행위에 포기한 듯이 숨을 내
쉬고 어쩔 수 없이 스바루에 대한 처벌을 중단하고, 대신에 루
이의 몸을 자기 무릎으로 끌었다.

움직이기 어려운 다리에 루이의 머리를 싣고 다정하게 몸을
어루만졌다.

"쳇."

"이번에는 왜 당신이 혀를 차는 건가요……. 이 아이는 이렇
게나 당신을 따르고 있는데, 그렇게까지 비정해질 수 있는 이유
를 모르겠습니다."

스바루의 불량한 태도에 렘의 반응은 좋지 못하다.

스바루로서는 렘의 무릎을 빌리고 누운 루이가 언제 본성을

드러내도 렘을 지킬 수 있도록 그 동향을 꼼꼼하게 관찰할 수밖에 없었다.

　——토드의 지시로 검은 천막의 정리를 시작한 스바루.

　역시 처음 예상대로 천막 안의 정리정돈은 단시간에 끝낼 만한 것이 아니었다. 그것은 물론 스바루의 왼손이 완벽한 상태가 아니었던 점도 이유 중 하나지만, 스바루의 예상 이상으로 제국인에게 정리정돈의 규칙이 없다는 점, 그리고——.

　"이 녀석이, 내 일을 하는 족족 방해한다고. 남이 기껏 치워도 뒤따라서 계속 무너뜨리고 어지럽혀. 덕분에 조금도 진전이 없어."

　"아무것도 모르니까 어쩔 수 없잖아요."

　"그건 렘도 마찬가지잖아. 하지만 렘은 그런 짓 하지 않아. 이상, 증명 종료! QED!"

　"또 못 알아들을 소리나 하고!"

　렘이 스바루를 차갑게 대하는 원인이 루이에게 있음을 아는데 어떻게 스바루가 루이를 차갑게 대하지 않을 수 있을까.

　스바루와 렘, 그리고 루이 세 명밖에 없는 천막—— 불과 며칠이지만 스바루 일행의 체류용으로서 토드가 내준 곳이다. 진지를 치는 도중, 숲에 들어간 동료가 돌아오지 않았기에 집주인이 없어진 천막이니까 마음대로 써도 된다고 웃고 있었다.

　"아니, 웃을 일이 아니지만."

　그렇다고는 해도 남은 텐트를 내준 것은 매우 달갑다.

　스바루는 몰라도 렘을 사내들 천지인 진지에 두는 것은 무척 걱정스럽다. 토드는 손님으로 대하겠다고 말했지만, 그것이 어디까지 침투할지는 알 수 없다.

하물며 렘은 이미 자말의 역정을 사고 말았다.

가능하면 스바루가 잡무를 보는 틈에도 눈을 떼지 않을 수 있게 곁에 있었으면 좋겠지만——.

"이렇게 찍힌 상황에선 무슨 말을 해도 소용이 없겠지……."

"뭘 주절거리나요. 나는 아직 천막 문제도 수긍하지 않았거든요……."

"——저기, 렘. 너의 '기억' 말인데."

"_____."

책상다리로 앉은 스바루가 그렇게 말을 꺼내자 렘의 표정이 굳었다. 루이에게 무릎베개를 해 준 채로 연청색 눈에 격정을 드리우며 스바루를 쳐다보았다.

그것은 이 진지에 들어온 뒤로 오랫동안 보여 주지 않던, 강한 분노다.

"네 불안은 이해해……. 하지만 너는 렘이야. 우선, 그 부분은 받아들여 줘."

"——그것조차, 진실인지 아닌지."

"거기부터 의심하면 더는 아무 말도 못하겠지만……."

눈에 분노가 서린 렘의 대꾸에 스바루는 한쪽 눈을 감았다.

렘의 태도를 그저 억지라고, 고집불통이라고 말하기는 쉽다. 하지만 스바루는 그럴 수 없다. 렘을 소중히 여기기 때문만은 아니다.

거짓 없이, 스바루는 렘의 마음을 이해할 수 있기 때문이다.

렘은 강하게 경계하고 있다. ──빈 그릇이, 스바루가 가져온 기만으로 채워지는 것을.

"텅 비었으니까 당연하겠지. 네 기분은 잘 알아."

"알 수 있을 리가 없습니다. 모든 것을 잊고, 텅 비어 버린 내 기분을."

"아니, 실은 어제까지 나도 기억상실이었으니까⋯⋯."

"뭐? 할 거라면 좀 더 그럴싸한 거짓말을 하시죠."

사실이지만, 당연하게도 렘은 믿어 주지 않았다. 하기야 그 점은 이미 고려했다. 단지 스바루는 파악하고 싶었다. ──스바루와 렘의, 마음의 거리를.

지금 스바루가 아는 모든 것을 전했을 때, 그것을 렘이 받아들여 줄지를.

그리고 그 마음의 거리를 파악해서──.

"네가 마음의 준비가 될 때까지 기다릴게."

"──아."

그렇게 결심한 스바루의 답변을 듣자 렘이 흘기던 눈을 동그랗게 떴다. 렘의 놀란 표정에 스바루는 한 방 먹였다는 듯이 미소를 보냈다.

"서두르고 싶은 기분이나, 조급해지는 마음은 무지무지 많아. 하지만 그걸로 네 마음을 박대하거나 상처를 주면 의미가 없어. 그러니까⋯⋯."

"기다리겠다고⋯⋯ 하는 건가요? 내 마음이 변할 때까지?"

"아니야, 아니야. 내가 기다리는 것은 네 변심이 아니라, 마음의 준비야. 물론, 나를 보는 눈을 바꾸게 노력할 작정이지만."

자기 일만으로도 벅찬 렘에게 양보와 타협까지 바라는 것은 오만이다.

렘은 렘 자신을 위해 애쓰게 하자. 그리고 메워지지 않은 마음의 거리를 메우기 위해 스바루 자신의 다리로 마녀의 냄새에 지지 않을 신뢰를 쌓을 수밖에 없다.

"————."

스바루의 결의 표명을 들은 렘은 조용히 입술을 달싹이다가, 요령 있게 엉덩이를 움직여 눈길에서 도망치듯이 등을 돌렸다.

아무래도 기분을 상하게 했나 싶어 스바루는 말주변 없는 자신을 반성하고——.

"——자요, 먹어요."

"응?"

자책하느라 고개를 숙인 스바루의 정면으로 돌아선 렘이 무언가를 내밀고 있었다. 난데없는 상황에 놀란 스바루는 시야에 초점이 맞자 그것이 구운 고기를 꿴 꼬치임을 알 수 있었다.

"저기…… 이건?"

"식사라고 합니다. 진지에 있는 사람들에게 나누어주기에 나도 받아왔습니다. 조금씩이라도…… 걷는 연습을 해야 하니까요."

그렇게 말한 렘이 다른 손으로 자기 다리를 문질렀다.

조금 전 스바루가 생각한 대로 잃어버린 기억과 움직이지 않는 다리, 그 문제들에 대처하느라 렘은 벅차다. ——그렇다면

이 배려는 무엇인가.

아까 대화로 교류는 또 단절된 줄로만 알았는데.

"빨리 받아 주시겠어요? 팔 아픕니다."

"네, 넵! 알겠습니다! 저기…… 렘은 벌써 먹었어?"

"뭐? 왜 이 아이가 먹지도 않았는데 제가 먼저 먹는다는 건데요. 그렇게 이기적인 짓을 할 수 있을 리 없잖아요."

무심코 등을 꼿꼿이 세운 스바루의 질문에 차갑게 대꾸한 렘이 천막 한구석에 놓인 그릇을 눈으로 가리켰다.

렘은 그릇에 씌운 천을 벗기고는 거기서 꼬치구이를 꺼내어 무릎 위에 있는 루이의 입가로 가져갔다. 루이는 렘에게 어리광 피우며 마치 모이를 쪼는 아기 새처럼 오물오물 고기를 씹었다.

"마치 아기 같네요."

오물오물 꼬치를 먹는 루이를 렘이 흐뭇하게 보고 있다.

그 모습을 바라보면서 스바루도 건네받은 꼬치구이를 머뭇거리며 씹었다. 꼬치에 꽂아 구웠을 뿐이라는 거친 방식으로 조리된 고기는 대체 무슨 고기인지도 모를 맛이었다.

그 고무 같은 식감에 애먹으면서 스바루는 직전에 느낀 놀람을 자기 안에서 소화했다.

"딱딱하고 엉성한 맛…… 에밀리아땅이나 베아코가 만드는 밥과 그게 그거군……."

식사 당번이 돌아오면, 열정에 비해 헛도는 것이 에밀리아와 베아트리스다. 그 의욕과 미숙한 기량은 아우그리아 사구로 가는 여로 등에서 유감없이 발휘되고 있었다.

"뭘 중얼중얼…… 아."

"———?"

그런 추억에 빠진 스바루를 흘긴 렘이 문득 눈을 크게 떴다.

눈을 부릅뜬 렘이 바라보는 것은 스바루의 얼굴이었다. 그렇다면 놀란 이유도 스바루의 얼굴에 있다고 짐작하지만.

"왜 그래? 설마, 내 얼굴을 본 것이 처음이라서 그렇다는 슬픈 말 하지 마라?"

"그렇지는, 않습니다만…… 저기, 눈물이."

"눈물?"

"눈물이…… 흐르고 있어요. 깨닫지 못하고 있나요?"

쭈뼛쭈뼛 렘이 꺼낸 말에 스바루는 숨을 죽였다. 그리고 조심조심 자신의 뺨을 만져 봤다가, 손끝에 뜨거운 이슬이 닿아 놀랐다.

렘의 엉뚱한 거짓말이 아니라, 진짜였다.

"어라, 나, 울고 있어?"

"우, 울고 있어요. 왜 그러는 거죠? 저, 손가락 다친 데가 아프다거나…….'

스바루는 주륵주륵 흐르는 눈물을 손으로 훔치고 감정의 물결에 혼란스러워했다. 하지만 눈물의 원인은 부러진 손가락의 통증이 아니다.

그게 아니라, 아마도 이렇게 렘과 따뜻한 시간을 보내고 있는 것에 있다.

"———."

상황은 아직 전혀 진정된 것이 아니다.

에밀리아 일행과는 헤어지고, 연락을 취하기 위한 방법도 모르며, 내력이 들통 나면 위험한 상황에 처할지도 모르는 지역에다, 기억이 없는 렘과는 교섭 실패인 꼬락서니. 심지어 동행자로 이 세상 사악의 끝장을 본 대죄주교가 있으며, 이끄는 것은 무지무능, 무력무모가 모인 나츠키 스바루.

낙천적일 수 있는 이유라곤 하나도 없다. 하나도 없는데——.

"너와 이렇게 말하고, 밥을 먹고 있어. 그것이…… 기뻐서 그래."

"————."

"미, 미안해. 하나도 모르겠지. 이상한 말 하고 있네. 기분 나쁘다고 생각해도 당연할 거야. 그래도…… 솔직한 말이야."

그치지 않는 눈물을 꾹 참기를 포기한 스바루가 눈물을 줄줄 흘리면서, 콧물을 훌쩍이면서 렘을 바라보았다.

"줄곧, 너와 다시 이렇게 평범한 시간을 보내고 싶었어."

스바루는 먹다 만 꼬치를 무릎 위에 놓고 쥐어 짜내듯이 그 마음을 전했다.

흐르는 눈물을 소매로 닦고 콧물을 훌쩍이는 소리가 조용한 천막 안에 울린다.

잠시, 그 거북한 소리만이 들렸지만——.

"나는…… 당신이 무슨 말을 하고 있는지 모르겠습니다."

불현듯 희미한 날숨 같은 목소리로 렘이 말했다.

눈물을 닦으면서 스바루는 렘의 그 대답을 당연하다 여겼다.

정서 불안에도 한도가 있을 것이다. 울다가 웃다가. 어떡해야 정체 모를 상대의 그 행동을 받아들일 수 있을까.

마음의 거리가 먼 것을 확인한 직후인데 스바루는 실수만 할 뿐이다.

차라리 오늘의 잠자리도, 토드에게 말해서 따로 챙기는 편이 ──.

"하지만 당신이 눈물 흘리는 것을 비웃으려는 생각은 없습니다. 의문이라고는…… 생각합니다만, 기분 나쁘다고까지는."

생각지도 못한 말에 스바루는 "어?" 하고 고개를 들고 눈을 크게 떴다.

스바루의 정면에 있는 렘은 무릎 위에 누운 루이의 머리를 쓰다듬으면서, 여전히 스바루 쪽에는 눈길을 주지 않고 말을 고르듯이 입술을 달싹거렸다.

"이상입니다. 빨리 먹어 주세요. 오늘은 이만 피곤합니다."

"──아."

눈을 감은 렘이 빠르게 던진 말에 스바루는 순간적으로 무슨 말인가 해서 반응이 늦었다. 하지만 무릎 위의 꼬치구이를 가리키는 말임을 깨닫자 허둥지둥 먹던 것을 깨물었다.

"그, 그렇지. 응, 맛있어, 맛있어. 짭짤해서 맛있네."

"짭짤한 것은 당신의 눈물 탓이고요. 나는 당신의 체취 때문에 식사가 맛있게 느껴지지 않습니다. 불공평해요."

"그건…… 으음, 개선책을 강구하겠습니다. 네."

렘의 항의는 차갑고 신랄하다. 그러나 렘은 나가라고도, 같이 먹기 싫다고도 하지 않았다. 그렇다면 스바루 쪽에서 대책을 강구할 수밖에 없다.

이 마음 편한 시간을 지키기 위해서라면, 스바루는 어떤 간난신고라도 맞설 수 있으니까.

"다정하네, 렘."

"기분 이상해지는 말 하지 마세요. 대체 뭔가요, 당신은."

변함없이 차가운 대답에 스바루는 참다못해 쓴웃음 짓고 말았다.

"하지만 불공평하다는 말이라면 나도 하고 싶은 말이 있다고……."

"하고 싶은 말? 뭔가요? 손가락 이야기라면……."

"──그 녀석 말이야. 그 무릎 위에서 속 편하게 자고 있는 녀석."

손가락으로 척 가리킨 스바루가 렘의 무릎베개를 만끽하는 루이의 모습에 입술을 뒤틀었다. 그 손가락질을 본 렘이 '또 시작했냐'는 듯이 눈을 가늘게 떴다.

"지레짐작하지 마. 렘은 내 체취…… 이 표현은 꽤 찜찜하지만, 내 냄새만 언급하는데, 그 녀석도 비슷한 냄새가 날 거 아냐. 그건 무시하는 거냐고."

『사망귀환』을 반복할 때마다 그 냄새가 짙어진다는 마녀의 잔향.

하지만 이것이 『마녀』관계── 마녀인자(魔女因子)에 관련된 것이라면, 당연히 대죄주교인 루이로부터도 같은 악취가 풍길 터다.

마녀교 상대로 격분하는 렘의 반응을 돌아보면, 그것이 필연일 터로——.

　"——? 무슨 말을 하는 건가요. 당신과 이 아이를 같이 보지 말아 주세요."

　"어……?"

　"그러니까, 이 아이로부터 당신과 같은 냄새는 나지 않는다고요. 궁색하게 이상한 말로 둘러대지 마세요."

　그러나 렘의 대답은 예상 밖이었다.

　무심결에 렘의 눈을 빤히 마주 보지만, 렘의 표정에 이상한 점은 보이지 않는다. 거짓말도 아니거니와 스바루를 속이려는 것도 아닌 듯했다.

　즉, 렘은 정말로 루이로부터 마녀의 잔향을, 독기를 느끼지 못하는 것이다.

　"설마, 독기를 위장할 수 있는 건가? 아니지. 하지만 무엇 때문에?"

　여태까지 스바루의 경험상, 마녀의 잔향이라고 불리는 독기를 감지할 수 있는 자는 많지 않다. 가장 큰 반응을 보이는 렘을 제외해도 베아트리스와 류즈 등 극히 한정된 사람만이 반응한 적이 있었을 정도.

　애초에 그러한 것을 숨긴다는 발상이 마녀교도에 있을 것 같지가 않다.

　놈들은, 이 세계를 제 것인 양 유린하는 대역(大逆)의 사도들이다. 그런데——.

"이제 됐나요? 다 먹었으면, 이 아이를 슬슬 재우고 싶은데요."

"아, 어, 음…… 저기, 방금 한 얘기는 정말이야?"

"끈질깁니다."

렘은 스바루의 의문을 차갑게 셧아웃.

그러나 그 태도가 더더욱 그녀의 말이 거짓이 아니라는 증명 같았다.

"미안합니다만, 그릇을 치워 줄 수 있을까요. 잠자리 준비를 하겠으니."

"어, 어어, 알았어. 그, 아무 짓도 하지 않을 테니 안심해."

"――그 한마디 때문에 괜히 더 불안해집니다."

또다시 딱딱한 말에 스바루는 터덜터덜 그릇을 치우기 위해서 천막을 나섰다.

밤의 어둠 속, 진지 이곳저곳에 모닥불의 불빛이 보인다. 스바루 일행에게는 지시가 없었지만 지금부터 밤을 새워가며 파수를 보는 이도 있을 것이다.

만화와 게임밖에 모르지만, 전쟁 준비란 고달픈 일이다.

"빨리 여기를 떠나고 싶네……."

토드는 싹싹한 남자지만 그래도 전장의 공기에는 익숙해질 것 같지 않다.

가능한 한 빨리 여기를 떠나 에밀리아 일행과 합류할 방법을 찾아내야겠다.

그렇게 결심하고 스바루는 그릇을 꽉 쥐었다가, 깨달았다.

"어라? 손가락이 아프지 않아. 설마 약이 벌써 효과가 있나?"

무심코 세게 움켜쥔 그릇, 그 왼손의 손가락을 본 스바루는 약의 효과에 놀랐다.

　아직 위화감은 남아 있지만 지잉 열이 통하기 시작한 감각은 왼손이 야무지게 임무를 다하고자 시작하는 증거였다.

　"치유 마법이 어쩌니 마니 했지만, 약도 충분하고도 남을 만큼 제구실하잖아……."

　토드의 말을 되새긴 스바루는 가볍게 왼손을 흔들고 걷기 시작했다.

　렘에 대해서도, 루이에 대해서도, 자기 자신에 대해서도, 생각해야만 하는 사항은 많다.

　많지만, 하나씩, 하나씩 개선하자.

　이 왼손의 손가락처럼 하나씩, 좋은 방향으로 나아가면 될 것이다.

5

　그렇게, 하나씩 상황을 개선하며 문제 해결로 나아가자고 결심한 이튿날──.

　"이런 짓 당하면 꽤 환장한단 말이지."

　멋대로 뒤집어놓은 텐트 안을 바라본 스바루는 한숨과 함께 머리를 긁고 있었다.

　스바루는 토드에게 임명된 잡무, 검은 천막의 정리 정돈에 마저 착수하려 했지만 그 작업은 재개 단계에서 암초에 걸렸다.

별 다른 것이 아니다. 어제, 스바루가 고생해서 정돈했던 텐트를 들여다보니, 다시 채워 둔 짐주머니가 뒤집혀서 정리하기 전 이상으로 어지럽혀졌던 것이다.

"제국인이 난폭자들뿐이라도 이렇게는 되지 않지……. 해코지한 거겠군."

"아—."

"아아, 네가 사악한 본성을 드러냈을 가능성도 있었지? 대죄주교."

"우—?"

흩어진 자재를 도로 주우면서 옆에서 손을 들여다보는 루이를 노려보았다. 하지만 루이는 자기 손가락을 깨물면서 스바루의 물음에 시치미를 뚝 뗀 표정이다.

"어제 렘이 한 이야기도 어떻게 생각하면 될는지."

오늘 아침도, 일어난 뒤로 줄곧 스바루를 아장아장 쫓아오는 루이.

다리의 재활을 위해서 따로 행동하고 있는 렘의 험악한 시선이 떠오르지만, 따라와서 민폐인 것은 스바루 쪽이기에 불합리한 항의다.

어쨌든 어젯밤 렘이 한 이야기, 루이로부터 독기가 느껴지지 않는다는 이야기는 마음에 걸렸다.

"대죄주교가 독기와 무관계할 리가 없어. 하지만 렘은 이 녀석에게 독기를 느끼지 못해. 그렇다면, 너는 대체 뭐냐고……."

"아오—?"

골머리 썩이는 스바루 옆에서 루이는 의뭉스러운 표정과 목소리로 옹알거릴 뿐이다.

스바루는 그 사실에 탄식하면서 어지럽혀진 텐트 정리에 본격적으로 착수했다. 해코지의 범인은 루이가 아니라, 진지 내 제국병 중 누군가일 것이다. 자신이 별종이라고 말한 토드의 의견은 정확해서, 대다수의 제국병은 스바루 일행에게 우호적이지 않은 것이다.

"그렇다고는 해도 느닷없이 얻어맞거나 신발 먹는 것보다 훨씬 낫지만."

행운의 기준이 하락했다는 자각은 있지만, 스바루는 비호감을 사는 데 익숙했다.

괜히 고등학교 데뷔에 발목이 걸리고, 그 이후 2년 가까이 반에서 붕 뜨고 있던 것이 아니다. 적극적인 왕따야 없었지만 떨떠름한 공기 취급이라면 백전연마.

그렇게 생각하면 과거의 동급생들은 양심적이었다 싶다.

"그렇게 마음씨 착한 모두가 그쪽에서 대성해 주기를 기도하마. 일부러 내가 있는 곳에 프린트 가져다 준 이나하타 군이라거나, 큰 인물이 되면 좋겠네."

이미 얼굴도 희미한 상태의 동급생을 떠올리던 스바루는 뒤처진 작업을 만회한다. 물론 파낸 구멍을 메우고 다시 파내는 거나 같은 상황이라 수지는 마이너스다.

이전, 에밀리아에게 노력은 누군가가 봐 주고 있다고 들은 적이 있었지만———.

"현재 보고 있는 게 너여서야 의욕이 생기지도 않는군. 하다 못해 렘이 봐 주고 있다면 내 기분도 꽤 다르겠지만⋯⋯."

"오— 우아—."

혼나서 조금은 학습했는지 오늘의 루이는 일단 스바루의 작업을 방해하지 않았다. 그것만으로도 고맙다고, 스바루는 다음 텐트로 이동하고자 밖으로 나갔다가——.

"——우와?!"

딱 천막을 나온 순간에 무언가에 발이 걸려 요란하게 넘어졌다.

무심코 반사적으로 지면에 손을 짚지만, 오른손은 몰라도 왼손은 살짝 아프다. 낫는 중이지만 다 낫지는 않았다. 그런 아픔에 얼굴을 찌푸린 스바루가 돌아보니.

"당신은⋯⋯."

동그랗게 뜬 스바루의 눈앞, 천막 입구 바로 옆에 야비한 인상의 남자가 서 있었다.

왼쪽 눈을 가린 안대와 듬성듬성 경박하게 난 수염. 폭력배라는 말이 그대로 구현화한 것만 같은 풍모의 인물이 이 진지에서 스바루에게 신발을 먹인 장본인.

"아마 자말이라고 불리던⋯⋯ 커억?!"

"자말 씨다. 같이 있는 여자들도 그렇고 버릇이 덜 되어 먹은 녀석이군. 어이."

경칭을 붙이지 않았다고 판단한 순간, 남자—— 자말이 직접적인 행동에 나섰다.

자말은 넘어져 땅바닥에 쓰러진 스바루의 왼손, 부목과 붕대를 감고 있는 손가락을 밟고서 발꿈치로 잘근잘근 뭉갰다.

"아― 우―!"

그, 스바루의 손을 짓밟는 자말의 다리에 루이가 아우성치면서 매달렸다. 하지만 소녀의 체중은 가벼워서 단련된 체격의 자말은 꿈쩍도 하지 않았다.

자말은 즉시 매달리는 루이의 긴 머리카락을 잡고 억지로 떼어냈다.

그 모습을 본 스바루는 무심코 울컥했다.

"이봐, 어린애라고!"

"애인데 어쩌란 거지? 애초에, 듣던 바로는 네놈은 이 꼬마를 유난히 차갑게 대한다며? 그런데 갑자기 주장을 바꾸었냐?"

"그게 아니…… 그 녀석을 너무 자극하다간, 당신 쪽이 후회하게 될걸."

"듣자 하니 시답잖은 소리를. 더 나은 변명을 해 봐라."

콧방귀를 뀐 자말이 팔을 휘둘러서 루이를 땅바닥에 내던졌다. 넘어진 루이는 붙잡혔던 머리카락을 끌어당겨 머리를 부둥켜안고 "우―." 하고 눈물 어린 눈으로 자말을 노려보았다.

"버릇이 없는 꼬마군. 네놈도 그 여자도, 죄다 거슬려!"

"끄억!"

말하면서 화가 치밀었는지 자말이 스바루의 뺨을 걷어찼다. 입을 벌리고 있었을 때의 생각지 못한 한 방에 요란하게 입 안이 찢어졌다. 피가 뚝뚝 흐른다.

"우, 퉤…… 일단, 우리는 토드 씨에게 신원은 보증받았다고 할지, 여기서 지내도 된다고 들었다만……."

"하, 토드 씨 말이지. 안됐지만 그놈보다 내 계급이 더 위다. 부탁을 들어주지 못할 것도 없지만, 시키는 대로 따를 이유는 없어."

거친 목소리로 말한 자말이 스바루를 다시 밟았다. 순간적으로 몸을 웅크려 머리를 지켰지만, 이번 발길질은 스바루의 배에 꽂혔다.

발끝에 위장이 뒤집히고 충격에 신음하는 스바루에게 집요한 발차기가 들어간다.

"처음에, 강변에서 네놈의 여자에게 부하가 두 명이나 당했다고. 못 써먹게 된 그놈들은 후송해야 한단 말씀이야. 재수 옴 붙어도 더럽게 붙었지. 이 책임을 지게 해야 하는데…… 토드 자식, 쓸데없는 물건을 보여주기는."

"──윽."

"그 나이프만 없으면 요절을 냈을 거다. 군인이란 고달파, 안 그래?"

집요한 발차기와 신경을 긁어대는 발언.

내려다보는 자말의 외눈을 쳐다볼 필요도 없이, 상대의 목적은 명백하다.

자말의 목적은 스바루에게 고통을 주는 것이 아니다. 그보다 다음 단계가 목적이다.

대충 스바루를 도발해서 반격을 유도해 즉결 처분이라도 하는 게 목적이리라.

자말은 토드의 말에 귀를 기울이지 않는다고 말했지만, 완전히 무시할 수 없는 관계인 것은 처음에 신발을 먹었을 때의 대화로도 짐작이 되었다.

그렇기에 자말은 이유를 원하는 것이다. 스바루를 죽일 수 있는 이유를.

나아가서 그것은, 렘에게 보복하기 위한 이유이기도 하다.

그렇다면 스바루는 도발에 넘어가 줄 수 없다.

자말의 더러운 악의가 렘을 겨누지 않기 위해서라면, 스바루의 왼손 손가락이 다시 부러져도, 남은 손가락이 부러진다고 해도 스바루의 승리다.

그러기 위해서도, 견디고 견디고 견디고, 견뎌서——.

"——이봐, 거기서 뭐 하고 있어?"

그렇게 스바루가 계속 인내하고 있을 때, 자말과는 다른 목소리가 날아왔다. 그 즉시 "쳇." 하고 혀를 찬 자말이 발을 거두며 천천히 뒷걸음질 쳤다.

그러자 발소리를 내면서 주황색 머리의 청년—— 토드가 다가왔다.

"볼일도 없는데 이쪽으로 왔다고 들어서 와 보니, 역시 당신인가."

"토드냐. 유난히 감싸고 돌잖아. 제도에 연고가 있는 단검이 그렇게 마음에 드냐? 이런 겁쟁이에게 아양을 떨어서까지."

자말의 조소에 토드도 험악한 표정을 지었다. 두 사람 사이에 다소 험악한 분위기가 흐르지만, 그 분위기는 자말이 "관두련다." 하고 말해서 중단됐다.

"이걸로 혼쭐났으면, 내 눈이 닿는 곳에서는 발밑을 조심하라고. 또 지금처럼 자빠져도 난 모른다? 하하하하."

그렇게, 스바루에게 휘두른 폭력은 없었다고 다짐을 주며 토드 옆을 지나갔다.

스바루도 그 등을 멈출 말이 없다. 여기서 피해를 호소하면 그건 자말의 도발에 넘어간 거나 마찬가지다.

그대로 자말이 완전히 사라진 뒤에 스바루는 몸을 일으켰다.

"아아, 젠장…… 아프군……. 저 자식, 하는 짓이 음습하다고…….."

"당신, 괜찮은 거야? 자말에게 시비나 걸리고. 재수가 없네."

비틀거리는 상태의 스바루에게 토드가 얼굴을 찌푸리면서 말을 건넸다. 그가 와 주지 않았으면 자말의 폭행은 여전히 이어졌을 것이다.

그것을 중단시켜 주어서 감사한다. 하지만, 그보다도──.

"나는 됐어. 그보다, 렘 쪽을……."

"그 아가씨라면 취사를 돕고 있어. 의자에 앉혀 두니 솜씨는 좋더군. 자말도 남의 눈이 있는 곳에서는 아무 짓도 하지 않는다……고, 생각하거든?"

확증이 부족한 말투로는 스바루를 안심시킬 수 없다.

입가의 피를 닦은 스바루는 자신의 왼손을 보았다. 부목이 빠지고 붕대가 풀렸다. 한때는 나으려던 손가락은 다시 꺼림칙한 색으로 변색하기 시작하고 있었다.

"아이코…… 그 꼴이면 다시 처치해야겠어. 나 원, 자말 녀석."

"그 녀석…… 뭐 하는 놈이야?"

"자말 말이야? 나와는 군인 동기로, 제일 출세했지. 하급 귀족 출신으로, 삼장(三將)으로 승격하는 것도 꿈이 아니라고…… 아— 삼장이라면 알겠어?"

"아니, 몰라. 계급?"

스바루가 고개를 가로젓자 토드가 "맞아." 하고 손가락을 세우고 끄덕였다.

그의 설명에 따르면, 볼라키아 제국의 군인에는 『장(將)』이라고 불리는 계급 제도가 있다고 한다. 병졸, 상등병, 삼장, 이장으로 올라가다가——.

"일장이 되면, 제국에도 아홉 명밖에 없는 특별. 황제 직속의 무인으로, 『구신장(九神將)』이라고 불리지. 뭐, 거기까지 가면 이미 집안이나 공적의 문제가 아니야."

"재능이란 뜻인가."

"그런 거지. 그러니까, 우리 같은 일반인은 삼장 언저리를 목표로 두는 거야."

비참한 기색이 없는 토드의 말에 스바루는 아까 자말의 태도를 돌아보았다.

『장』이란 다시 말해 군대에서 사관의 역할이라고 짐작되지만, 도저히 자말에게 그럴 그릇이 있을 것 같지 않았다. 자기중심적에다 공감 능력이 떨어진다. 무능한 상관 타입이다.

"전장이라면 뒤에서 빗나간 화살에 맞아서 죽는 병사가 꽤 있다더라고, 토드 씨 입으로 그놈에게 전달해 줘."

"무서운 소리를. 그래서, 치료는 어쩌겠어?"

"부탁할 수 있을까? 먼저, 렘의 얼굴을 본 다음에."

"이거 참, 홀딱 반하셨군. 이쪽 아가씨는 불쌍하게도."

손가락의 통증을 억눌러서라도 렘의 무사를 확인하는 게 최우선. 그런 스바루의 자세에 어깨를 으쓱인 토드가 화제를 돌린 것은 텐트 앞에서 웅크리고 있는 루이다.

자말이 잡아당긴 머리카락을 손가락에 감고 짐승처럼 낮게 신음하고 있다.

"당하고만 있어선 성미에 맞지 않는다는 모양인걸. 오기가 센 아이는 호감이 가."

"아―! 우― 아―!"

토드의 웃음을 받자 그에 호응하듯이 루이가 부르짖었다.

마음에 들었다면 아예 인수해 가지 않겠느냐고 말하려다가, 그 말이 렘에게 전해져서 또 화내는 것은 사양이다 싶어 스바루는 입에 지퍼를 채웠다.

6

"――그 냄새, 또 어디 다친 건가요?"

"으…… 알겠어?"

"알지요. 어린애가 보고 있으니 사리를 분별해서 행동에 조심해 주세요."

이는 점심 식사 때 같은 탁자에 앉은 렘의 충고였다.

그 내용에는 끄덕일 수 없는 부분이 있지만, 거역할 메리트가 없기에 끄덕여 두었다. 그런 스바루 옆에서 행동을 흉내 내는 루이가 끄덕이고 있었다.

진지에서 드는 점심 식사는 배급제에 가까운 것으로, 배급소로부터 식사를 받아 적당한 인원끼리 뭉쳐서 순사대로 처리해 가는 시스템이다. 급사 일을 돕고 있던 렘이 식사할 수 있는 것은 마지막이었기에, 필연적으로 스바루와 루이도 점심 식사는 늦은 시간이 되었다.

물론 외부인을 꺼리기에 식사 자체도 남은 것을 준 셈이었다.

"뭐, 배부른 소리를 할 처지가 아니지. 먹을 수 있는 게 있는 것만 해도 횡재야, 횡재."

스바루는 자신과 렘 몫을 가져와서 구석의 작은 탁자에 놓았다. 루이도 건방지게 스바루와 같이 자기 몫은 확보하고 있었다.

"점심까지 어쩌고 있었어? 뭔가 고생은 없었어?"

"딱히 없습니다. 다리 문제도 배려를 받았고…… 제가 도운 일이야 별것 아닌 취사뿐이에요. 그것도 배우면서 했고요."

"배우면서…… 뭐랄까, 몸이 기억하거나 그런 건?"

"그걸 기대하지 않았다고 할 수는 없겠죠……."

잇따른 스바루의 질문에 렘이 연청색 눈을 가늘게 뜨고 입을 다물었다.

그 반응에 지나치게 다그쳤나 싶어 스바루는 초조해졌지만,

렘은 느릿느릿 고개를 가로저었다.

"이것저것 시도해 보면, 무언가 손에 익은 것이 있을지도 모르겠다고 생각했습니다. 하지만 그런 건 너무 형편에 좋은 생각이었죠."

살며시 자기 손을 내려다본 렘이 자신의 짧은 생각을 부끄러워하듯 중얼거렸다.

하지만 렘이 품은 기대를 짧은 생각이라고, 도대체 어디의 누가 욕할 수 있을까. 자신을 구성하는 요소를 떠올리지 못하는 상황에서 답에 매달리는 렘의 자세를, 누가.

"어째서, 당신이 힘들어하는 표정을 짓는 거죠."

"어째서긴, 그건……."

"──제 준비가 될 때를 기다리겠다고, 어제는 그렇게 말했었잖아요."

눈을 내리깐 스바루를 바라보며 던진 렘의 말에 놀랐다.

그것은 렘이 처음으로 다가와 주는 것처럼 느껴지는 말이었다. 무심결에 이해해 준 거냐고 스바루의 가슴에 희망이 싹틀 정도로.

그러나──.

"어제도 말했다시피, 당신이 자꾸 '렘'이라고 불려도 그것이 내 이름이라고 받아들일 수가 없습니다. 그것은 무슨 말을 들어도 마찬가지일 테죠."

"으극……."

"혹시 이 아이가 얘기해 준다면 다를지도 모르겠습니다만."

말하면서 눈웃음을 지은 렘이 곁에 있는 루이의 머리를 쓰다듬었다. 루이는 쓰다듬는 손길을 받으며 눈앞의 자기 몫 식사를 해치우느라 정신이 없다.

그 매정한 자세도 그렇지만, 안타깝게도 루이에게 정상적인 자의식이 있었다고 해도 그 입에서 렘 이야기가 나올 일은 없다. 가령 나올 입이 있다고 해도 스바루가 말하지 못하게 할 것이다. 아무리 해도 지울 수 없는 적의 때문이다.

"뭐야, 뭐야, 우거지상으로. 우중충한 식탁이잖아."

그런 세 사람의 식사 자리에 스스럼없이 토드가 끼어들었다.

거북한 분위기를 바꾸어 줄 예감에 스바루는 "토드 씨인가." 하고 옆에 앉은 남자를 환영했다. 아까 일도 그렇고 그에게는 도움만 받고 있다.

"신경 써 줘서 엄청 고맙지만 동료와 같이 먹지 않아도 돼?"

"응? 뭐, 오래 알고 지낸 녀석들이니 이제 와서 하루 이틀 같이 밥 먹지 않았다고 관계가 변하지 않아. 그보다 당신들에게 얼굴이나 팔아 두련다."

"팔아도 가진 게 없단 말이지."

"그 부분이야 출세하고 갚으라는 사고방식이지. 선행 투자라고 생각해 두라고."

가볍게 주고받는 말재주로 자리 분위기를 바꾸는 토드. 그는 "그건 그렇고." 하고 스바루 어깨에 팔을 두르더니 귓가에 속삭였다.

"어제보다는 제대로 말을 나누게 된 것 같잖아. 화해에 성공했어?"

"화해…… 글쎄. 내 성의가 조금은 전해졌다고 믿고 싶은데."

"──다 들리거든요. 마음을 터놓았다고 생각한다면 착각입니다."

"우──!"

퉁명스러운 기색으로 두 남자의 대화에 불만을 표명하는 렘. 루이도 렘 편을 들 셈인지 입을 닦아 주는 렘에게 협조하는 기색이다.

그런 두 사람의 친밀한 모습에 복잡한 심경을 맛본 스바루의 표정이 눈에 띄게 침울해졌다.

"그렇게 낙담하지 말라고. 이렇게 말을 할 수 있는 거리와 장소에 있잖아. 그것만으로도 나와 비교하면 훨씬 나은 셈이지."

"아…… 그러고 보니 토드 씨, 약혼자와 멀리 떨어졌다고 그랬던가."

"그래. 약혼자는 제도에서 살고 있거든. 이 임무를 끝내야 하는 것도 그렇지만 애초에 이별 시간이 너무 길어. 이거 참, 외로워서 미칠 지경이라고. 응?"

"그 외로움 때문에 우리를 챙겨 준다는 거야?"

"그런 거지. 그러니까, 열심히 나에게 이용당해 줘라. 주운 보람이 있어."

상대에게 부담을 주지 않으려는지, 토드의 배려에 스바루는 속으로 감사했다. 직접 감사를 표하는 것도 멋쩍은 이야기일 것이다. 그도 그 점을 참작해 주는 기색이다.

그런 식으로 네 명이서 하는 식사가 진행되지만——.

"그러고 보니 우리는 보급 부대의 차에 태워 준다고 했지만, 토드 씨 쪽은 임무에 어느 정도 걸릴 것 같아?"

"말했잖아? 숲에 숨어 있는 『슈드라크의 민족』을 발견할 때까지……. 발견되지 않으면 몇 년이든 배치될 가능성이 있어. 나랏밥 먹는 것도 편한 게 아니야."

"『슈드라크의 민족』……."

나무 숟가락을 문 토드가 떫은 표정으로 대답하자 스바루는 생각에 잠겼다.

『슈드라크의 민족』—— 이 진지에서 토드에게 처음 이야기를 들었을 때, 스바루는 그렇게 불리는 상대가 숲에서 만난 복면 남자가 아닌가 추측했다.

그에게는 나이프를 양도받은 은혜가 있다. 그러니까 토드에게도 그 존재를 전하지 않았지만, 지금에 와서는 그게 의리가 없는 행위로 여겨졌다.

은혜라는 의미로는, 복면 남자에 지지 않을 만큼 토드에게도 도움을 받았다.

그렇다면 복면 남자에게 인의를 지키고 토드 쪽에는 지키지 않을 이유가 무엇일까.

"토드 씨 쪽은, 그 『슈드라크의 민족』을 찾아서 어쩔 셈이야? 이런 식으로 진지를 칠 정도니까, 싸울…… 거야?"

되도록 아무렇지도 않은 분위기를 가장해 물었다. 그러나 그래도 긴박감은 숨기지 못했다. 실제로 이야기에는 끼어들지 않앗으나 그 이야기를 듣던 렘의 표정에도 변화가 있다. 의식하지 않으려 해도 '싸움'이라는 단어를 기피하는 반응이.

그리고 질문을 받은 토드는 그런 스바루의 말에 한쪽 눈을 감고 답변했다.

"가능하면 싸우고 싶지 않다는 것이 『장』들의 생각 같아. 『슈드라크의 민족』이라는 것은 꽤 강력한 부족이라는 모양이라서. 싸우거든 고전은 필연, 이번에도 교섭이 목적이라더군."

"교섭? 숲의 부족과, 무슨 교섭을?"

"말단에게 너무 이것저것 묻지 말라고?! ⋯⋯잘은 모르겠지만, 아마 제도나 나아가서는 황제 각하께 충성을 맹세하라는 얘기이지 않을까?"

"『슈드라크의 민족』은, 볼라키아 제국 황제에게 따르지 않는다는 소리야?"

"따르지 않는 자도 있어. 그것도 볼라키아식이잖아?"

무인다운 웃음으로 던진 토드의 말에 스바루는 "볼라키아 만세."라고만 대꾸했다.

토드의 말대로라면 『슈드라크의 민족』에 대한 공격은 제국군도 피하고 싶은 듯하다. 그렇다면 오히려 스바루가 정보 제공을 하는 편이 쓸데없는 유혈을 피할 수 있는 것이 아닐까.

그렇다고는 해도 스바루가 가지고 있는 정보도 대단한 정보는 아니고, 그것을 숨기고 있던 사정을 밝히려고 하면 내력을 위장했던 것을 설명해야 하지만.

"으그극, 어렵군. 이쪽을 세우면 저쪽이 무너지고⋯⋯."

"어쩐지 언제 봐도 미간에 주름을 잡고 있네요. 안 그래도 별로 좋은 인상이라고는 할 수 없으니까 최소한 웃고 있는 편이 낫지 않을까요?"

"호된 지적! 내가 항상 싱글벙글 웃고 있으면 좀 더 다정하게 대해 줄래?"

"네에?"

진심으로 영문을 모르겠다는 렘의 응답에 스바루의 마음이 바로 꺾였다.

경직된 웃음으로 응대하는 것도 팽개친 스바루의 어깨가 축 늘어지자 토드가 웃었다.

웃음을 산 것도 섭섭하지만, 토드의 이런 대응에 구원받고 있는 것은 사실. 이 비상사태에 지나치게 무거워지지 않고 있을 수 있는 것도, 틀림없이 토드 덕분이다.

그렇기에 최소한 그들의 목적이 이른 시일에 달성되기를 바라고 싶지만.

"실제 숲의 공략은 어느 정도부터 시작되는 거야?"

"다른 진지의 전개가 끝나면 일제히 착수한다고 하더군. 숲은 크고 깊어. 하루 종일 걸려도 진행되는 양은 뻔하지만……."

"그렇군. 뭐, 척척 진행될 수도 없겠지. 숲 속에 뭐가 있을지도 모르고, 커다란 마수도 어슬렁대는 장소니까."

스바루가 『슈드라크의 민족』이 아닌가 의심하는 복면 남자. 혹은, 이쪽이 『슈드라크의 민족』일 가능성도 있는 사냥꾼. 그리고 사냥꾼과의 조우전 도중에 맞닥뜨린 거대한 뱀의 마수. 그 주변에는 렘이 설치한 함정도 남아 있다.

그렇게 생각하면 앞으로 숲에 들어갈 토드 일행의 고생은 미루어 짐작할 만하다.

사정까지 설명하지 않아도 렘이 설치한 함정에 대해서 정도는 이야기해 두어야 쓸데없는 혼란을 막을지 모르겠다는 생각이──.

"──마수?"

그러나 그렇게 생각하는 스바루 옆에서 물을 마시던 토드가 눈을 부릅떴다. 그는 입 끝에 흐르는 물을 소매로 닦고 놀란 눈으로 스바루를 바라보았다.

"방금, 마수라고 말한 거냐? 저 숲에 마수가 있다고?"

"응? 아니, 저기, 그렇게 말했지만…… 나, 뭔가 이상한 말을 했어?"

"그야 그렇지. 마수라면 그리 쉽게 만날 만한 게 아니야. 마수 대국인 루그니카라면 몰라도 왕국과의 국경선도 아닌 곳이라고."

"──────."

"농담이, 아닌 건가. 이봐, 아가씨."

더욱 진지해진 토드의 말에 스바루는 곤혹에 빠진 채로 아무 말도 하지 않았다. 그러자 토드는 질문의 방향을 렘 쪽으로 바꾸었다.

"대답해 줘. 아가씨도 마수를 봤어? 이 바드하임의 밀림에서."

"그 마수라는 것이, 녹색 피부를 가진 커다란 생물이라면 봤습니다만."

"머리에 뿔은?"

"뿔 말인가요? ……아마, 하얗고 뒤틀린 것이."

그 답을 듣자마자 토드가 다시 스바루 쪽을 돌아보았다.

"어떤 마수였어? 생긴 모습은?"

"배, 뱀이야. 커다란 뱀. 10미터 가까이 되는, 엄청 큰 녀석이 한 마리."

"한 마리, 한 마리라…… 제길, 이 커다란 숲이라면 정말로 한 마리인지 알 수 없잖아. 하지만 거짓말을 하는 기색도 아니군. 사정이 변했어!"

거칠게 머리를 벅벅 긁다가 낯빛을 바꾼 토드가 스바루 일행에게 등을 보였다. 하지만 그는 뛰쳐나가기 전에 "아." 하는 소리를 내고 스바루 일행을 돌아보며 말했다.

"귀중한 정보였다. 그게 없었으면 위험한 상황이 되었을지도 몰라. 고맙다."

"──오."

"부대장들 집합! 『장』이 있는 곳에 간다! 중요한 이야기다!"

심각한 와중에도 웃은 뒤, 토드는 손뼉을 쳐서 주위의 주목을 모으고는 진지 중심부 쪽에 있는 천막── 아마도 군사회의 등이 열릴 지휘관의 텐트로 갔다.

그 맹렬한 기세를, 반쯤 얼떨떨하게 배웅하다가 말을 나누었다.

"……반응이 꽤 요란했네요. 그 생물…… 마수가 그렇게 중요한 건가요? 물론, 위험한 생물인 것은 알겠습니다만."

"──아니, 실은 나도 그다지 정확히 그 사실을 인식하지 못했을지도 몰라."

"네에……."

미심쩍다는 표현이 어울릴 렘의 반응이지만, 스바루도 아직 머릿속을 깔끔하게 정리하지 못했다. 그만큼 스바루에게는 자다가 봉창 두드리는 반응이었다.

"제국에는, 마수가 드물다……."

그것은 완전히 예상 밖이랄까, 상상해 본 적 없는 사정이었다.

애당초 스바루에게 이세계 생활과 마수의 존재는 떼려야 뗄 수 없는 관계다. 소환 첫날의 왕도라면 몰라도, 이후 사건에는 대부분 마수가 있었다.

메일리가 저지른 마수 소동에서는 울가름이, 빌헬름이 비원을 성취하기 위해서 필요했던 백경전, 『성역』을 송두리째 집어삼키려고 한 대토(大兎).

프리스텔라에서는 마수가 없었지만, 그 문제를 해결하고자 향한 아우그리아 사구와 플레아데스 감시탑은 마수의 총본산이라고 해도 과언이 아니다.

물론 스바루에게 가장 추억이 깊은 마수는 '붉은 전갈'이지만.

"조금 울적해졌지만, 마수가 드물다는 생각은 해 본 적도 없었어."

TV 게임의 RPG에 등장하는 몬스터처럼 온 세상 어디에 있어도 출몰하는 것이 마수라고 철석같이 믿었었다. 하지만 그렇지 않은 모양이다.

생각해 보면, 원래 세계도 온 세상 어디에도 사자나 기린이 있는 것은 아니니 어떻게 보아 당연했을지도 모르지만.

"루그니카가 마수 대국으로 불리는 것도 처음 알았고……."

강대한 존재라고는 해도, 마수가 한 마리 나왔을 뿐인데 토드가 낯빛을 바꾸는 판국이다. 그 상식과 대조해 보면, 루그니카가 마수 대국이라고 불려도 이상하지는 않다.

『마수 사역자』메일리라면, 이미 옛날이야기 속 존재나 다름없으리라.

"어쩌면 걔도 마수가 별로 없는 나라나 지방에 갔더라면, 평범한 아이처럼 살 수 있었을까……."

"저기, 죄송합니다."

따로 떨어지고 만 메일리, 그녀의 장래를 생각하고 있으려니, 문득 생각에 빠진 옆얼굴에 렘이 말을 건넸다.

무슨 일인가 해서 그쪽을 보자 그녀는 탁자 위를 손으로 가리켰다. 그러자 거기에는 자신의 식사를 비우고 탁자에서 자고 있는 루이의 모습이 있었다.

"배가 불러서 만족한 모양이라……. 못마땅하지만, 옮기는 것을 부탁할 수 있을까요?"

"굳이 못마땅하다고 말하나……."

렘의 말씨에 쓴웃음 지으면서 스바루는 마지못해 루이의 몸을 안아 들었다.

가끔 매달려서 알고 있지만, 가볍다. 겉보기는 평범한 소녀다. 정말로, 겉보기만은 평범한 소녀인 것이다.

"렘은 괜찮은 거야? 내 등이 비어 있는데…….."

"무슨 못난 꼴을 요구하는 건가요. 자기 몸 정도야 자기가 건사할 수 있습니다."

그렇게 말한 렘이 손에 든 것은 탁자에 기대어 두었던 나무 지팡이──는 이름뿐인, 어디서 주워온 굵은 나뭇가지다. 손잡이 부분에 천을 감은, 간편한 즉석 지팡이. 그것을 짚으며 렘이 일어섰다.

그 발걸음은 아직 다소 불안스럽지만──.

"──괜찮……습니다."

"정말로……? 고집 부리지 말고, 힘들면 의지해 주어도."

"의지하지 않습니다. 이쯤이야 끄덕없습니다. 당신은 그 아이를 떨어뜨리지 마시길."

"뭐어, 알았어. 하지만 이것만은 기억해 줘. 내가 이 녀석을 이렇게 안아 들고 있는 것은, 내가 이러고 싶은 것이 아니라 너를 위해서 그런 것임을."

"도대체, 뭐 때문에 그렇게까지 말하는 건가요……."

아무리 해도 자발적으로 루이에게 잘 대해 줬다는 인상을 주고 싶지 않은 스바루의 발언에 렘이 어이없어하며 지팡이를 짚고 주춤주춤 뒤를 따라갔다.

일단, 렘과 루이를 빌린 텐트로 돌려놓고 스바루는 천막 정리를 속행하게 될 것이다. ──토드 일행이 어떻게 할지, 궁금하기는 하지만.

"──그분들이 마음에 걸리나요?"

"어……? 아, 아아, 대충 그래. 아니, 내가 생각해도 은인 상대로 의리 없는 짓을 하고 있다는 자각은 있으니까. 마수 이야기도 부주의했을지도 모르고."

"──은인인가요."

자신이 거짓말만 하는 악당으로 느껴져서 왠지 모르게 우울한 기분에 젖는 스바루. 그러나 그런 스바루의 이야기를 들으면서 렘은 왠지 의미심장하게 중얼거렸다.

"렘?"

"──아니요, 아무것도 아닙니다. 신경 쓰지 말아 주세요."

"아니, 지금 흐름에서 신경 쓰지 말라는 건 무리지……."

"그런가요. 그럼, 말 걸지 마세요."

"더 거리가 멀어졌다! 말하려거든 말을 해! 궁금하잖아!"

렘에 맞추어 걷고 있기에, 두 사람의 걸음걸이는 느릿느릿했다. 그렇게 보조를 맞추는 상황에 대한 짜증도 있는지, 렘은 작게 한숨을 쉬었다.

"그, 토드 씨였던가요. 나는…… 별로 좋은 인상이 들지 않습니다."

"엉? 왜 그런데. 아무 기댈 곳도 없는 우리를 진지에 두고 심술궂은 괴인 '신발 먹는 자'로부터도 지켜주고 있잖아. 여기에 은혜를 느끼지 않는 것은 아무리 그래도."

"은혜를 느끼지 않는다고는 하지 않습니다. 물론 감사하고 있어요. 단지……."

거기서 말을 끊은 렘이 뒷말에 망설임을 보였다. 그러나 발생한 침묵은 불과 2초, 그녀는 깊이 숨을 내뱉는 것에 맞추어 말했다.

"──상대의 이름을 물어보려 하지 않는 사람을, 신용하는 건 어렵다고 봅니다."

렘의 그 말에 스바루는 무심코 숨을 죽였다.

그리고 무슨 말을 하는 거냐고 되물으려다가, 문득 지금까지 있던 일을 돌아보았다.

──상대의 이름을 물어보려 하지 않는다고, 렘은 말했다.

그 사실을 염두에 두며 돌아보니, 확실히 그랬다.

토드는 여태까지 한 번도, 스바루를 이름으로 부른 적이 없다. 줄곧 '당신'이라고 불렀다. 이름을 알지 못하면 그도 당연할 것이다.

"하, 하지만 우연이지 않아? 렘도 나를 이름으로 부르지──."

"──나츠키 스바루잖아요. 알면서도 부르지 않는 것과, 처음부터 알려고 하지 않는 것하고는 의미가 다릅니다. 단지, 그뿐입니다."

"_____."

"나의 의견은 이걸로 끝입니다. 어차피 저분들에게 의지할 수밖에 없으니까요."

그렇게 말하면서 렘은 발을 멈춘 스바루를 추월해 앞으로 갔다.

그대로 조금씩 전진하는 렘의 등을 보던 스바루는 아무 말도 하지 못했다.

안타깝지만 스바루에게는 렘의 고집스러운 마음을 풀어낼 방도가 없다.

마수 사건으로 명확해졌다시피, 스바루는 이 세계의 상식에 너무나 어둡다. 왕국도 만족스럽지 못한데, 제국이라면 이만저만 미지의 지역이 아니다.

어쩌면 제국에서는 상대의 이름을 묻는 행위에 특별한 의미가 있을지도 모른다. 이름을 대기 전에 묻는 것은 실례라거나.

하지만 그런 규칙이 있었다고 해도, 스바루는 그 이야기를 렘에게 할 수 없는 것이다. 자신의 부족한 지식과 교양이 한없이 지긋지긋해진다.

"언제까지 가만히 서 있을 건가요."

"아……."

문득 그 목소리에 고개를 드니 렘이 조금 앞에서 뒤돌아보고 있었다.

렘은 살짝 안달을 내는 표정으로 지팡이에 두 손을 짚고서 스바루를 노려보고 있다. 그렇게 스바루를 기다려 주는 모습을 보자마자 가슴이 먹먹해지는 감각이 있었다.

"욱……."

"뭣…… 왜, 왜 그러는 건가요?! 설마, 손가락이……."

"아니, 렘이 나를 기다려 준다고 생각하니, 그만……."

"뭔지 말 안 하겠습니다만, 손해 봤습니다."

분위기 깨진 표정과 목소리로 말한 렘이 이번에야말로 스바루에게 등을 보였다.

그 뒤를 허둥지둥 쫓아가면서 스바루는 렘에게 사과하고, 그 직전에 들은 말을 되새기며 눈을 가늘게 떴다.

렘이 지나치게 생각한 거라고 자기 자신에게 타이르면서.

7

　──그렇게 스바루의 가슴속에서 응어리진 의문은 이튿날 해소되었다.

　"──이봐, 일어나, 일어나라고. 언제까지 자고 있을 거야, 당신."

　"우웅?"

　자고 있던 스바루의 어깨를 누군가가 흔들어 깨웠다.

　개운하게 일어나는 것은 스바루의 몇 없는 장점 중 하나지만, 자력으로 일어날 때와 누군가가 깨울 때는 역시 감각이 다르다. 다소 무뎌진 사고를 움직이면서 눈을 뜨자, 땅바닥에 누운 스바루의 시야에 토드의 얼굴이 비쳐들었다.

　"토드 씨……?"

　"아아, 피곤했나 보네. 익숙하지 않은 일을 시켰으니 무리도 아닌가. 어쨌든, 당신 덕분에……."

　"──나츠키 스바루."

　"응?"

　천천히 몸을 일으킨 스바루에게 빠르게 말을 건넨 토드. 그가 갑자기 나온 스바루의 자기소개에 눈을 동그랗게 떴다.

　그 순간, 그것이 무슨 뜻인지 모르는 기색이었지만.

"나츠키 스바루, 그것이 내 이름이야."

"음…… 아— 혹시, 당신이라고 불리던 걸 신경 썼던 거야?"

"아니 뭐, 신경 썼다고 할 정도까지도 아니지만…… 이름을 대지 않았으니 엄청 실례하고 있었을지도 모른다 싶어서."

"하하, 그건 지나친 생각이야. 아무튼 나츠키 스바루란 말이지, 외웠다, 외웠어."

거북해서 눈을 내리깐 스바루의 어깨를 작게 웃은 토드가 두드렸다. 그 모습이 변함이 없는 것을 보자 스바루는 다소 안도감을 느꼈다.

아무래도 어제 렘의 염려는 과한 생각이고, 스바루의 찜찜함도 기우였던 모양이다.

토드는 진심으로 그 부분을 깜빡했었는지 "실수했네, 실수." 하고 중얼거리다가 본론으로 들어갔다.

"어차차, 그 이야기도 중요하지만 더 중요한 이야기가 있어. 어제 당신의 이야기 덕에 『장』들의 방침이 바뀌었거든."

"방침이 바뀌었다…… 그거, 숲 공략의?"

"그래그래. 여하튼 미지의 숲 개척에 더해서 마수까지 서식하고 있다면 얘기가 꽤 달라지니까. 이쪽 희생도 우습게 볼 수 없어. 그러니까."

거기서 말을 끊은 토드는 히죽 함박웃음을 지었다. 그리고 아직 의식이 완전히 깨지 못한 스바루의 얼굴을 두 손 사이에 끼우고 말했다.

"후딱 작전을 끝맺기로 한 거야."

"후딱? 그럼 혹시 토드 씨, 약혼자에게로 돌아갈 수 있다는 소리야?"

"하하, 그런 거지!"

크게 끄덕인 토드의 대답에 스바루도 "오오—!" 하고 기쁨을 공유했다.

연 단위로 수행할 출병 계획이 변경되어 고향으로 돌아갈 수 있다면 토드의 기쁨도 한결 더하리라. 희희낙락하는 그와 손을 맞대고 둘이서 같이 텐트 안에서 춤추었다.

그러자 당연하지만——.

"저기, 좀 더 조용히 해 주실 수 없을까요."

"아, 미안, 렘."

자기 잠자리에서 몸을 일으켜 언짢은 표정을 지은 렘이 두 남자를 노려보았다.

그리고 렘은 가볍게 고개를 내젓고 "참 내……." 하고 중얼거린 뒤 의문을 표했다.

"——? 어쩐지, 이상한 냄새가 나지 않나요?"

"냄새?"

"네. 당신의 체취와는 별개로."

코를 킁킁거린 렘이 냄새 나는 것을 쳐내듯이 스바루에게 손짓했다. 그 몸짓에 스바루가 다소 상처 입었지만 바로 토드가 "미안, 미안." 하고 사과했다.

"거리가 있으니까 괜찮을 거라 생각했는데, 코가 밝으면 아는군. 하지만 결정 난 일은 얼른 해야 편하잖아?"

"토드 씨?"

그렇게 말하면서 토드는 스바루 일행의 천막 입구를 열었다. 그리고 스바루 일행에게 나오라고 손짓했다.

그래서 스바루는 렘과 얼굴을 마주 보다가, 그녀에게 지팡이를 건네고 입구로.

그리고 토드 옆에 서서, 보았다.

"――어?"

무시무시한 기세로 활활 치솟는 검은 연기와 강렬한 탄내.

그리고 보이는 곳 시야 전부, 멀찍이 좌우 모두 가득 메우던 대밀림――『바드하임 밀림』이 새빨간 불길에 휩싸여 타오르는 광경이었다.

"이것은……."

우두커니 선 스바루 옆에서 같은 광경을 목격한 렘이 말문을 잃었다.

스바루와 렘 두 사람은 뻣뻣하게 서서 마치 악몽처럼 붉게 타오르는 숲을, 소각되는 밀림을, 끝나가는 세계를 바라보고 있었다.

"마수가 숨어 있다면 아군이 대체 얼마나 심각한 피해를 볼지 모른다. 그렇게 주장했더니 지휘하던 지크르 이장도 이해해 주더군."

"――――."

"당신이 준 정보 덕분에, 아군 피해가 나오지 않고 끝났어. 크게 덕을 보았네."

그렇게 말한 토드가 웃으며 스바루의 등을 손바닥으로 쳤다. 그 스스럼없는 충격에 얻어맞은 스바루는 입술을 떨었다. 폐가 떨리고, 목이 떨리고, 목소리도 떨렸다.

이, 토드의 변함없는 우호적인 태도에 스바루의 떨리는 목소리가 자아낸 말은——.

"어, 어째서……?"

"어째서긴, 뭐가?"

"그야, 숲의 『슈드라크의 민족』과는 싸우고 싶지 않다고, 말을, 했었잖아?"

싸움이 되면 고전은 필연, 황제에게 충성하도록 맹세시키기 위해서 교섭을 희망한다고.

어제, 식사 자리에서 토드는 스바루에게 그렇게 설명했다.

그렇다면 싸움은 일어나지 않을 거라고, 스바루는 속으로 안도하고 있었는데.

"이러면, 싸우는 것 이상으로……!"

"아아, 싸우고 싶지 않았지. 우리 쪽에 희생이 얼마나 나올지 모르잖아. 나도 죽을지 몰랐으니까. 하지만 『장』을 설득할 요소가 생긴 덕에 문제는 처리했어. 『슈드라크의 민족』도, 황제 각하께 적대할 수 없어지고."

"——우."

"나도 빨리 약혼자에게 돌아갈 수 있으니. 이거 참, 당신을 주워서 횡재했지 뭐야. 『장』한테도 잘 말해 두었으니까, 포상을 받을 수 있을걸."

"두 번째 단검을 받을 수 있을지도 모르지." 하고 농담조로 말한 뒤에, 토드는 한 번 더 스바루의 등을 쳤다. 그리고 그는 "어이쿠." 하고 무언가 떠오른 듯이 중얼거렸다.

"당신에게 전과를 보여주거든 돌아오라고 들었었지. 그리고 이제 천막 정리도 할 필요 없어. 얼마 지나면 진지는 철수할 테니까."

"——아, 어?"

"거참, 정신 차리라고. ——아가씨를 불안하게 만들지 마."

마지막 말은 귀띔하는 형태로, 정말로 선의의 웃음을 남기고 도트가 그 자리를 떠났다.

결국 멀어지는 등에 스바루는 아무 말도 하지 못한 채 침묵하고 있을 수밖에 없었다.

하지만 스바루가 침묵하든, 마음속의 혼란에 시달리든, 멀리 눈앞에서 타오르는 숲의 광경이 바뀌지는 않는다.

타오르는 불길은 모든 것을 삼키고 저 땅에 사는 모든 것을 불사르리라.

그것은 그 뱀 마수도, 혹은 숲속에 머물던 복면 남자나, 스바루 일행을 노린 사냥꾼도 예외가 아니다. ——모든 것이, 재가 된다.

"——아."

문득 그 충격에 입술을 깨문 스바루 옆에서 렘의 몸이 휘청거렸다.

반사적으로 그 호리호리한 몸을 손으로 지탱하니, 닿은 즉시

렘의 몸이 굳었다. 그리고 스바루를 쳐다보는 렘의 표정에 공포
와 거부감이 넘쳐 나왔다.

"아…….."

"당신이, 나쁜 것은 아니라고…… 그건, 알고 있습니다. 그래
도."

"_____."

"만지지, 마세요."

그 순간, 자신을 집어삼키려던 공포를 억누른 렘이 스바루의
손을 천천히 밀어냈다. 쳐내는 것도, 부러뜨리는 것도 아니라,
밀어냈다.

그 말은 진심일 것이다. 스바루가 노리고 일으킨 사태가 아니
라고, 렘도 이해하고 있다. 그러나 그 사실이 유발하는 위안은
사소하다.

이렇게 실제로 일어나 버린 사건을 앞두면, 너무나도 사소해
서——.

"그 아이가, 일어난 모양이네요."

그렇게 말한 렘은 스바루로부터 시선을 돌리고, 불타오르는
숲에서 시선을 돌리고, 보고 싶지 않은 것으로부터 시선을 돌리
듯이 텐트 안의 루이 쪽으로 돌아섰다.

그런 렘의 등에 스바루는 순간적으로 말을 걸 수 없었다.

스바루의 마음속에서도 일어나 버린 사건의 정리가 되지 않는
다. 무슨 말을 해도 정답이 아닌 선택지밖에 현재 머리에 떠오
르지 않았다.

그렇기에, 주춤주춤, 갓난아기가 기는 듯한 속도로 떨어지는 렘을 멈출 수 없다.

멈출 수가 없어서──.

"──오?"

입술을 깨물고 거절당한 렘의 작은 등을 바라보는 스바루. 그것이 별안간 등에 닿은 작은 감촉을 깨닫고 목소리를 흘렸다.

무슨 일이 있었나 뒤를 돌아보지만, 거기에 스바루의 등에 닿은 사물이나 사람은 눈에 띄지 않았다. 그저 돌아본 순간, 시야 끝자락에 무언가가 스친 것은 보였다.

그것은 마치, 돌아보는 스바루에 맞추어 뒤로 돌아간 것처럼──.

"우──!!"

그 직후, 어린아이가 발작을 터트린 것처럼 텐트 안의 루이가 소리를 질렀다.

일어나자마자 시끄러운 대죄주교지만, 지금은 유아나 다름없는 대죄주교보다 더 우선할 사태가 눈앞에 있다. 하긴, 무슨 일을 할 수 있는 것도 아니지만.

"우아, 아── 아──!!"

"──쯧, 시끄럽네! 지금, 큰일이 났다고! 너랑 상관할 틈은."

없다고 아우성치는 루이에게 고함치려다가, 스바루는 눈썹을 모았다.

땅바닥에 앉아 바동바동 몸을 뒤트는 루이를 뒤에서 안고 있는 렘, 그 표정이 다시 격변했기 때문이다.

조금 전의 공포와 거부감과는 다른, 순수한 '왜' 라는 경악. 부릅뜬 파란 눈이 바라보는 것은, 스바루—— 아니, 정확히는 스바루가 아니라.

　"……등?"

　미묘한 시선의 각도로 스바루는 렘이 시선이 주시하는 대상을 간파했다. 그에 따라서 목을 틀어서 스바루는 자신의 등을 들여다보았다.

　그리고 뒤늦게 깨달았다. ——방금, 스바루의 등에 돌아간 사물의 정체를.

　"——화살깃."

　그것이, 스바루의 시야에 스친 것의 정체다. 그리고 당연하지만 화살깃에는 화살의 본체가 부속되어 있고, 그것이 스바루의 등에서 흔들리고 있다는 말은——.

　"——아."

　요컨대 발사된 화살이, 스바루의 등에 명중했다는 뜻이다.

　머리가 아찔해지고, 스바루는 몸을 가누지 못해 그 자리에 벌러덩 넘어졌다. 반사적으로 손이 텐트 입구를 잡고 쓰러지는 기세에 천막이 기울었다.

　하지만 그것을 신경 쓸 여유도 없이 스바루의 몸은 옆으로 쿵 쓰러졌다.

　"꺄아아아아악——!"

　그 모습을 본 렘이 날카로운 비명을 질렀다.

　머릿속이 빙글빙글 도는 와중에 렘의 평범한 비명은 처음 들었다는, 그런 시답잖고 엉뚱한 감상이 머릿속에 넘쳐 귀를 통해 흘러나왔다.

"아— 우아—!"

루이가 엉금엉금 네 발로 기어 쓰러진 스바루에게 다가온다. 그대로 거칠게 스바루의 몸을 흔들지만, 그 행동을 나무라는 목소리도, 저항할 힘도 나오지 않는다.

화살 한 발에, 웬 꼴인가.

"누가! 누가 와 주세요! 괘, 괜찮을 거예요! 이런 화살 정도로……."

지팡이를 버리고 쓰러지듯이 다가온 렘이 스바루의 등에 난 상처를 보면서 그렇게 필사적으로 외쳤다.

아아, 렘은 정말로 착하구나 싶었다. 마녀의 잔향 때문에 스바루를 믿을 수 없어도, 부주의한 말로 저렇게 불타는 세계를 만들었어도, 그래도 눈앞에서 스바루가 쓰러졌다면 이렇게 구하려고 소리를 질러 준다.

이런 렘 앞에서 약한 모습을 보여 주고 싶지 않다 생각했다.

화살 정도가 별거냐고, 여유작작하게 일어나서 보여 주면 어떠냐, 나츠키 스바루.

대하 드라마나 시대극을 볼 때, 곧잘 저런 가느다란 화살이 박힌 정도로 죽거나 움직일 수 없어지다니, 근성이 부족하다고 생각했었잖아.

뭐, 커다란 화살로 가슴이 뻥 뚫릴 경우는 이야기가 별개라 쳐도, 렘의 말대로 등짝에 꽂힌 화살은 별다른 위력이 아니었다.

실제로 너무나 부드럽게 맞았다 보니 등을 쓰다듬었나 싶었을 정도였다.

그것이, 왜 이런 식으로——.

"——켁, 풉, 웨엑."

"——윽, 설마, 독?"

치솟는 작열감을 뱉어낸 순간, 렘이 스바루와 같은 결론에 이르렀다.

화살의, 위력으로 살해당하는 게 아니다. 화살에 바른 독이 갉아먹고 있는 것이다.

손발이 움직이지 않으며 마치 고열에 시달리는 것처럼 머리가 굴러가지 않는다. 눈에서 코에서 귀에서 무언가가 철철 흐르고, 스바루의 온몸이 후들후들 떨기 시작했다.

쨍쨍거리는 이명이 시끄러워지기 시작해 스바루를 걱정하는 렘의 목소리가 들리지 않는다. 루이의, 귀에 거슬리는 아우성도 들리지 않는다. 들리지 않게 된다.

독, 독이, 독을, 누가, 어째서, 화살이, 사냥꾼, 숲의, 불타서, 타오르고 타올라서, 스바루가 부주의하게, 마수를, 토드, 타올라서, 렘, 렘, 렘——.

의식이 한없이 혼미해지며 스바루는 부글부글 피거품을 뿜으면서 신음성을 흘렸다. 그리고 핏발이 선 눈을 부릅뜨고 어떻게든 렘의 얼굴을 보려다가, 깨달았다.

——그것은 텐트로부터 30미터가량 되는 거리, 달리면 10초도 걸리지 않을 위치에서 노려보는, 작은, 작은 인영이었다.

"_____."

어린아이다. 루이와 별로 차이가 없을 작은 아이.

눈매가 사나운 아이였다. ──아니, 그게 아니다. 눈매가 사나운 것이 아니다. 스바루를 노려보고 있는 것이다. 증오로 탁해진 눈으로, 살의를 담아서 스바루를 노려보고 있었다.

머리카락과 얼굴을 검댕으로 더럽히고, 증오로 탁해진 눈으로 반궁(半弓) 같은 것을 쥔 소녀다.

그것이, 저 손가락으로, 손으로, 의사로, 스바루를 독화살로 쏜 것이리라.

"_____."

증오를 받는 것도 당연했다.

죽이고 싶다고 여기는 것도 당연했다.

스바루가 초래한 결과가, 소녀를 증오로 몰아세우는 운명으로 이끌었다.

그렇다면 이것은, 스바루에게 찾아온 응보는──.

"──안 돼! 기다려! 기다려 주세요! 기다려요……."

필사적인 목소리가 귓가에 들린다.

기다려 주고 싶다. 멈춰 서 주고 싶다. 손을 잡고, 웃어 주고 싶다.

그 무엇 하나도 할 수 없다.

그 무엇 하나도 할 수 없는 채로.

부글부글, 부글부글 피거품을 뿜으며, 경련하고, 눈을 하얗게 뒤집고, 실금하고 구토하고 찌글찌글 녹은 내장을 뱉어내면서 어둠에 떨어진다.

"기다려요오……."

꼴사납고 더러운, 생각 없는 어리석은 자가, 어둠 속에 떨어진다.

떨어져 간——

제4장 『제국의 방식』

1

온몸을 지근지근 좀먹는 위협, 흐르는 피가 마그마로 변한 것만 같은 고통이, 나츠키 스바루의 존재를 한 장 한 장 벗겨 가며 꾸밈없는 자신을 끄집어내리고 한다.

채 아물지 않은 상처 딱지를 벗겨 생생한 상처를 차가운 공기에 드러내는 듯한, 그런 잔학 행위의 연장전. ——영혼이, 지켜지지 않는 현실에 닿는다.

찾아오는 것은 아픔인가, 한탄인가, 슬픔인가.

아니면 완전히 다른 무엇인가, 그조차도 스바루는 알 수 없다.

알 수 있는 게 있다면, 구원이 있다고 한다면, 단 하나뿐.

그 절망적인 감각은 답에 이르기 전에 끊어지고, 거짓말 같은 개방감이——.

"——씩씩쌕쌕 시끄럽다고, 자식아."

"우그업."

직전의 고통에서 해방되어 피거품을 뿜어야 할 입이 크게 벌어진다.

폐에 구멍이 뚫린 것처럼 비었던 몸이 산소를 요구한다. 의도대로 무미무취의 그것을 맛보려고 한 순간 무언가가 억지로 입에 쑤셔 박혔다.

생각지 못한 충격에 몸을 뒤로 꺾고 기침하는 스바루에게 매도가 퍼부어졌다.

하지만 무슨 일이 있었는지 모르겠다. 정확히는 보이지 않는다. 얼굴에 느껴지는 조임은 눈가에 무언가가 감겨 있는 증거다. 얼굴이 묶여 있다.

──아니, 묶인 것은 얼굴만이 아니다. 손발도 마찬가지로 구속되었다.

그 상태로, 누군가가 무언가를 입 안에 처박은 것이다.

"콜록! 케헥! 어, 어째서, 묶여…… 꾸억?!"

"자식이, 뭘 반항하고 자빠졌냐. 니 처지를 알고나 있냐?"

"아, 그억……."

입안의 물건을 뱉어낸 직후, 난폭한 상대에게 명치를 발로 차였다. 충격에 숨이 막히며 옆으로 쓰러지는 스바루에게로 상대가 침을 뱉었다.

침을 맞은 굴욕도 가슴을 꿰뚫는 통증 앞에서는 신경 쓰이지 않는다. 다만 닫힌 시야가 아픔으로 붉게 깜빡이는 가운데, 스바루의 머리는 혼란의 바다에 삼켜져 있었다.

──불과 몇십 초 전의 사건이 스바루의 머리를 휘젓고 있다.

"──────."

토드가 깨워서 따라 나간 텐트 밖에는 숲이 화마에 휩싸여 있었다.

그것이 스바루의 실언을 이유로 일어났다고 안 직후, 등에 독화살을 맞고 쓰러졌다. 화살을 쏜 것은 어려 보이는 소녀로, 보는 중에 몸에서 힘이 빠지며 온몸이 경련하다가.

필사적으로 호소하는 렘의 목소리를 들으며, 피거품을 뿜으며 괴로워하면서도 끊어지려던 의식을 붙잡아 두려고──.

"여기, 에……."

"아앙? 이 자식, 언제까지 까불고……."

"──자자, 진정하라고! 아무것도 몰라서 그래. 눈가리개, 풀어 주자."

"──아."

혼돈의 도가니에 삼켜져 있던 사고가 머리 위에서 주고받는 대화에 현실로 되돌아 왔다.

들린 것은 두 남자의 대화다. 한쪽은 조야하고 난폭함이 구현화한 듯한 거친 남자의 목소리이며, 다른 한쪽은 그것을 중재하는 사람 좋은 인상의 부드러운 목소리.

──그 목소리 주인들 양쪽의 얼굴까지 스바루의 머리에는 자연히 떠올랐다.

"쯧." 하고 혀 차는 소리와 발소리가 나고, 스바루를 발로 찬 남자가 멀어졌다. 그리고 곧 "이거야 원." 하고 어이없는 감정과 쓴웃음이 섞인 탄식이 들렸다.

"난데없이 미안해. 뭐가 뭔지 싶을 테지만, 일단 눈가리개를 푼다? 손발의 밧줄은 풀 수 없으니까 양해해 줘."

"————."

그렇게 말하면서 걸어온 남자가 스바루의 머리에 감은 눈가리
개를 풀었다.

약한 통증과 함께 찾아든 개방감. 스바루는 그 느낌을 만끽하
기보다 먼저 심호흡을 한두 번 반복하고서 마지막으로 가볍게
숨을 멈추었다.

그다음에 천천히 시력이 돌아오기를 기다리다가 눈을 떴다.

그리고——.

"역시……."

뿌예진 시야가 서서히 선명해지자 스바루 앞에 펼쳐진 것은
천막과 모닥불, 바쁘게 오가는 제국병들의 모습이었다. 낯익
었다고 할 정도까지는 아니어도, 본 적이 있는 제국의 야영 진
지——. 스바루가 잡무를 처리하느라 동분서주하던, 잠자리를
빌리던 지역이었다.

"죽은, 건가……."

——『사망귀환』했다고 생각하는 것이 가장 자연스러운 상황
이다.

그리고 그것을 확인할 방법은 얄궂게도 싱겁게 떠올랐다. 그
저 고개만 틀어서 진지 맞은편에 있는 녹색 숲을 시야에 넣으면
된다.

스바루가 실언한 결과, 제국병의 폭거를 허락해 소실한 밀림.

업화에 불타며 검은 연기를 피우던 숲은 그 자리에 있었다. 좌

우로 지평선을 가득 메울 정도의 녹색 밀림이, 건재하다며.

그 모습을 확인하자 스바루의 뇌리에 뚜렷하게 떠오른다.

화살에 맞아 쓰러져 피거품을 뿜는 스바루에게로 넘어지듯이 기어와 필사적으로 죽지 말라고 부르던 렘의 목소리를, 존재를, 탄원을.

하지만 스바루는 그것을 배신했다. 그녀 앞에서, 끔찍하게도 죽고 말았다.

미지의 땅에서, 싫어했었다고는 해도 자신을 아는 남자가 죽어 버려 기억상실인 렘이 얼마나 큰 불안과 공포를 맛보았을지, 상상만 해도 가슴이 터질 듯하다.

그리고 동시에 생각했다. ──이제 절대로 그녀에게 그런 감정을 맛보게 하기 싫다고.

"마침 물을 길러 갔을 때 발견해서 말이야. 미안하지만, 당신은 우리의 포로가 됐어."

그렇게 강한 다짐을 가슴에 품은 스바루 앞에서 한 남자가 쭈그려 앉았다.

부드러운 웃음을 띠고 눈꼬리를 내린 그 인물을 안다. ──토드다.

이 제국병들로 득실대는 진지 속에서 유일하게 스바루와 렘에게 우호적으로 접해 준 인물.

제국에 대해 너무나 무지한 스바루에게 끈기 있게 붙어 다닌 남자로, 스바루로서도 처음에 그에게 확보된 것은 행운이라고 여겼었다.

그가 스바루의 말을 이유로 숲을 불태운다는 선택을 밀어붙이기 전까지는.

"————."

체감으로는 10분도 지나지 않았지만, 숲을 태운 그의 환한 보고에는 등줄기가 얼어붙었다.

신성 볼라키아 제국에서는 강자가 존중받고 약자는 학대받는다.

검에 꿰뚫린 늑대를 상징으로, 『검랑』만이 살 자격이 있다고 가르치는 대국. 토드 같은 정신 구조는 제국에서 드문 것이 아닐지도 모른다.

마수가 있다고 듣자 숲에 불을 지르는 작전이 결행된 것도 수긍이 가는 사고방식이다.

다만 스바루는 물론 루그니카 왕국 사람들 중 누구와도 양립할 수 없을 것이다. 기껏해야 합리주의의 화신인 로즈월 정도일까.

어쨌든, 이번에는 숲을 불바다로 만들어서는 안 된다.

"————."

스바루는 침을 꿀꺽 삼키고 지난번 사건을 실패라고 판단했다.

스바루가 살해당한 것도 그렇지만, 설령 제국병이 안전책을 취하기 위해서였다고 해도 숲을 불태우는 짓은 지나쳤다.

스바루의 실언이 없었으면, 토드 일행과 『슈드라크의 민족』은 온건하게 대화할 자리를 만들어 피를 흘리지 않고 교섭했을 가능성도 있었다.

그 가능성을 빼앗고 숲에 있던 사람들을 위험에 빠뜨린——아니, 책임 회피는 관두자. 그 화재로 피해자가 없을 수는 없다.

나츠키 스바루는 자신의 실언으로 숲에 사는 사람들의 생명을 빼앗은 것이다.

　『사망귀환』으로 그 세계선의 사건에 간섭할 수 없어졌다고 해도, 그 사실로부터는 도망칠 수 없다. ──스바루는 그것을 결코 잊지 않으니까.

　"＿＿＿＿."

　따라서 스바루는 같은 전철을 밟지 않겠다고 각오한다.

　'죽음'은 무거워서 자신의 것도 타인의 것도 결코 반복해서는 안 된다. 그렇게 생각하면 여기서 토드 및 자말과의 첫 대면을 재시도할 수 있는 것은 불행 중 다행이다.

　여기서 토드와, 가능하다면 자말과도 우호적인 관계를 쌓아 그들을 숲의 『슈드라크의 민족』과 결렬시키지 않는 모양새로 교섭에 임하도록 한다.

　그러기 위해서──.

　"듣고 있어? 갑자기 포로라고 들어서 혼란스러운 것도 알겠지만……."

　"──아니, 그렇, 지. 혼란스럽기는 해. 혼란스럽기는 하지만, 저기……."

　침묵한 스바루 앞에 쭈그려 앉은 토드가 상대의 심정을 배려했다. 그의 그 자세를 받아들이면서 스바루는 다음 말을 선택하기 위해서 생각에 잠겼다.

　지난번에 토드와의 관계는 양호했다. 그 관계성은 유지하면서, 스바루와 렘에게 편의를 주는 노선은 유지해야 할 것이다.

나아가 그의 극단적인 행동을 억제하고자 신중하게 정보를 선택해야 한다.

"놀랐지만, 포로가 되었다는 건 이해했어. 강에 뛰어든 것도 기억해. 거기서 구해줬다면, 당신들은 생명의 은인———."

"———잠깐."

"어?"

냉정하게, 강에서 끌려 올라온 사람의 태도를 연출하려는 스바루. 하지만 그런 스바루의 말을 막은 토드가 얼굴에 손바닥을 내밀었다.

펼쳐진 다섯 손가락과 손바닥에 시야가 막히자 스바루는 반사적으로 숨이 턱 막혔다.

그리고———.

"———당신, 왜 방금 그런 눈으로 나를 본 거지?"

차갑고 딱딱한 토드의 목소리가 들린 직후, 스바루의 오른쪽 어깨에 날카로운 감촉이 침입했다.

시야가 막혀 상대의 동작에 대한 반응이 늦어진 스바루는 오른쪽 어깨에 일어난 위화감 쪽으로 눈길을 주고 무슨 일이 일어났는지를 이해했다.

———스바루의 오른쪽 어깨에, 나이프의 날카로운 칼끝이 박혀 있던 것이다.

2

"흐윽──?!"

무슨 일이 있었는지 눈으로 확인한 순간, 스바루의 목에서 말이 되지 않는 소리가 터졌다.

무시무시한 작열감이 오른쪽 어깨를 중심으로 폭발해 스바루의 온몸이 날카로운 아픔에 경련하며 뻗었다.

예기치 못한 칼침의 충격은 그 정도로 절대적이었다.

"끼, 아아아아아악──!!"

목소리가 되지 못하는 목소리 다음, 몇 초 뒤에 명확하게 고통이 끄집어낸 절규가 터졌다.

몸을 뒤틀어 찔린 어깨를 문지르거나 눌러서 좌우지간 아픔을 억누르기 위한 모종의 액션을 일으키고 싶다. 그러나 스바루의 손발은 구속되어 박힌 나이프를 뽑는 행동도 취할 수 없다. 아프다, 아프다, 아프다, 아프다.

"어, 어이! 뭐야, 지금 비명!"

고통에 몸부림치며 절규를 몇 번씩 터트리는 스바루. 그 심상찮은 목소리를 들어 당황한 기색으로 돌아온 것은 안대를 찬 거친 외견의 남자, 자말이었다.

직전까지 스바루를 발로 차며 폭력을 휘두르던 쪽이었던 자말은 오른쪽 어깨에 나이프를 박고 피를 토하는 비명을 지르고 있는 스바루의 모습에 눈을 부릅떴다.

그리고──.

"토드, 이야기가 다르잖아! 귀족의 나이프를 가지고 있으니까, 이 녀석들에게는 손을 대지 말라고 한 건 너였으면서 왜 그래!"

"그래, 이 녀석들의 내력을 알기 전에는 그럴 셈이었어. 그에 관해선, 이야기가 다르다고 네가 화내는 건 이해해. 실수했네, 실수."

"그 말은…… 이 녀석이 어디의 누구인지 알아낸 거냐?"

언성을 높이던 자말이 일어선 토드의 답변을 듣고 침착함을 되찾았다. 그러나 자말의 물음에 토드는 "글쎄?" 하고 갸우뚱했다.

그대로 토드는 옆으로 쓰러져 앓는 소리를 내는 스바루의 몸에 발을 올렸다.

"어디의 누구신지는 묻지 않았으니까 전혀 모르겠군. 단지, 우리의 적일 가능성은 높아. 그러니까, 선제공격한 거지."

"끄, 끼아아악——."

"오오, 아파 보이네. 너무 고통을 주어도 어쩔 수 없지만, 당신, 아픔에는 강한 편인가. 그 부분은 어떻게 생각해?"

토드가 스바루의 몸을 밟은 발에 체중을 실으며 태연하게 물었다.

하지만 토드가 체중을 실으면 땅바닥에 쓰러진 스바루 어깨의 나이프는 상처에 깊게 밀려드는 형국이 된다. 버티기 어려운 고통의 재연에 대답할 여유가 없었다.

"대답이 없군. 반항적이야. 역시 적이군."

"그렇게 자빠트리면, 대답할 수 있는 것도 못할걸."

"응? 그런가? 아차. 자기가 아픔에 무디면 아무래도 이런 쪽에서 실수한단 말이지. 실수했네, 실수."

말하면서 토드가 비로소 스바루의 몸에서 발을 치웠다.

추가된 아픔은 사라졌지만, 단속적인 아픔은 여전히 스바루를 찌르고 있다. 견디기 어려운 고통에 깨문 입 안에서는 피가, 눈꼬리에서는 눈물이 넘치고 있었다.

"너…… 이래놓고 잘도 내 소행이 안 좋다고 따지는군……."

"──? 당신이 포로나 부하를 때리는 건 분풀이잖아? 그리고서 고상한 척하겠다니 농담은 접어 줘. 나는 필요한 일을 하고 있을 뿐이야."

한편으로, 남자들은 그런 추태를 무시하며 스바루의 머리 위로 대화를 나누었다.

스바루에 대한 칼부림을 가리켜 자말이 토드를 나무란다는, 얼마 전이라면 생각도 못했을 광경이 전개되고 있었다.

이것은, 도대체 무슨 일이 일어난 것인가.

통증에 견디기 위해서 리소스를 할애했다고는 해도 생각이 지나치게 정리가 안 된다.

그토록 스바루 일행에게 친절하던 토드가, 왜, 이런 짓을──.

"그래서, 왜 찌른 거야?"

"눈가리개를 풀고서 나를 보았을 때, 나를 조종하겠다는 눈을 하더군. 불안이나 긴장이라면 이해해. 겁내거나 울어도 되고. ──하지만 조종하겠다는 건 이상하잖아."

"조종한다라."

"의식이 없는 녀석이 발로 차여 깨고 눈가리개를 풀고서 처음으로 본 얼굴을 이용해 주겠다는 눈을 할까? 그야 그런 놈도 있을지 모르겠지만, 그런 녀석은 무서워서 도저히 대응하지 못해. 얼른 죽이는 편이 나아."

생각에 잠긴 자말에 비해 토드는 어디까지나 논리정연하게 자신의 생각을 풀었다.

스바루를 찌른 이유는, 토드가 스바루를 위험하다고 판단했기 때문. 그리고 위험한 상대에 대한 최선의 대처로서, 그 무력화를 꾀한 거라고.

토드는 자신의 안전을 확보하기 위해서 즉시 판단을 내리고 실행한 것에 불과하다.

──불과하다는 게, 뭐야.

"일어나자마자 그런 생각을 했는지는 모를 일이잖아. 옮겨지는 도중에 눈을 떠서, 계속 우리 이야기를 엿듣고 있었을지도……."

"그건 아니야. 자는 척하는지는 줄곧 보고 있었어. 어디서 의식이 돌아왔다면, 그런 생리적인 반응을 했을 테지. 만약, 자는 시늉을 내가 놓친 거라면……."

"거라면?"

"자는 척하며 우리를 속이면서 계획적으로 나를 조종하려 했다는 뜻이잖아. 이쪽이 훨씬 더 무서워. 역시 죽여 두는 게 정답이겠지."

아픔과 싸우면서 그 이야기를 듣던 스바루는 전율에 숨을 집어삼켰다.

토드의 설명을 들으면서 자말은 서서히 그 말투에서 힘이 빠졌다. 처음에는 스바루를 찌른 사실에 놀람과 분노가 있었을 테지만, 조금씩 격정이 해체되고 있었다.

토드는 상대에게 다가붙어 이해를 표시하고 그런 다음에 상대에게도 득이 되게 매력적인 제안을 내민다. 처음의 기세가 죽고 머리가 부드러워진 상대는 그 내민 제안을 음미하다가 무심코 맛보고 싶어진다.

지금, 눈앞에서 자말의 몸에 일어나는 상황이 바로 그것이었다.

그리고 그것은 『사망귀환』하기 직전에 스바루의 몸에 일어난 일이기도 했다.

"같이 있던 아가씨들도 정체를 모르겠지만, 그쪽 두 사람은 단순해서 대하기 쉬워. 무언가 말썽이 생기기 전에, 병난 곳은 제거해 두자."

"뭐, 그야 상관없지만⋯⋯."

"아니면 당신이 하겠어? 파란 머리 아가씨에게 부하가 당해서 미쳐 날뛰던 것을 말렸으니, 분풀이할 상대가 필요할 거 아냐."

"──그것도 그렇군."

태연한 토드의 제안에 자말이 비열한 웃음을 지었다.

그대로 자말이 입술을 핥으며 폭력의 기척을 풍기면서 다가왔다. 하지만 그 이상으로 스바루의 몸을 움츠리게 만든 것은 토드의 발언 쪽이었다.

자말의 분풀이용으로 스바루를 내민 것도 그렇지만, 토드는 여기서 스바루를 배제해도 다른 방법으로 상대의 의도를 탐색할 작정이다.

그러기 위해서 이용되는 것이 렘과, 일단 루이다.

하지만 무슨 질문을 해도 그 두 사람은 대답할 수 없다. 아무리 가혹한 고문을 해도 렘이 밝힐 수 있는 정보는 아무것도 없다.

"──익."

스바루는 어금니를 깨물어 입 안의 피 맛을 기폭제 삼아 렘을 구할 수단을 모색했다.

앞으로 몇 초 뒤, 자말의 폭력이 재개된다. 봐줄 필요 없다 판단한 야만스러운 공격으로 스바루는 살해당하거나 반죽음 상태가 될 것이다. 만약 자말에게 양심이 구비되어 있다고 해도 토드가 스바루를 살려 두지 않는다.

숲에 불을 지를 수 있는 토드는 스바루의 생명을 지우는 것도 무관심할 것이다.

한 걸음, 두 걸음, 자말이 다가온다.

그사이, 스바루는 극한까지 사고를 가열시켜 필요한 답을 자신 안에서 찾아 헤맸다. 이 상황을 타개할, 모종의 방책을, 가능성을, 건져 내야 할 기적을──.

"열심히 내 울분을 풀어 주기 위해 좋은 소리로 울어라, 망할 꼬마. 네 여자 몫까지 네가 몸으로 치러 주──."

"──『슈드라크의 민족』."

폭력배의 정석적인 폭언과 함께 자말이 스바루에게 폭력을 가하기 직전── 스바루의 입술이 그 단어를 읊었다.

그 순간, 자말의 움직임이 멈추고 그의 등 뒤에 있는 토드의 표정도 변화했다. 자말은 명확한 놀람을 띠고, 토드는 한쪽 눈썹을 세운 뒤에 "호오." 하고 웃었다.

"당신, 제법 도박하는 법을 아는 모양이잖아."

"토드, 이 꼬마의 말 따위……."

"자자, 기다려, 기다려, 자말. 때리거나 차는 건 나중에라도 할 수 있어. 하지만 혀나 목을 작살낸 상대의 목소리는 알아듣기 어렵다고. 여기선 듣는 게 제일이야."

"젠장!"

분노를 풀 곳이 없어지자 자말이 가까운 목책을 거칠게 걷어찼다.

그 말 그대로의 분풀이를 거들떠보지 않으며 토드가 스바루 쪽으로 돌아섰다. 그 얼굴에 씌운 웃음은 무섭게도 스바루가 아는 그것과 아무런 차이가 없다.

스바루의 손가락을 치료하고, 스바루를 식사에 부르고, 숲을 태운 것에 대한 스바루의 공헌을 칭찬했을 때와 똑같이, 토드는 생사의 갈림길에 있는 스바루에게 웃음을 건넸다.

"그래서, 『슈드라크의 민족』의 이름을 꺼냈지. 당신으로부터 뭔가 우리에게 기쁜 얘기를 들을 수 있다고 기대해도 될까?"

"그래……. 숲에 있는 『슈드라크의 민족』의, 위치를 알고 있어."

"——! 호오, 그거 좋은데!"

웃음에 희열을 띠며 토드가 가슴 앞에서 손뼉을 쳤다.

그 반응에 스바루는 자기 안에서 끄집어낸 '기적'이 쓸모가 있었다고 확신했다.

다만, 동시에 이것은 스바루에게도 양날의 검이다.

여하튼 스바루는 『슈드라크의 민족』의 위치를 모른다.

나이프를 양도해 준 복면 남자와, 스바루를 노린 활을 쓰는 사냥꾼―― 아마도 그중 하나 내지는 양쪽 모두가 『슈드라크의 민족』의 관계자라고 추측되지만, 이쪽에서 그들과 접촉할 방법이나 구체적인 위치의 단서 같은 게 없는 것이다.

――즉, 이것은 스바루의 목숨을 건 대도박이었다.

"당신은, 어떻게 『슈드라크의 민족』의 위치를?"

"내가…… 『슈드라크의 민족』 중 한 명이니까."

"과연, 역시 그런가. 피부색은 몰라도 흑발이지? 그러니까 그렇지 않을까 싶었어. 슈드라크가 흑발인 것은 유명한 이야기니까."

"――――."

전혀 모르는 정보가 나중에야 나와서 행운의 덕을 본 스바루가 크게 안도했다.

온몸에 비지땀을 흘리며 스바루는 이 대화의 긴장감에 식은땀을 추가했다. 어깨의 통증은 여전히 심해지고 있으며 그에 따라서 왼손의 손가락도 고통을 호소하기 시작했다.

거기에다, 육체는 플레아데스 감시탑에서 벌어진 소동과 그 뒤의 숲에서 벌인 렘과의 실랑이 및 대하에 휩쓸린 도피행의 부담을 회복하지 못한 상태다.

어지러운 의식과 끊어질 것 같은 정신을 이어서 실수하면 죽음이라는 일문일답에 임해야 한다. ――모든 것은 살아남아 렘을 구출하기 위해서.

에밀리아와 베아트리스를 비롯한 일행 곁으로 돌아가, 람과 렘을 재회시키기 위해서.

"그러면, 당신의 입장은 척후쯤 되나. 복장과 그 나이프도, 이쪽에 녹아들기 위해서 준비했다거나."

"――나이프는 여행자 것을 빼앗았다. 옷도 마찬가지다. 그리고……."

"이쪽의 내부사정을 탐색하려고 했다고. 꽤 대담한 작전이군. 물에 빠졌던 것은 진짜 같아서, 나이프를 알아채지 못할 가능성도 있었는데……."

"하지만 그편이 진실미가 더 늘었지?"

날림 계획이라고 지적당한 스바루는, 그건 일부러 그런 거라고 당차게 웃었다.

입꼬리를 일그러뜨려 이를 보이고 사나운 눈매도 더욱 사납게 한다. 그럼으로써 자신의 발언에 설득력을 준다. 실제로 그 말을 들은 토드는 발언의 진의를 음미했다.

"―――."

그 침묵이 무거워서 스바루의 생명을 솜으로 옥죈다.

솔직히 자신의 발언에 설득력이 있는지, 그 설득력을 뒷받침할 만한 표정과 말투가 그럴싸한지, 아픔과 부하가 괴로워서 전혀 검토할 수 없다.

다음 순간, 웃기지도 않는다고 일축당하고 코웃음친 끝에 머리가 쪼개져도 이상하지 않을 만큼 이상한 변명 같기도 하다.

토드의 태도를 가늠할 수 없는 것도 그 긴박감에 박차를 가했다.

그리고 잠시 동안――.

"——당신, 목숨을 구걸하려 부족을 팔 건가?"

한쪽 눈을 감은 토드의 질문에 스바루는 침을 삼켰다.

끌어내고 싶은 말을 끌어냈다. 나머지는, 답을 틀리지 않는 것이다.

목숨을 구걸하려 부족을 판다.

스바루는 자신이 『슈드라크의 민족』이라고 발언한 데다가, 『슈드라크의 민족』을 판다.

이것이 허풍이라고 들키면 안 된다. 이를 감안해 필요한 얼굴과 목소리를 꾸며라.

——자신의 부족을 팔고, 목숨을 구걸하는 비참하고 비굴한 남자의 얼굴과 목소리를.

"……어, 어어, 그래. 한 식구를 팔 거야."

"————."

"부탁해, 뭐든지 할게. 뭐하면, 그 녀석들을 유인해 내도 좋아. 뭐든지, 뭐든지 하겠어!"

눈이 오락가락하고, 볼을 실룩이며, 식은땀에 범벅되면서 스바루는 목숨을 구걸했다.

자신의 생명에 집착해 타인의 생명을 멸시하고 결코 상대에게 호의적으로 받아들여지지 않을, 자기중심적인 존재로 화하면 된다.

별거 아니다.

그런 인간성의 모델이라면, 이 세상에서 보낸 나날 중에 수없이 보았다.

그, 인간성 최악의 대죄주교들을 모델로 삼을 날이 올 줄은 상상도 못했지만.

"경멸스러운 자식이군. 마음에 안 드는 눈깔이야."

스바루의 목숨 구걸을 들은 자말이 진심에서 나온 경멸과 분노를 뱉어냈다.

적어도 스바루의 언동은 자말에게는 나쁜 방향으로 키를 튼 모양이다. 그런데 미안하지만 자말에게 상관할 여유는 없다.

지금 이 자리에서 스바루의 처우를 결정할 권리를 지닌 자는 토드다.

실제 직함이나 입장은, 이 자리에서는 아무 의미도 없다. 강자가 약자를 학대하는 제국식── 그야말로 그 제국식의 관습에 따르는 것이다.

"──그 필사적인 모습, 거짓말하는 것 같지 않군."

그리고 부단한 노력으로 비굴한 표정을 꾸미던 스바루에게 토드가 마침내 그렇게 말했다.

그 말을 들은 스바루는 혹시 덧없는 기쁨이 될까 봐 두려워하면서도 가까스로 목을 간수한 감각을 느꼈다.

"토드, 진심이냐?! 자기를 위해서 부족을 팔아먹는 쓰레기의 말을……."

"이봐, 자말, 자기를 위해서 부족을 팔 만큼 비굴한 녀석이라고? 그야 아주 필사적으로 우리에게 이득을 보이겠지. 그러지 않으면 소중한 목숨을 건질 수 없으니까."

격분한 자말이 토드의 말에 "윽." 하고 말문이 막혔다.

그야말로, 그것은 스바루가 토드에게 주고 싶었던 비굴한 남자에 대한 정당한 평가다.

자신이 살기 위해서라면 동료의 생명도 팔 남자. 가져올 정보에 가치가 있다고 믿게 하려면 스바루의 평가를 최저까지 깎을 필요가 있었다.

그 점에서 어깨가 찔려 꼴사납게 아우성치던 것도 긍정적으로 작용했을 터다.

그렇게 자신을 위로하기에는, 이 아픔은 대가로서 지나치게 크다 싶었지만.

"나는 어떻게 되어도 모른다!"

결국 스바루의 의도대로 자말이 토드에게 그렇게 설득되었다.

자말을 달래면서 토드는 "믿어, 믿으라고." 하고 그의 어깨를 두드렸다.

"목숨에 집착하는 것은 확실해. ──자기 것인지는 몰라도 말이야."

그리고, 비굴하게 고개를 숙인 스바루를 보면서 말했다.

3

"──앗! 기다려요! 그 사람을 어떻게 할 거죠?!"

우리의 쇠창살을 잡은 렘이 눈을 곤두세우며 고함쳤다.

장소는 제국병의 야영 진지, 스바루의 비굴한 호소를 들은 토드와 자말이 바로 스바루를 연행해 야영지를 떠나려는 중이었다.

쇠창살 안에서 연행되는 스바루를 발견한 렘이 시선을 날카롭게 세웠다.

렘이 노려보는 스바루는 아주 너덜너덜한 몰골이었다.

강에 뛰어들어 입은 타박상과, 오른쪽 어깨의 자상은 최저한의 응급처치뿐. 왼손의 부러진 손가락은 그대로 두고, 족쇄는 풀렸지만 수갑은 채워 둔 상태다.

그야말로 노예나 마찬가지인 모습으로 야영지 밖으로 끌려 나가는 나츠키 스바루.

그 모습을 본 렘의 심정이란 혼란과 놀람으로 엉망진창일 것이다. 물론 스바루는 그녀에게 사정을 설명할 수 없다. 『사망귀환』한 것으로, 스바루와 렘의 살짝 가까워졌을지도 모른다고 기대하던 관계도 리셋되어 모든 것은 원상 복구다.

렘은 스바루를 마녀의 잔향을 이유로 적대시하며, 스바루는 그 오해를 풀기 위한 시간과 기회를 주지 못했을 뿐더러, 더구나━━.

"━━?! 아까보다 냄새가 심해져서…… 대체 뭔가요, 이건."

『사망귀환』을 거듭할 때마다 짙어지는 독기를 맡은 렘의 경계 레벨이 또 한 단계 올라가고 말았다.

렘이 보자면, 나츠키 스바루는 사악의 화신 그 자체라고 해야 할까.

그리고 스바루의 마음이 상처 입지 않는다는 걸 빼면 그 인식을 정정할 의의가 없는 이상 여기서 오해를 푸는 액션은 일절 일으킬 수 없다.

"꽤 복잡한 관계로군……? 저 아가씨, 당신의 동행이었을 텐데 저런 식이라고."

"저 아이…… 아니, 같이 있던 두 명은."

"두 명은?"

"──둘 다, 당신들과 접촉할 소도구로서 구입한 거야."

그 순간, 어떻게 대답해야 할지 망설이면서도 스바루는 야박함을 가장해 단언했다.

지금의 스바루는 자기 목숨이 아깝다고 동료를 팔아넘기는 냉혈한이다. 당연히 렘과 루이 둘에 관해서도 정이라곤 일절 없는, 자기 몸만 100%로 아끼는 태도일 필요가 있다.

두 사람을── 아무튼 렘을 인질로 잡히는 사태는 막아야만 한다.

"아무것도 모르는 두 사람이야. 이것저것 물어 봤자 시간 낭비라고……. 당신은 알고 있던 모양이지만."

"뭐, 연기로는 보이지 않던데? 작은 아가씨 쪽은, 저건 정말로 머리가 맛이 간 거겠고, 저 아가씨 쪽도 거짓말은 하지 않았어. 그건 그거대로, 스스로도 날뛰는 이유가 애매모호해서 성가시다만."

쓴웃음 지으면서 뺨을 긁는 토드, 그 뒤에서 자말이 언짢게 콧방귀를 뀌었다.

그들 두 사람을 필두로 스바루와 함께 20명 정도의 제국병이 야영지를 떠난다. 지금부터 스바루는 그들을 데리고 숲의 『슈드라크의 민족』의 촌락으로 가게 되었다.

위치를 토드 일행에게 가르쳐 주어 제국의 승리에 공헌한다. 그리고 그 포상으로 목숨을 구원받아 욕먹는 놈이 출세하는 꼴을 실천한다는 줄거리다.

비굴한 남자의 성공담으로서는 대강 합격점일 것이다.

그것이 불가능하다는 점에 눈을 감으면 말이지만.

"방해된다면, 해방해 준 뒤에 내가 인수하겠다만……."

"뭐야, 마음이 성급한데. 긍정적인 것은 좋은 일이지만 살 수 있을지 없을지는 정보에 달렸다는 걸 잊지 말라고? 저 아이들의 처우보다 자기 몸 걱정부터 우선해."

"헤헤, 그랬었지. 무심코, 끝난 뒤의 욕심이 나와서 말이야."

여기서 고집을 부렸다간 렘에 대한 집착이 들킨다고 스바루는 곧바로 방침을 바꿨다.

수갑 탓에 손을 비빌 수는 없지만, 심정적으로는 그런 분위기로 토드에게 응대했다. 다행히 토드는 그 이상 물고 늘어지지 않고 우리 안의 렘에게 손을 흔들었다.

"얌전히 있으라고, 아가씨. 일단, 아무 일도 없으면 아무 짓도 하지 않아."

"그런 말에 설득력이 있다고 생각하는 건가요?"

"설득력이야 모르겠지만, 믿을까 말까는 아가씨 문제잖아."

토드의 말에 렘이 분한 듯 침묵했다.

지원 사격도 못하는 데다가, 더 이상의 대화도 할 수 없음을 분해하면서 스바루는 렘의 모습과 목소리를 단단히 새기고 자신의 마음에 불을 지피는 연료로 삼았다.

──어떻게든 해서, 렘을 제국의 진지에서 데리고 나와 도망쳐야 한다.

이미, 토드 일행과 우호 관계를 쌓아서 자신과 렘을 지켜 달라고 한다는 생각은 스바루에게 없었다. ──그들은 적이라도 아군이라도 위험한 존재다.

애초에 볼라키아 제국 사람과 필요 이상으로 친해지는 것도 피해야 했다.

스바루 일행의 입장은 매우 복잡한 지점에 있으며, 그것은 자칫 개인의 문제로 끝나지 않을 가능성조차 숨기고 있었으므로.

"좋아, 그러면 출발한다. 전원, 긴장은 풀지 마라."

"호령을 하는 건 나야!"

그렇게 의식을 다잡은 스바루를 데리고 토드가 아군에게 그렇게 외쳤다.

그 말을 들은 제국병의 대답이 나오는 가운데, 자말이 노기를 드러내며 고함쳤다.

4

──그 뒤, 스바루를 선두로 일행은 바드하임 밀림에 침입했다.

목적은 숲에 사는 『슈드라크의 민족』의 촌락이며, 위치의 특정이다. ──단, 내비게이터인 스바루는 허풍을 지른 것이라 촌락의 위치라곤 모른다.

그러기는커녕 『슈드라크의 민족』의 정체조차도 애매모호한 상태로 나선 도박이었다.

"＿＿＿＿."

울창한 숲을 나아가면서 스바루는 어떻게 빠져나갈 틈을 살피고 있다.

상대는 대인원이지만 경무장이어도 스바루보다 홀가분하게 움직일 수 없는 장비를 걸치고 있다. 어떻게 빈틈을 찔러 도망치면, 그들보다 빨리 진지로 돌아가 램을 데리고 도망치는 것도 가능할지 모른다. 아니 현재 그 정도밖에 계획이 없다.

다행히 램이 들어간 감옥은 밖에서라면 쉽게 열쇠를 풀 수 있는 것이다.

중요한 것은 그 권리를 스바루가 손에 넣는 것과, 우리를 연 스바루를 믿고 램이 따라 와 줄지 여부. 나머지는 루이의 존재.

"두고 간다면 하면, 램은 절대로 따라오지 않겠지⋯⋯."

가뜩이나『사망귀환』으로 독기가 추가되어 램의 신뢰도를 깎아 먹은 스바루다.

그 상태로 스바루가 필사적으로 되돌아가 봤자, 루이를 두고 가는 스바루의 판단을 램은 환영하지 않을 것이다. 그러기는커녕 그 자리에서 스바루를 때려눕히고 직접 루이를 탈환, 스바루만을 제국 진지에 두고 갈 가능성조차 있지 않을까.

"아무리 램이라도 그럴 순 없나⋯⋯. 다리가 뜻대로 움직이지 않으니."

어디까지나 다리가 불편한 탓에 실행할 수 없을 뿐이지, 만약 몸이 완벽했다면 그럴지도 모른다고는 생각한다. 생각하지만,

그렇게 하면 대단히 곤란하다.

　그러니까 데리고 나간다면 루이도 같이 데려가야 한다. 끝까지 이 족쇄라고 해야 할 마이너스 인자를 버릴 수 없는 고역이 있었다.

　그리고——.

　"그래서, 촌락까지는 어느 정도 걸리지?"

　"대충…… 두세 시간 정도일까요."

　"두세 시간! 꽤 빠르군. 그 정도로 끝난다면 대박이지. 우리 쪽이 보자면 몇 년 걸릴까 싶던 임무였으니까."

　질문의 대답을 얻은 토드가 요행이라고 웃음기가 서렸다.

　경갑을 장비하고 허리에 손도끼를 찬 토드의 말에 스바루는 그가 약혼자를 남기고 임무에 참가했었음을 떠올렸다. 당연하지만 스바루에게 상처를 입히는 판단을 하더라도 그의 배경 사정이 휙 바뀐 것은 아니다.

　토드는 제국 군인으로서 지시에 따라 밀림에 파견되어, 그 때문에 부득이하게 약혼자와 생이별할 수밖에 없었다. 토드 외의 군인, 자말도 그렇다. 그들에게도 사정이 있으며 각자의 이유를 위해서 이렇게 임무에 종사하고 있는 것이리라.

　그런 의미로는, 스바루와 토드 일행 사이에 다툴 이유는 없다.

　오로지 운이 나빴다. 불운이 겹쳤다. 형세가 좋지 않았다. 이것저것 말을 늘어놓으면 그렇게 될 것이다.

　다만——.

　"제가 말할 문제도 아니라고 생각하지만, 부주의하지 않습니까?『슈드라크의 민족』의 촌락에 가는데, 이 인원이라는 건.”

“우리 걱정이나 할 때냐, 응? 이게 끝난 뒤, 네놈 목과 몸통이 붙어 있을 보증은 없어. 열심히 우리 비위를 맞춰라.”

“자말 씨…….”

“더러운 배신자가 함부로 부르지 마. 끝나면 네놈은 잘게 썰어다 버리고, 여자들은 그렇지……. 여자 밝히는 지크르 이장에게 헌상이라도 할까. 아마 좋아 죽겠지.”

“자말…… 너무 엉뚱한 소리만 하는 건 그만둬. 피곤하니까.”

어지간히 스바루가 마음에 들지 않는지 자말의 시선과 목소리는 무턱대고 험악하다.

그에 더해 그는 렘과의 관계도 나쁘기에 자말에게 상황의 캐스팅보트를 쥐여 주면, 스바루에게 최악의 결과로 빠질 수 있다.

그런 자말을 역시 토드가 나무란 뒤 “진정해.” 하고 말을 걸었다.

“오히려, 이 녀석의 비위를 맞추어야 하는 것은 우리라는 걸 잊지 마. 이 녀석은 목숨이 아까워서 우리에게 도움이 될 정보를 준다. 대신에 우리는 목숨을 살려 준다. 안 그러면 촌락에 도착하자마자 우리는 슈드라크에게 일제히 습격받는다고.”

“대환영이지. 그런 짓하면, 우리끼리 몰살을…….”

“──진심이야? 승산이 보이지 않는 싸움에 나는 동참할 수 없어. 너도 결혼 전의 여동생을 미망인으로 만들고 싶지 않을 텐데. 안 그래? 자말 처남.”

“윽…….”

사려가 부족한 언동이 많은 자말을 토드가 그렇게 구워삶았다.

스바루가 모르는 두 사람의 관계성이 다소나마 보였지만, 공교롭게도 그에 대한 감상은 없다. 이미 스바루는 토드 일행에 대한 '각오'를 마쳤다.

──만남이, 형세가, 운이 좋지 않았다.

"──하지만, 나는 렘이 더 중요해."

그렇기에 스바루는 토드 일행에게 위해를 가하기로 한 것이다.

"──?"

문득 대열을 짠 수색대의 뒤쪽에서 제국병 중 한 명이 작게 목을 꿀꺽 울었다. 그는 무언가를 알아차린 듯이 고개를 틀어 그 원인을 시야에 찾았다.

희미한 위화감, 그러나 무시할 수 없는 그것을 찾아 밀림 안으로 시선을 돌리다가──.

"──아?"

밀림의 암흑 속, 덩그러니 떠오른 노란 광점과 '눈'이 마주쳤다.

"마수다아아아아아아아──!!"

눈이 마주친 직후, 그것을 발견한 제국병은 즉시 동료에게 경계를 촉구했다.

거기까지 반응은 완벽해서 제국병에게 잘못은 하나도 없다고 할 수 있다. 그 부름에 따라서 바로 임전태세로 들어간 동료들도 마찬가지다.

그러나 검을 뽑자마자 마수를 공격한 것은.

──이것은 명확한 만용이었다고 할 수 있다.

"우오오오오!!"

검을 뽑은 제국병이 숲을 달리고 달려든 상대는 거체를 꿈틀거리는 뱀——녹색 비늘로 덮인, 전장 10미터가량의 거대한 뱀 마수였다.

스바루가 숲에서 조우한 마수와 동종인 그것은, 숲에 마수가 있다는 사실을 모르던 제국병들에게 그야말로 마른 하늘의 날벼락 같은 존재.

하지만 마수의 위험에 바로 대처를 시도한 것은 정확한 판단이었기에 틀렸다. ——마수의 표적은 제국병이 아니었으므로.

마수의 표적은 다름 아닌, 대량의 독기를 두른 나츠키 스바루였는데.

"샤아아아————!!"

내지른 검격을 비늘로 받은 큰 뱀이 울부짖으면서 거체의 꼬리로 제국병을 날려 버렸다. 그 노란 안광이 사납게 빛나고 어마어마한 포효가 일행에게 쏟아졌다.

마수의 미끼가 된 지 1년, 그 방면의 프로인 스바루는 알고 있다.

대부분의 경우, 마수는 독기를 두르고 있는 스바루를 적극적으로 노리지만 자신에게 위해를 가했을 때는 이야기가 다르다. 그 점은 백경이어도 뱀이어도 변함없다.

백경은 자신을 벤 빌헬름을 노리고, 뱀은 자신을 쏘아 맞춘 사냥꾼에게 적의를 보였다.

그 법칙은 여기서도 살릴 수 있다. 뱀의 표적은 스바루로부터, 같은 장비를 갖추고 자신에게 적의를 보내는 제국병들로 바뀐 것이다.

"——큭, 마수라고?! 뭔 소리야!!"

부르짖은 큰 뱀의 적의를 받은 자말이 분노로 목소리를 떨고 쌍검을 뽑았다. 그대로 뜻밖에도 용맹과감하게 마수에게 덤비는 동작은 경쾌해서 높은 실력을 엿볼 수 있었다.

그러나 그런 자말의 생각지도 못한 분전을 응원할 수는 없다.

스바루는 이를 노리고 몇 시간이나 토드 일행과 숲을 거닌 것이다.

마수의 존재를 모르는 그들과, 스바루의 독기에 유인되는 마수. 자신의 체취와 마수를 이용하는 것은 매번 있는 일이지만 스바루도 어엿한 『마수 사역자』다.

합류하면 메일리와 이 칭호를 걸고 싸워야 할 공적들.

단, 지금은 그에 구애될 겨를이 없다.

"지금 당장——."

이 틈을 타서 제국 진지로 돌아가 렘을 해방한다.

그러기 위해서 달리려고 하던 스바루는 뒷덜미에 오한을 느꼈다. 그리고 그 오한에 따라 무작정 머리부터 숙였다.

그 직후, 스바루의 머리가 있던 위치를 쓸어 친 도끼가 바로 옆의 거목에 박혔다.

"——흡."

방금, 머리를 숙이지 않았더라면 죽었다.

그 사실에 전율하면서 스바루는 시선만을 돌려 범인을 보았다.

——날카로운 눈으로 쏘아보는 토드와 시선이 교차했다.

"큭——."

스바루는 그 시선에 사로잡히지 않으려고 숲속을 전력으로 뛰기 시작했다.

발을 멈추면 토드에게 잡힌다. 잡히면, 토드는 확실하게 스바루의 목숨을 빼앗을 것이다. 저 눈에는 그런 강고한 의지가 있었다. 시커먼 의지가 있었다.

대죄주교와도, 마수와도, 혹은 레이드 아스트레아와도 다른 종류의 공포를 느꼈다.

저 눈은, 집요한 집념에 채색된 것이다. ──시커먼 살의였다.

"컥?!"

그렇게 달리는 스바루의 등을 무언가 단단한 충격이 꿰뚫었다.

돌아볼 수 없는 스바루의 등판, 견갑골 언저리에 맞은 것은 던진 나이프── 공교롭게도 싫은 모양새로 스바루의 수중에 돌아온 물건이다.

그것을 어깨에 단 채로 스바루는 가쁘게 숨을 쉬며 필사적으로 도망쳤다.

등 뒤에서 마수와 제국병의 싸움이 이어지는 기척이 있지만 스바루도 다른 마수에게 걸리지 않게, 토드에게 쫓기지 않게 필사적이다.

필사적으로, 필사적으로, 필사적으로 달리고, 달리고, 달리고 또 달린다.

숨을 허덕거리며 피를 뱉고 몇 번씩 넘어질 뻔하다가 실제로 넘어지고, 온몸을 흙투성이로 만들면서도 달려서 제국의 진지로 돌아가고자 필사적이 된다.

"렘…… 렘…… 레, 엠……."

어린아이의 걸음걸이가 훨씬 빠를 속도가 되면서, 스바루는 말라붙은 목으로 신음하면서 산소도 체력도 정신력도 동나려는 상태에서도 유일한 집착에 매달렸다.

렘이 있는 곳으로. 렘을 데리고 나가서, 렘을 구해내서 모두가 있는 곳으로 돌아간다.

에밀리아와 베아트리스, 람과 페트라와 프레데리카, 가필과 오토, 덤으로 로즈월이 있는 곳으로 돌아가서, 그리고, 렘에게 다정한 시간을 돌려주겠다.

그 아이가 보내야 했을 시간을, 사랑스러운 시간을, 그렇게 해서──.

"──아."

그런 덧없는 꿈을 추구하듯이 손을 뻗다가, 스바루의 발이 허공을 스쳤다.

갑자기 발판을 잃어 무너지는 자세를 지탱하기 위한 팔을 쓰지 못해 거꾸로 떨어진다.

어딘가로, 거꾸로 떨어진다. 비명도 지를 수 없다. 목이 벌어지지 않는다.

오로지 떨어진다.

떨어지고, 추락해서, 마치 아련하게, 거품이 터지는 것처럼 꿈도 깨져서.

"──렘."

갈라진 목소리가 헛되이 흐르고, 스바루의 의식은 거기서 두절되었다.

5

"──언제까지 자고 있을 셈이냐, 모자란 것아."

"초코빗?!"

심연의, 컴컴한 암흑에서 갑자기 충격이 의식을 끌어올렸다.

받은 일격은 머리 옆면으로, 옆으로 쓰러진 머리를 밟힌 것 같은 감각── 아니, 같은 게 아니라 바로 그 행위가 벌어진 모양이다.

머리 오른쪽을 바닥에 찧었는지, 밟힌 머리 왼쪽 면과 지면에 눌린 머리 오른쪽 면이 동시에 아팠다. 덕분에 날카로운 통증으로 의식이 깨어서──.

"……어, 라? 나는…… 끄억."

목 안에 피 맛을 느낌과 동시에 스바루는 멍하니 몸을 일으켰다.

그 순간, 오른쪽 어깨와 등짝, 왼손과 다리 등, 온몸 곳곳에 격통을 느꼈다.

무시무시한 고통에 시야가 새빨갛게 깜빡이고, 스바루는 일으킨 몸을 다시 눕혀 뭍에 오른 물고기처럼 꿈틀꿈틀 떨었다.

아드레날린으로 다소는 무시했던 통증이 의식이 한 차례 꺼졌다고 도로 켜지면서 되돌아온 결과다. 하지만 이렇게 곳곳이 아프다는 말은──.

"······죽지, 않았어."

"당연하지 않느냐. 죽은 자가 말을 하겠나? 지금 네놈의 꼬락서니는, 어설픈 광대의 행동보다 훨씬 보는 맛이 있더구나. 칭찬하마."

"아아?"

아연해하면서 자신을 확인하다가 무심코 중얼거린 스바루의 말에 오만한 대꾸가 날아왔다.

그 소리를 뒤늦게 이해하고, 스바루는 또다시 찾아올 통증을 경계하면서 서서히 몸을 일으켰다.

주위를 보니 스바루가 누워 있던 곳은 흙바닥으로, 주변에는 굵은 나뭇가지가 여럿 박혀 있다. ──아니, 이것은 나무로 된 창살이다.

몇 번씩 돌아본 렘의 모습이 플래시백해 스바루는 자신이 목제 감옥 안에 갇힌 거라고 깨달았다. 깨닫고, 머리가 혼란에 빠졌다.

설마, 도주에 실패해서 토드 일행에게 잡힌 건가 싶어서 초조해졌지만──.

"그리 급하게 굴지 마라. 네놈의 추적자는 여기에 없다. 안심하라고 이르기에 다소 답답한 상황임은 부정하지 못하겠다만."

"당신은······."

"설마 네놈의 얼굴을 또 볼 줄은 몰랐구나. 나츠키 스바루."

그렇게 눈을 부릅뜬 스바루의 이름을 부른 상대는 입꼬리를 실룩거리고 웃었다.

눈밖에 보이지 않는 복면 상태라서 '아마도'라는 수식어를 붙여야 하겠지만, 웃었다.

──스바루와 마찬가지로 우리 안에 갇힌 남자는 오만하게 웃었다.

제5장 『볼라키아 제국』

1

　오만불손한 웃음── 복면에 가린 그 표정을 마주하며 스바루는 조용히 숨을 삼켰다.

　이 불손한 남자는 초원에서 렘과 떨어졌을 때, 스바루에게 길을 제시하고 그 나이프를 양도해 준 상대가 틀림없으리라. 복면 때문에 단정할 수는 없지만, 목소리와 태도가 모두 기억이 있었다. 상대가 스바루의 이름을 알고 있는 것도 그 증거다.

　"───────."

　나무로 된 우리 안, 흙이 드러난 땅바닥에 누워 팔다리는 물론 온몸이 너덜너덜한 상태인 스바루. 그 명운은 끊이지 않고 이어진 모양이다.

　토드를 비롯한 제국병을 끌고 숲에 들어와, 자신의 독기를 미끼로 마수를 불러내어 그들을 습격하도록 유도해 빈틈을 찔러서 도망치려다가──.

　"그리고, 나는……."

　"들자니, 숲을 헤매던 중에 덫에 걸렸다더군. 짐승을 잡으려는 덫에 인간이 걸렸다고 촌락 녀석들이 소란을 피웠지."

"덫에, 촌락……?"

복면 남자의 설명을 들은 스바루는 아픈 머리를 흔들면서 우리 밖에 의식을 돌렸다.

스바루를 가둔 목제 우리는 제국병의 진지에서 본 철제의 그 것과 비교하면 꽤 열악한 구조의 물건이었다. 간이형이랄까, 급조해서 만든 것으로 보인다.

그리고 우리 바깥, 멀리 보이는 것은 키 큰 나무들과 그것들을 베어 넘겨 만든 땅—— 스바루의 인상으로는 『성역』의 촌락에 가까울까.

『성역』도 클레말디의 숲이라고 불리는 깊은 숲속에 만들어진 촌락이었다. 단, 숲속이어도 집과 교회 같은 건물이 있던 『성역』과 다르게 이쪽의 촌락은 좋게 말해서 통나무집, 나쁘게 말해서 원시적인 주거뿐.

그런 광경을 목도한 스바루의 입술을 문득 짚이는 구석이 비집고 나왔다.

"——『슈드라크의 민족』?"

"호오, 알고 있었나. 뭐, 네놈의 그 볼썽사나운 몰골을 보면 고작 하루 만에 자못 큰 고난을 짊어진 것이겠지. 헤어진 여자는 찾았나?"

"그래, 덕분에 말이지."

복면 남자가 스바루의 중얼거림을 주워듣고 그렇게 묻자 스바루는 깊은 숨을 내쉬었다.

여유로운 태도의 복면 남자지만, 감옥 안에 있는 이상은 그의 입장도 스바루와 동일——. 그가 잡은 상대와 같은 감옥에 들어가는 취미를 가진 촌락의 중요 인물일 가능성은 꽤 낮을 것이다.

제국의 진지에서도 겪은 참이지만, 스바루는 여기에서도 포로가 된 셈이다.

다만, 그게 다는 아닌 점도 있었다.

"——이거, 어깨와 등의 상처, 치료해 준 건가?"

자신의 어깨와 등을 만지고 단단히 묶인 감각으로 지혈이 되었음을 알 수 있다. 코를 쿡 찌르는 자극적인 냄새도 소독액 등 약물과 비슷하게 느껴졌다.

스바루의 의문에 복면 남자는 "흥." 하고 콧방귀를 뀌었다.

"치료하지 않으면 그대로 죽을지도 모를 몰골이었으니까. 놈들도 네놈을 어떻게 대할지 곤란할 테지. 나와 똑같이, 어떻게 하는 게 정답일지."

"당신의, 그 여유는 어디서……."

"굳이 말하자면, 영혼에서 나오는 것이다. 네놈이야말로 언제까지 추태를 보일 셈이냐? 나츠키 스바루."

"괜한——."

참견이라고 받아치려다가, 상처의 통증에 어금니를 깨물었다.

치료는 최소한으로, 스바루를 죽지만 않게 하기 위한 것이지 상처가 급속히 아물거나 아픔을 덜어 주기 위한 것이 아니다. 제국의 진지에서 받은 것보다 방식이 조악하다.

그렇게 제국 진지 생각을 하다가 스바루는 깨달았다.

그 제국의 진지에, 한시라도 빨리 돌아가야 할 이유가 있었다고.

"앗…… 내가 여기에 끌려와서, 얼마나 지났지?!"

"——그렇지, 두 시간쯤 될까. 말해 두지만 내가 줄 수 있는 충분한 온정이다. 생각하는 바가 없었으면 더 빨리 깨워——."

"왜, 더 빨리 깨워 주지 않은 거야!"

후들대는 무릎을 바닥에 댄 스바루의 호소에 복면 남자가 눈을 가늘게 떴다.

남자의 입장에서는 터무니없는 생트집이다. 상처투성이로 운반되어 빈사 상태였던 스바루를 두 시간 재워 둔 것은, 가만히 요양하지 않으면 생명이 위태롭다고 판단했기 때문일 것이다.

실제로 온몸이 구석구석이 아프다. 특히 강하게 아픈 곳은 등, 견갑골 언저리에 새로 생긴 자상—— 마지막에 도망치는 스바루를 노리고 토드가 던진 나이프의 일격이다.

돌이켜 보면, 찔린 나이프는 눈앞의 복면 남자에게 받은 물건으로, 그것에 상처를 입은 상태로 그와 재회하는 것도 참으로 운명적이었다.

어쨌든——.

"제국의 진지에, 렘을 두고 와 버렸어……. 숲에서 마수와 부딪힌 제국병들이 진지로 돌아가기 전에, 나도 돌아가지 않으면 렘이……."

토드 일행이 숲을 빠져나가 진지로 돌아가서 여타 보고를 마칠 때까지 시간이 없다.

뱀이 대열을 깨트릴 때, 자말 일행은 당연하게도 마수 대처를 우선했다. 하지만 그중에서 유일하게 토드만이 스바루를 죽이는 쪽을 우선했다.

아마도 토드는 마수를 끌어들인 것이 스바루라고 감을 잡은 것이다. 그리고 그 자리에서 토드는 스바루가 두 번째 마수를 부르지 못하게 즉각적인 처리를 실행하려던 것이다. 그 한순간의 판단력과 실행력은 얕잡아 볼 수 없고, 얕잡아 봐서는 안 된다.

그런데──.

"이런 곳에서……!"

"──그렇군. 짐작건대, 그 렘이라는 것이 네놈이 찾던 여자인가. 나와 헤어진 뒤, 어지간한 꼴을 본 모양이야. 숲 밖의, 제국병인가?"

"그래, 맞아! 잡혔었어! 그래서 도망치려고 연기했다가…… 하지만 렘은 데리고 나오지 못했어. 그러니까……."

"그래서 그렇게 필사적인가. 어쩐지 포로 경험이 많은 생김새라고 생각했지."

"누가 포로 낯짝이냐! 애초에──."

잡혀 있는 것은 복면 남자도 마찬가지가 아닌가.

은혜를 입은 상대라고는 해도, 여유가 없어서 그렇게 노성을 지를 뻔한 스바루. 하지만 그런 스바루의 경거망동을 어느 깨달음이 저해했다.

"────."

가는 말에 오는 말, 복면 남자와의 말다툼에 집중하던 스바루는 자신의 옆얼굴에 꽂히는 다른 종류의 시선을 느낀 것이다.

뒤돌아보니 우리 밖, 창살 틈새로 안을 들여다보는 두 개의 빛이 보였다. 천천히 상을 맺으니 그것이 녹색의 두 눈동자임을 알 수 있었다.

그 두 눈동자의 주인은 스바루의 눈길이 그쪽을 보자 눈을 끔뻑였다.

"──아, 우를 알아챘다."

"뭣……."

"미에게 가르쳐 줘야지."

그렇게 말하고 슥 창살에서 떨어지는 두 눈동자의 주인. 스바루는 허겁지겁 "기다려 줘!" 하고 멈추려 들지만, 때가 늦었다. 스바루가 창살에 달려들 때 상대는 스르륵 그 자리에서 떨어져서 한 번 쳐다보지도 않은 채 달려간 상황이었다.

"지금 그건……."

"『슈드라크』의 계집애다. 호기심이 강한 거겠지. 내가 혼자 있었을 때도, 몇 번쯤 안을 엿보다 갔다. 얼굴을 보이라느니, 복면을 벗으라느니 시끄럽기 짝이 없어서 말이야……."

"────."

엿보는 상대의 태도에 불만이 있었는지 복면 남자가 팔짱을 끼면서 투덜거렸다.

공교롭게도 그 푸념에 맞장구를 칠 여유가 스바루에게는 없었다. 스바루의 의식은 멀어지는 상대── 그 어린 소녀에게 빼앗겼기 때문이다.

열 살 남짓의 어린, 갈색 피부 소녀였다.

하얀 옷을 몸에 두르고 움직이기 쉬운 노출이 많은 복장을 하고 있는 것은, 이런 아열대 분위기가 있는 지역에 적응한 옷차림일 것이다.

바가지 모양에 가까운 짧은 머리카락의, 그 끝부분만 분홍색인 특수한 머리색은 아마도 염색했기 때문일까. 머리카락의 뿌리 쪽은 검은색이라서 『슈드라크의 민족』은 흑발이라는 토드의 설명과도 합치한다.

하지만 그 이상으로 소녀의 외견이 스바루에게 충격을 준 것은 그 생김새가 특별해서가 아니다. 그것이 처음 보는 것이 아니었기 때문이다.

"――나를."

죽인 소녀라고, 스바루의 기억이 주장한다.

저 소녀야말로 독화살을 써서 스바루의 등을 꿰뚫어 죽음에 이르게 한 소녀다.

스바루의 실언 때문에 제국군이 밀림에 불을 지르자, 불길이 번지는 땅에서 벗어나서 증오에 젖은 눈으로 스바루를 노려보던, 그 소녀――.

스바루 안에서 점과 점이 이어졌다.

그때, 소녀가 증오가 깃든 표정으로 스바루를 보고 있던 이유는 다른 게 아니다. ――그것은, 자신의 땅과 동료가 불타 죽은 원인에 대한, 복수였다.

"왜 그러지, 찬물을 뒤집어쓴 것처럼 얌전해지지 않았나."

"――아."

나무 창살에 이마를 붙이고 입술을 깨물고 있던 스바루의 등에 남자의 목소리가 닿았다.

　복면 남자는 처음 위치에 앉은 채로 감정의 상하변동이 심한 스바루를 응시하고 있다. 그 눈이 몹시 불편하게 느껴져서 스바루는 그로부터 시선을 돌렸다.

　"갈피를 잡을 수 없는 남자로군. 어쨌든 간에 아우성치는 것은 그만두도록. 여기서는 입 다물게 하기도 번거로워. 쓸데없이 체력도 낭비하지. 일일이 소리치지 않아도——."

　"소리치지 않아도……?"

　"——상대방이 알아서 이야기를 들으러 온다. 봐라."

　남자의 턱짓에 따라 돌아본 스바루는 눈을 크게 떴다.

　천천히, 어둑한 시야를 밝힌 것은 불꽃—— 횃불의 빛이었다. 횃불을 든 여러 인영이 나타나서 스바루와 복면 남자가 있는 우리 쪽으로 오고 있다.

　선두에서 걷는 것은 탄탄한 몸매를 가진 키가 큰 여자다. 흑발의 끝부분을 붉은 염료로 물들이고, 갈색 피부의 얼굴과 몸에 하얀 무늬의 페인트를 바른, 안력이 강한 인상의 녹색 눈동자를 가진 인물이었다.

　그 여자의 등 뒤에 쏙 숨어서 따라오는 것이 아까 그 소녀. 다가오는 것은 열 명 정도의 집단으로, 전원이 여성 같았다.

　"————."

　그러나 그 압박감에 스바루는 무심코 압도되고 말았다.

　야성미가 있는 분위기의 집단은 루그니카 왕국의 기사단이

나, 앞서 보았던 볼라키아 제국의 군인들과도 다른, 본능적으로 통솔된 짐승 무리 같은 아름다움이 있었다.

논리가 아니라 본능을 핵심에 두고 만들어진 집단, 그런 인상이다.

여자들의 걸음에서 그런 느낌이 든 스바루, 그런 스바루를 가둔 우리 앞에 서서 여자들——『슈드라크의 민족』은 우리 안의 두 사람을 응시했다.

그리고——.

"깨어난 모양이군. ——너희는, 대체 정체가 뭐지?"

스바루와 복면 남자를 한데 묶어 질문을 건넸다.

2

——너는 정체가 무엇인가.

이야기에선 비교적 자주 듣는 이야기지만, 실제로 질문받은 적은 그다지 없을 부류의 질문이다.

정체를 수상히 여겨 그것을 캐묻는다는 상황은 실생활 중에서는 그리 쉽게 일어날 일이 아니다. 묻는 쪽도 답하는 쪽도, 그런 물음을 해야만 하는 직업이 아니라면 분명 평생 인연이 없을 말이라고 할 수 있을지도 모른다.

그런 의미로는 스바루에게도 친숙하다고는 못할 질문이다.

다만 인생에서 처음으로 그 말을 들었을 때는, 지금도 선명하게 기억이 난다.

스바루가 누구고, 무엇을 목적으로 하고 있는지.

인생에서 처음으로 스바루에게 그것을 물은 것은, 바로 저택에서 스바루의 정체를 의심하던 렘이었기 때문이다.

"너가 아니라, 너희……?"

그런 추억을 뿌리친 스바루는 질문에 물음표를 띄웠다.

같은 감옥에 들어갔다고는 해도 스바루와 복면 남자의 관계성은 희박하다. 아니 같은 감옥에 들어간 것은 상대방의 사정이고 스바루의 관여는 제로나 다름없다.

그런데 같은 입장으로 취급받는다는 것은, 다소 거친 발상이 아닌가.

"시시한 부분을 걸고 넘어지지 마라. 네놈과 나는 알고 지낸 사이라고 녀석들에게 말한 것은 나다. 그래서 나오는 질문에 불과해."

"너……! 알고 지낸 사이라니…… 그 정도까지는 아니잖아?!"

"거짓말은 하지 않았다. 나도 네놈도, 서로 보면 아는 상대임을 알지. 알고 지낸 상대라고 부르기에 그 이상 뭐가 더 필요하지?"

"어, 엉망진창인 논조……."

너무나 억지스러운 화술이지만 스바루는 그 억지스러운 논조에 경험이 있었다.

마침 알고 지낸 상대 중 한 명에, 이런 논리를 내세우며 스바루나 다른 사람들을 윽박지르는 인물이 있다.

높은 지위의 인간에는 이런 패거리가 많은 거냐고 스바루의 머리가 어질어질하지만――.

"이봐, 몰래몰래 무슨 말을 하고 있지? 질문에 대답해라."

"아―아― 내 이름은 나츠키 스바루다. 보다시피, 가엾고 비참하고 꼴이 엉망인 길 잃은 사람! 그리고, 뒤에 있는 녀석은⋯⋯ 어, 음?"

"――아벨이다."

"그래, 아벨! 복면 쓰고 있어서 얼굴도 숨기고 있는 데다가 성격도 오만불손한 얄미운 녀석이지만, 길을 잃은 상대에게 나이프를 선물해 주는 면모도 있는, 그 의외성이 초래하는 갭으로 여러 명의 여자아이를 울려 온 플레이보이, 대충 그렇게 해서 자기소개 부탁합니다!"

"오, 오오⋯⋯? 나는 미젤다다만⋯⋯."

쏟아내는 스바루의 기세에 눌려서 선두에 선 여자―― 미젤다가 이름을 댔다.

그렇게 차분히 상대를 볼 여유가 생기면, 미젤다를 비롯한 여자들의 분위기를 표하는 매우 적절한 말이 떠오른다. ―― '아마조네스' 다.

여자가 많고, 강인하게 단련된 육체를 가졌으며, 부족 및 소수 민족의 이미지에 합치되는 몸의 페인트, 활을 등에 멘 사람도 있는 등, 딱 그럴싸한 양상.

『슈드라크의 민족』이란, 스바루가 인식하는 아마조네스가 틀림없다.

"은근히 복면 맨의 이름이 아벨이라고 판명된 것도 놀라운 사실이지만⋯⋯."

"_____."

"지금 그쪽은 뒤로 미뤄! 내 말 좀 들어 줘, 미젤다 씨, 그리고 슈드라크 사람들!"

복면 남자—— 아벨에 대한 언급은 뒤로 미루고, 스바루는 모인 여자들에게 소리를 높였다.

보아하니 그녀들은 다짜고짜 스바루를 죽일 생각은 없는 듯하다. 그것은 치료를 해 준 것으로도, 이야기를 들을 자세를 보여 준 것으로도 짐작할 수 있다.

그렇다면 성의를 담아 진지하게 대화를 나누면 이해해 줄지도 모른다.

"알고 있을지도 모르겠지만, 이 숲 밖에 제국의 군대가 진지를 만들고 있어. 거기에는 나의 소중한 여자아이가 잡혀 있어서, 당장 돌아가지 않으면 위험해! 그러니까, 나를 풀어 줘!"

"_____."

"그리고 군대는 『슈드라크의 민족』을 목적으로 삼고 있어. 대화할 수 있다면 좋다고 말하고 있지만, 최악의 경우 싸움이 나는 것도 각오했다는 자세야. 만약 그렇다면, 내가……."

중재해서 대화할 장소를 만들어도 된다고 말하려다가, 스바루는 입을 다물었다.

확실히 그럴 수 있으면, 제국병과 슈드라크의 민족 사이에 싸움은 일어나지 않을지도 모르지만, 그것을 스바루가 주도하기는 이미 불가능할 것이다.

토드 일행의 인식으로는, 스바루는 그들을 마수의 함정에 빠트린 장본인이다. 신용을 받을 턱이 없고, 그러기를 기대하는 것은 너무 편한 생각이다.

스바루는 명확하게, 렘과 토드 일행을 저울질한 것이다.

그리고 렘을 구하기 위해서 그들에게 위해를 가할 것을 선택했다. 그 선택의 책임에서 벗어날 수는 없다.

"미안해. 방금 발언은 정정할게. 군대가 슈드라크 사람들을 노리고 있는 건 사실이야. 상당한 인원으로 진을 치고 있으니까, 싸워도……."

"──우리가 진다는 말이냐?"

"아……."

물량이나 취할 수 있는 작전의 차이, 그런 점에서 불리한 것은 부정할 수 없다.

그렇게 전하려던 스바루를 가로막으며 미젤다가 고요한 목소리로 내뱉었다. 그 반응에 스바루는 자신이 말을 잘못 골랐다고 이해했다.

『슈드라크의 민족』은, 필시 수렵 민족이다.

그러기 위한 솜씨를 갈고닦으며, 항상 실력을 높이는 그녀들에게 싸우면 진다는 설득 방법은 지뢰 중의 지뢰, 해서는 안 될 논설이었다.

"볼라키아의 군대가 와 있는 것은 알고 있다. 하지만 놈들과 우리 사이에는 옛 약정이 있다. 다툼은 벌어지지 않아."

"기다려 줘! 그 약속에 대해서는 모르겠지만, 놈들은 진심으로 당신들을……."

"말이 많다!"

"──앗!"

따져들려던 스바루가 나무 창살 너머의 충격에 얻어맞아 나동그라졌다. 주먹을 창살에 후려친 미젤다가 그 눈에 분개를 띠고 있었다.

이 또한 스바루가 말을 잘못 골랐다.

싸움에 대한 긍지와 마찬가지로, 옛 약정이라는 것도 그녀들에게 중요한 사항.

스바루는 그것을 무의식중에, 또다시 사려 없이 짓밟고 말았다.

"볼라키아의 병사는, 숲 밖에서 부대를 움직이는 훈련을 한다. 몇 번이나 해 왔던 일이다."

"부대를 움직이는 훈련…… 군사 훈련이란 말인가?"

낯선 단어였는지 미젤다는 스바루의 말에 눈썹을 모았다. 그러나 스바루는 점점 볼라키아 측이 깐 함정의 전모가 보이기 시작했다.

볼라키아의 군대가 군사 훈련이라는 명목으로 이 바드하임 밀림 주변에 진지를 친 것은 자주 있는 일이다. 슈드라크의 민족도 이미 거기에 익숙해졌다.

그 익숙하다는 이름의 방심을 틈타 볼라키아군은 바드하임 밀림을 포위해 그대로 단숨에 슈드라크의 민족을 공략할 작정이다.

"하지만, 왜 그렇게까지 해서 이 사람들을 노려야 하지?"

물론 이렇게 눈앞에 서 있는 미젤다를 비롯해 슈드라크의 민족이 실력이 확실한 부족임은 맞을 것이다. 팽팽한 패기를 보아도 그 점은 짐작할 수 있다.

그러나 일부러 군대를 파견해 함정에 빠트려서까지 공략할 이유가 어디에 있는가.

지금도 그렇듯이 여자들에게는 숲을 나가려는 의지가 없는 것처럼 보였다. 이들은 여기서 생활하며 살아갈 뿐인 존재다. 그런데——.

"나츠키 스바루도 아벨도, 사실을 말하지 않는다. 그래서는 우리에게 감명을 주지 못한다."

"——윽, 그건 설마."

미젤다는 느릿느릿 고개를 가로젓고, 대화의 끝을 선고했다.

그녀의 무정한 결단에 다른 슈드라크의 민족도 이견을 표하지 않았다. 아무래도 선두의 미젤다가 이 자리의, 혹은 이 촌락의 우두머리인 모양이다.

그녀의 결정에 따라 슈드라크의 민족이 스바루의 호소에 등을 돌리고 기각을 결정했다.

그대로 횃불을 들고 멀어지는 집단의 등.

"기다려! 거짓말이 아니야, 거짓말이 아니라고! 다들 위험해! 약속은…… 약속은 깨질 거야! 모두가, 렘도 위험하다고!"

스바루는 필사적으로 그 등에 호소했다.

그러나 이미 족장의 결정을 얻은 슈드라크의 민족의 발걸음은 멈추지 않는다. 유일하게 힐끔힐끔 스바루 쪽을 신경 쓰는 것은 어린 소녀였지만, 그것도 발을 멈출 정도는 아니다.

목소리가 갈라지고 피 맛이 나는 가래를 뱉으면서도 호소하는 스바루에게 아무도 귀를 기울이지 않았다.

"콜록…… 빌어, 먹을. 왜, 항상 이러는 거야……!"

그 자리에 주저앉은 스바루는 창살에 이마를 부딪치고 한탄했다.

오른손은 어깨가, 왼손은 손가락이, 양쪽 다 고장이 난 탓에 감옥에 화풀이할 수도 없다. 만신창이에 쓸모가 없으며, 주둥아리도 못 써먹을 지경에 이르렀다.

그렇다면 나츠키 스바루에게 무슨 가치가 남을 수 있을까.

"체념할 줄 모르는 것과…… 약아빠진 것밖에 없잖아."

눈앞이 캄캄해지는 절망감을 맛보는 와중에도 스바루는 단호히 체념을 거절하고 어떻게든 이를 악물며 저항하고자 결심했다.

여태까지의 스바루라면 자기가 자신의 한계를 멋대로 결정짓고 말았을 것이다.

하지만 자신이 지금까지 겪은 경험을 돌아보고, 자신이 걸어온 길이 쉽지 않았다고 재검토한 지금의 스바루는 약간 다르다.

전보다 조금 더 체념할 줄 모르게 됐다. 그것은 어두운 밤길을 비추는 환한 빛이다.

"꽤, 꼴사나운 교섭이 다 있더군."

감옥 창살이 된 나뭇가지에 매달려서 어떻게 빠져나갈 틈을 만들 수 없을지 획책하기 시작한 스바루에 아벨의 조소 섞인 모멸이 닿았다.

부아가 치밀기는 한다. 하지만 대꾸할 수 없었다. 실제로 스바루는 상대의 지뢰를 멋지게 밟아 교섭에 실패했다. 생각이 없는 짓에도 끝장을 본 셈이다.

그러나──.

"내가 꼴사나운 짓을 했다면, 당신은 아예 아무것도 안 했잖아. 애초에 나는 당신에게 말하지 않았어? 위험한 녀석이 있으니까 숲에 들어가지 말라고."

"그랬었지. 그 의견은 지침이 되었다. 감사를 표해 두마."

"감사해도 잡혔잖아. 젠장, 어디 느슨한 곳은 없나."

몸통 박치기를 해 보지만, 즉석으로 만든 것으로 보이는 나무 감옥에 구멍은 눈에 띄지 않는다. 통나무 같은 굵은 창살은 마치 중장비를 사용해서 세운 것처럼 단단히 지면에 박혀 있다.

물론, 이 세계에 중장비라는 것이 없는 이상, 이것을 만든 것은 사람의 손일 것이다. 여러 사람이 했느냐, 혹은 에밀리아나 가필 급의 괴력 소유자가 했느냐.

"여자뿐인 촌락에서, 용케 이런 것을……."

"슈드라크의 민족을 만만히 보지 마라. 저자들은 여자만이 태어나는 여계 종족이자, 이 숲에서 몇백 년이나 살아온 전신(戰神)들의 후예다. 남자 일손이라곤 자식을 늘릴 때 말고 필요하지 않아. 그 남자도 다른 곳에서 납치해 오는 것이 통례지."

"진짜배기 아마조네스잖아……. 어이, 설마 우리가 잡혀 있는 건."

남자를 잡아 씨를 뽑아내는 도구로 삼는다.

그런 발상이나 생각은 고래로부터 산간의 한촌 등에서는 실존했던 것이다. 하물며 이곳은 스바루의 상식이 통하지 않는 이세계 속의 이국, 가능한 이야기였다.

그러나 스바루의 말을 아벨은 코웃음 쳤다.

"안심해라. 저자들도 씨는 가린다. ──거짓을 읊고 자신들을 속이려던 종자의 씨로부터는 부정한 것밖에 나지 않는다. 그런 씨는 거절할 테지."

"거짓……."

아벨의 말에 스바루는 자신의 치졸한 설명을 저주했다.

미젤다와 다른 슈드라크의 민족이 믿어 주지 않은 것은, 초조함이 있었다고는 해도 스바루의 설명에서 미흡함이 발휘된 까닭이다.

성의를 다하고 필사적인 설득도, 상대의 주의나 긍지의 위치를 이해하지 못하면 그야말로 무례한 폭거와 아무런 다를 바 없다. 다를 바 없었던 것이다.

"하지만 거짓말이 아니라고. 제국의 병사는 슈드라크의 민족을 노리고 있어. 게다가……."

"게다가?"

"놈들은 최종수단으로…… 아니, 아니지. 최초의 수단으로, 불을 질러."

스바루의 그 발언에 아벨이 처음으로 희미하게 숨을 죽였다.

숲에 지른 불, 그것은 토드가 숲에 숨은 마수의 존재를 알자 발생한 사건이다. 전회차, 스바루의 이야기를 듣기만 해도 제국군은 밀림을 불태우기를 택했다.

실제로 그 존재를 확인했다면, 숲이 불타는 사태는 이번에도 피하기 어려울 것이다.

"토드 일행이 전멸했으면 이야기가 다르겠지만……."

마수를 유도하는 선택을 한 시점에서, 그 가능성도 충분히 고려하고 있다.

죽을지도 모르는 적을 불러들이는 작전은 간접적인 살인과 아무 차이가 없다. 스바루는 그 점을 알고서 미끼 작전을 실행했고, 실제로 죽은 사람이 나왔을지도 모른다.

그 사실을 감안하면 가슴속에 묵직한 응어리가 생기고 심장이 막힌 것처럼 아프다.

그러나 그 살인에 대한 기피감과 죄책감은 평생 안고 갈 수밖에 없어도, 간과할 수 없는 사항이 있다. ──아마도, 토드 일행은 전멸하지 않았을 것이다.

토드의 판단력과 자말의 적극성을 보아, 큰 뱀이 그들을 전멸시켰다고 생각하는 것은 무리가 있다. 그렇다면 마수의 토벌 뒤, 그들은 진지로 돌아가려 했을 터다.

토드 일행이 진지로 돌아가면 전회차와 같이 군의 피해를 최소한으로 억제하기 위해서 제국병은 주저 없이 숲에 불을 지른다. ──슈드라크의 민족은 불탈 것이다.

"──뭐냐, 네놈의 그 눈은."

"아니……."

그렇게 생각하던 중, 아벨이 스바루의 눈초리를 언급했다. 스바루는 반사적으로 눈을 피했다. 떠올렸던 것은 아벨의 말로다.

아마도 아벨은 전회차도 이렇게 슈드라크의 민족에게 잡혀 있었을 터다. 그 경우, 숲이 불태워졌다면 그도 같이 태워졌을 것이다. 어쩌면 감옥 안에서 도망치지 못해 소사(燒死)했을 터.

"——그렇다면 슈드라크의 민족도 아벨도, 내가 죽인 셈이야."

자신의 생명도, 렘도, 아벨과 슈드라크의 민족도 죽게 하고 싶지 않다.

그렇기에 여기서 스바루는 일어나 타개책을 찾아야 한다.

"헛수고인 것을 모르겠나? 네놈의 힘으로, 하물며 부상당한 몸으로 빠져나갈 여지를 남길 만큼 얼빠진 녀석들이 아니다. 고작해야 여자를 위해서 왜 그렇게까지 하지?"

여전히 나무에 매달려서 열심히 저항하는 스바루의 모습에 아벨이 기가 막힌다는 기색으로 말했다.

하지만 그 말이 스바루에게 불을 지폈다.

"그 아이가, 나에게 고작이라는 말로 치부할 수 없는 여자아이라서 그래. 대신할 거라곤 어디에도 없어. 렘은, 렘뿐이야."

"————."

"당신이야말로 거기서 내가 하는 일에 토만 달고 있어도 되겠냐. 왜 이런 곳에 있는지 모르겠지만 잡혀서 '넵, 끝'이 다야?"

처음에 보았을 때, 아벨은 『은형』의 망토라는 것을 두르고 모종의 목적이 있어서 숲에 온 듯한 티를 냈었다. 그게 아니어도 토드의 이야기에 따르면 황제로부터 하사받는 훌륭한 단검을 타인에게 선뜻 양도하는 인물이다.

아무 의미도 없이 여기에 있었다는 이야기는 생각하기 어렵고 믿을 수도 없다.

"이런 차가운 흙바닥에 앉아서 당신은 뭘 하고 싶은 건데."

"──때를 기다리고 있었을 뿐이다."

스바루의 물음에 아벨이 몹시 고요한 목소리로 답했다.

그것은 그때까지 어딘가 도발적인 발언이나, 스바루를 조롱하던 것과는 취지가 다른, 본심에서 우러나온 말처럼 들렸다.

"때를, 기다리고 있었다? 무슨 때를, 찬스 말이야? 무슨 찬스를……."

"네놈의 그 '찬스' 라는 건 모르겠지만, 내가 기다리던 것은 반상이 갖추어질 준비다. 준비가 갖추어질 때까지 내가 손을 대면 쓸데없는 색이 섞이겠다 싶어 방관에 전념했지. 원래라면, 숲 밖의 녀석들이 움직인 뒤가 본격적일 거라 여겼지만……."

"──────."

"놈들이 숲을 태울 작정이라면, 언제까지고 여유 부리고 있을 수도 없겠군."

그렇게 말한 아벨은 끼고 있던 팔짱을 풀고 천천히 일어섰다.

그 훤칠하게 선 자태와 그의 말에 눈을 크게 뜨고 스바루는 경직했다.

"무어냐, 그 얼빠진 낯짝은. 나를 보기에는 불경하지 않느냐."

"당신, 내 말을 믿는 거야? 그도 그럴 것이, 슈드라크의 민족은……."

"믿지 않았지. 녀석들의 긍지를 더럽히고 녀석들이 소중히 품고 있는 옛 약정조차 무의미한 것이라고 일축했다. 그야말로 후세에 남을 실패 교섭이다."

"으극……."

자기가 생각해도 옹호할 점이 없다는 자각이 있었기에 아벨의 평가에 픽 고꾸라졌다.

　아벨은 얼굴을 찌푸린 스바루에게 "하지만." 하고 말을 이었다. 그리고──.

　"나는 슈드라크의 민족이 아니다. 녀석들의 긍지나, 소중한 약정 따윈 티끌이나 마찬가지다. 필요한 것은 네놈이 가져온, 거짓이 아닌 사실뿐."

　"……내가, 거짓말을 하고 있다면 어쩔 건데."

　"뻔하지 않느냐. ──목숨으로 갚아라."

　그 말에는 장난으로 '죽음'을 거론하는 사람과는 일선을 긋는 무게가 있었다.

　아벨은 진심으로, 스바루의 말이 거짓이라면 '죽음'으로 갚으라고 말하고 있다. 이것은 결코 장난도 농담도 아닌, 진짜 각오를 묻는 상황이라고.

　그 마음을 감지한 스바루는 자연히 등을 곧게 폈다.

　어느새 우리와의 격투를 그만둔 스바루는 눈앞의 아벨을 똑바로 마주 보았다. 스바루의 검은 눈을 응시하는 아벨의 눈빛이 위압감을 더했다.

　"깊이 명심하고 대답하라, 나츠키 스바루. ──네놈은 자신이 구하고 싶은 것을 위해서, 모든 것을 희생할 각오가 있느냐?"

　"────."

　물음은 올곧아서 망설이는 것도 거짓을 읊는 것도 허용되지 않는다.

여기에 허실을 섞어서 대답하면 목숨은 없다. 스바루가 그리 믿을 만한 힘이, 아벨이라는 남자의 목소리에 담겨 있었다.

아벨의 물음을 스바루는 마음으로 받아냈다.

모든 것을, 구하고 싶은 것을 구하기 위해서, 그 이외의 존재를 희생할 각오가 있느냐고.

그 물음에 대한 답이라면——.

"——그런 각오는 없어."

"———."

"내가 내밀 수 있는 것은, 나 하나뿐이야. ——그것뿐이라면 전부 걸 수 있어."

스바루는 칼에 찔린 오른팔이 아니라 손가락이 부러진 왼손을 가슴에 짚고 대답했다.

이것이 아벨의 물음에 대한 거짓 없는 스바루의 답변이다.

이거든 저거든, 모든 것을 희생하라 말한다고 그 말을 받아들이기란 도저히 불가능하다.

그러기에는 이 세계에 스바루의 소중한 것이, 아직 보지 못한 눈부신 것이 너무 많다.

그러니까——.

"시건방진 대답을 하는군. 화가 치미는 광대놈."

"———."

"하나, 네놈은 거짓을 읊지 않았지. 그렇다면 태우지 않고 놔두겠다."

그 답변을 들은 아벨이 그렇게 말하자 스바루는 구사일생했다고 실감했다.

식은땀이 왈칵 솟아서 스바루는 아벨에게 자신의 생명줄이 잡혀 있었음을 이해했다.

예전에 초원에서 조우했을 때의 평가대로 아벨은 결코 상식을 벗어난 강자가 아니다.

스바루가 여태까지 보아 온, 혹은 접해 온 강자들과 비교하면 일반인의 영역을 벗어나지 않은 힘의 소유자다. 하지만 그래도 스바루는 목숨을 건졌다고 느꼈다.

아벨에게는 단순한 완력이나 검술 실력과는 다른 힘이 깃들어 있다고 말이다.

"그렇다면 이야기는 빠르지. ──거기 계집애."

"꺄웅?!"

구사일생해서 땀을 철철 흘리는 스바루를 아랑곳하지 않고, 아벨이 갑자기 누군가를 불렀다. 그 즉시 그 음성에 반응해 작은 비명이 그늘에서 터졌다.

놀란 스바루가 돌아보니, 아벨의 시선이 가는 곳, 우리에서 약간 떨어진 나무 그늘에 쭈뼛쭈뼛 보고 있던 소녀의 모습이 있었다.

머리끝을 분홍색으로 물들인 소녀는 스바루와 아벨의 시선에 당황하며 도망치려고 했지만──.

"도망치면 기회를 망칠 거다, 계집애. 그것은 네 본의가 아닐 텐데."

"으……."

기선을 제압한 아벨의 말에 소녀는 작게 신음했다. 그 뒤에 그녀는 겸연쩍은 표정으로 조심조심 둘에게로 걸어왔다.

그리고 "우는, 우는……." 하고 머뭇머뭇 입술을 달싹이다가 말했다.

"미는, 남자 이야기는 듣지 말래. 하지만 우는 궁금해. 너, 궁금해."

"나……?"

자신을 '우'라고 칭한 소녀가 그렇게 말하며 스바루 쪽을 손가락으로 가리켰다. 궁금하다는, 생각지도 못한 지적에 눈을 동그랗게 뜬 스바루에게 소녀는 끄덕였다.

"아까, 너, 열심이었다. 우리, 위험하다. 하지만, 미는 듣지 않아."

"아……."

"왜, 그렇게 열심이었어? 너, 우리하고 관계없어."

관계없는데, 왜 간섭하느냐고.

그 오지랖을 지적받았나 싶어 스바루는 순간 숨이 턱 막혔다. 그러나 소녀의 말에 그런 의도는 없었다. 소녀는 순수하게 의문인 것이다.

스바루가 왜 스바루 자신 말고 슈드라크의 민족에게도 필사적이었는지.

그 답은, 스바루 자신도 모르겠지만——.

"네가 그런 표정을 짓지 않기를 바라서 그럴 거야."

"——?"

"그런, 증오로 탁해진, 적을 노려보아야만 하는 경험을 하지 않기를 바라서 그래.”

　독화살로 상대를 맞추고 증오 서린 눈으로 그 ‘죽음’을 지켜 보려던 소녀.

　스바루의 눈에는 지금도 소녀의 증오와 그 증오에 이르는 강렬한 사건의 죄책감이 남아 있다. 휘몰아치고 있다. 가시가 되어 아픔을 주고 있다.

　그런 일은, 거듭해서는 안 된다. 반복해서는 안 된다.

　『사망귀환』 같은 건, 하지 않는 게 최선이다.

　그런데도 스바루가 생명을 잃어 재시도하게 된 세계에, 관계된 사람을 더욱 좋은 길로 이끌 방법이 있다면——.

　“내가 열심히 노력하는 의미는, 그런 데 있다고 생각해.”

　“우…… 모르겠어.”

　스바루의 답변을 들어도 소녀에게는 그 진의가 전해지지 않는다. 당연하다. 『사망귀환』을 모르는 상대에게 이런 말을 해 봤자 알쏭달쏭할 뿐이었다.

　그리고 스바루는 그 사실을 알아 달라고 생각하지도 않는다. 그런 사실이 있었던 것조차, 눈앞에 있는 소녀의 인생에는 불필요하다.

　“——직성은 풀렸나? 길게 이야기할 여유가 없는 것은, 나나 네놈이나 마찬가지일 테지.”

　“그, 그래……. 미안.”

　아벨이 별다른 흥미 없다는 듯 스바루와 소녀의 대화를 싹둑 잘라냈다.

그리고 아벨이 소녀 쪽으로 돌아서자, 소녀도 조금 전의 스바루와 같은 압박감을 느꼈는지 그 작은 몸을 긴장시키며 아벨을 쳐다보았다.

　"계집애, 너와 마냥 이야기할 마음은 없다. 조금 전의, 미젤다라고 했나. 그자를 데려와라. 그자가 족장일 테지."

　"미? 미와, 무슨 얘기해?"

　"별거 아니다. 그저, 제안하고 싶은 게 있을 뿐이다."

　"제안?"

　갸웃하는 스바루와 소녀의 눈길을 받으면서 아벨은 깊이 끄덕였다.

　그리고 역시 복면 너머로 보이지 않음에도 웃음을 짓고서.

　"──『혈명(血命)의 의식』을 받겠다고 전해라. 녀석들을 설득하는 데, 가장 빠른 방법이지."

　그렇게 선언했다.

3

　"──『혈명의 의식』이라는 것은, 대체 뭐야?"

　"긍지와 약정의 가치를 높이 보는 슈드라크의 민족에게 결코 무시할 수 없는 관습 중 하나다. 자세한 내용은 녀석들 쪽에서 이야기해 주겠지. 그보다."

　스바루의 의문을 껍데기 부분만 짚어 대답한 아벨이 번뜩 노려보았다.

슈드라크의 소녀는 아벨이 먼저 한 전언을 족장 미젤다에게 전하러 가서, 이 자리에는 스바루와 아벨 두 명밖에 없다.

즉, 밀담에 쓸 시간도 한정적이라는 뜻이다.

"물어보마. 숲 밖의 진지에서 포로가 되었다고 이야기했었지. 대우는?"

"어깨와 등의 상처가 그 공적이야……. 그 밖에는, 잡무도 했었어."

정확히는, 잡무와 가학은 별개의 회차 이야기지만 스바루는 아벨의 위압감에 눌린 채 그렇게 대답했다.

그 대답에 아벨은 "흠." 하고 눈을 가늘게 뜨고, 스바루의 왼손을 보았다.

"손가락은 언급하지 않는 것을 보건대, 그쪽은 다른 일인가. 보아하니 쫓고 있던 여자에게 당했군."

"으극…… 그게, 무슨 관계가 있는데."

"네놈이 손가락을 부러뜨리는 여자를 사모하는 바보라는 증거는 되지."

그 인식은, 스바루와 렘의 관계를 표현하기에 적절하다고는 할 수 없다. 하지만 거기에 얽매여서 장황하게 사정을 설명할 시간도, 그럴 의무도 없었다.

"잡무라면 진지 안도 봤겠군. 대략적인 그 배치는? 없는 머리를 모조리 짜내서 기억에서 끄집어내라."

"천막 몇 군데와 진지 안의 인원수 정도라면…… 이봐, 무슨 얘기를 하려고."

"모르겠나? 뻔한 일이다. 네놈이 본 것을━━."

연거푸 질문받은 스바루가 얼굴을 찌푸리자 아벨이 콧방귀를 뀌었다.

그러나 스바루의 물음에 아벨은 대답할 수 없었다. 그보다 먼저, 다시 여러 명의 발소리가 이 우리로 오고 있었기 때문이다.

그것은 그 소녀에게 끌려온 미젤다와, 그 무리━━.

"우타카타로부터 들었다. 너희가 『혈명의 의식』을 받는다고 말했다고."

머리카락을 붉게 물들인 미젤다는 다리에 매달린 소녀━━우타카타라고 불린 아이의 머리에 손을 얹고 진지한 눈초리로 스바루와 아벨 쪽을 쏘아보았다.

그것은 조금 전, 스바루가 그녀들의 전자로서의 긍지를 짓밟았을 때의 패기, 그와 필적할 매서움을 담은 시선이었다.

"도대체 어디서 『혈명의 의식』에 대해 알았지? 그것은 우리 슈드라크 사이에만 전해지는 의식일 것이다."

"웃기지 마라, 슈드라크의 젊은 우두머리여. 지금 이 세상에 너희의 구전이 아무에게도 전해지지 않았다고 진심으로 여기고 있나? 인간이 두 명 있으면 비밀은 누설된다. 자신들의 결속이 탄탄하다는 허풍을 바라지는 마라."

미젤다의 시선이 험악해지고, 응수하는 아벨의 언변도 더욱 뜨거워진다.

그 고압적인 말투에 미젤다만이 아니라 그 주위에 있는 슈드라크의 민족의 표정도 굳어 가는 게 보여서 스바루는 속으로 크게 침을 삼켰다.

현재, 아벨이 말하는 『혈명의 의식』의 내용을 몰라 이야기를 따라가지 못하고 있는 것은 스바루뿐이다. 단지 그것이 미젤다 쪽에게 중요한 의식이라는 점과 그 생각을 홀대하는 아벨이 환영받지 못하는 것은 확실.

그래서 스바루는 더 이상의 혼란을 막기 위해서 "저기!" 하고 소리를 높였다.

"분위기 달아오른 중에 미안한데, 『혈명의 의식』에 대해서 가르쳐 줄 수 없을까? 아마 그거, 나하고도 무관계하지 않은 거지?"

"너는…… 왜 그렇게 생각하지?"

"아니, 아까 이쪽의 복면 자식에게 위협받았거든. 모든 걸 희생할 수 있느냐 없느냐 같은 느낌으로. 그런 걸 어떻게 하겠느냐는 게 내 대답이었지만."

"그렇다면……."

"내가 걸 수 있는 것은 나 하나뿐이야. 자기 영향력을 너무 크게 보고 있잖아."

모든 것을 희생한다, 같은 발언은 어지간히 힘이 있는 사람에게만 허용되는 말이다.

안타깝지만 여기에 슈드라크의 민족에게 잡혀서 옴짝달싹못하는 스바루와 아벨에게는 그런 거창한 선택을 앞둘 자격조차 없을 것이다.

그렇기에 판돈은 자신의 손패에 있는 것뿐. 현재, 나츠키 스바루뿐.

"하지만 아벨의 말마따나 나도 미젤다 씨네가 얘기를 들어 주지 않으면 곤란해. 아까 하던 말을 또 하는 거지만, 몇 번이든 말하겠어. 나는 내 소중한 것을 지켜야 하니까, 최악의 경우라도 여기서 내보내 주지 않으면 곤란하다고."

"그렇군……. 아무래도, 『혈명의 의식』을 받을 자격은 있는 모양이군."

어떻게든 이야기를 성립시키고 싶은 스바루의 호소에 미젤다가 작게 중얼거렸다.

그 대답에 스바루는 눈을 동그랗게 뜨고, 아벨의 목이 희미하게 꿀꺽 울었다. 하지만 그런 미젤다의 중얼거림을 듣고 과도하게 반응한 사람이 한 명 있었다.

그것은 미젤다를 둘러싼 집단, 그녀 옆에 서 있던 머리카락을 파랗게 물들인 여성이었다.

"언니! 진심이십니까? 이런 남자들의 말을 진지하게 듣고……."

"진지하게 들은 것이 아니야, 타리타. 단지, 쳐내기에는 아깝다고 생각했을 뿐이다."

"언니……."

타리타라고 불린 여성은 언니라고 부른 미젤다의 말에 고개를 숙였다.

아무래도 두 사람은 자매인지, 듣고 보니 과연 힘 있는 눈매가 인상적인 생김새는 많이 닮았다.

그렇게 여동생의 말을 물리친 미젤다가 다시금 스바루 쪽을 쳐다보았다.

"『혈명의 의식』에 관해서 물었지. 그것은 우리 슈드라크에 예로부터 전해지는, 일족에게 자신을 인정토록 하기 위한 의식이다. 성인식이라고 해도 좋다."

"성인…… 아아, 그런 종류인가. 하지만, 우리는 딱히……."

"슈드라크의 민족이 아니지. 그런 거야 말하지 않아도 다들 알고 있다. 멍청한 소리로 시간을 낭비하지 마라. 중요한 것은, 의식의 본질이다."

슈드라크의 성인 취급받기 위한 의식이라고 알자 당황하는 스바루에게 아벨이 어이없어했다. 그 말투에 얼굴을 실룩거리면서도 스바루도 그가 하고 싶은 말을 이해했다.

성인식의 본질은, 그 집단에서 도전자가 제구실한다는 것을 인정받는 데에 있다. 즉, 『혈명의 의식』의 본질이라는 것은——.

"저들과 대등하게 대화를 나누기 위한 통과의례……."

"그런 거다."

스바루의 사고를 긍정한 아벨이 팔짱을 끼고 미젤다를 보았다. 그러자 그 시선을 받은 미젤다가 끄덕였다.

"『혈명의 의식』에 도전하겠다면, 각오해 주어야겠다."

"철회하면 우리를 해방해 주기라도 하겠다는 거냐? 공교롭게도 그렇게 형편 좋은 이야기를 기대할 만큼 세속과 어긋난 머리는 가지고 있지 않다. 나도, 이 나츠키 스바루도 마찬가지다."

"으엑?!"

멋대로 달아오르는 두 사람 사이, 의욕 만점인 한 명에게 끌려나온 스바루는 놀라지만 아벨은 상대의 뜻을 감안하려고도 하지 않았다.

그 페이스에 휘말리면서도 스바루는 "어떻게 할 거지?"라고 묻는 미젤다에게 대답했다.

"할게……. 달리 방법이 없다면 그 의식을 받아서 얘기를 들려주겠어. 단, 며칠씩 걸리는 의식이라면 곤란한데."

"그렇지. 우리도 그것은 바라지 않는다. 그렇다면……."

"언니, 그렇다면, 엘기나가 괜찮지 않을까?"

의식을 받을 각오를 다진 스바루, 그 제안에 고민하는 미젤다에게 타리타가 도움의 손길을 뻗쳤다. 여동생의 제안에 미젤다는 깊이 끄덕였다.

"그게 좋겠다. 『혈명의 의식』은, 그것이 시행될 때 있는 가장 큰 난관이 선택된다."

"가장 커다란 난관…… 그것이."

"──엘기나."

침을 꿀꺽 삼킨 스바루의 물음에 미젤다가 거듭해서 그 단어를 말했다.

그 말을 들은 우타카타가 어깨를 흠칫했다가 움츠리고, 슈드라크의 여자들도 다소 긴장감에 휩싸였다.

전사의 자부심이 있는 여자들의 반응은 스바루의 불안을 촉발하기에 충분하고도 남는다.

그러나──.

"나도 네놈도, 무를 수는 없다. 각오는 됐겠지?"

"너, 멋대로 이야기를 진행했으면서 잘난 척하기는, 나에게

빚을 지웠다고 해서 지나치게 마음대로 굴잖아…….”

나이프 한 자루 양도받은 은혜가 있지만, 여기서 나눈 대화로 그런 고상한 마음은 몽땅 날아갔다. 물론, 스바루의 실점을 수습해 그녀들에게 이야기를 들려줄 여지를 만들어 준 데에도 감사는 하고 있지만.

그런 긴장감이 없는 두 사람을 아랑곳하지 않고, 미젤다가 주위의 동포에 지시를 내렸다.

“아벨과 나츠키 스바루, 너희를 엘기나에게 데려간다. 멋지게 『혈명의 의식』을 마칠 수 있을지, 증명해 보여라!”

그 말과 함께 감옥이 열리고 스바루와 아벨 두 사람이 밖으로 나온 것이었다.

4

감옥에 나온 스바루와 아벨 두 사람은 눈가리개나 구속도 되지 않은 채 슈드라크의 민족에게 둘러싸여 촌락 밖을 걷고 있었다.

울창한 깊은 숲, 그것은 암흑 속을 손으로 더듬으며 걸어가는 거나 같아서, 스바루는 몇 번씩 발을 헛디딜 뻔해서 그 주위의 슈드라크에게 도움을 받고 있었다.

“어차, 미안. 또 부축해 줘서…….”

“괜찮아~ 나, 힘이 장사니까 하나도 문제없는걸~.”

그렇게 말하며 넘어지려던 스바루를 머리를 노랗게 물들인 여자가 부축해 주었다.

말투와 생김새가 부드러운, 포동포동한 체형의 여성이다. 단단히 쬔 근육질 여성이 많은 슈드라크 중에서는 드문 타입이지만, 무척 친해지기 쉬운 분위기였다.

"다친 곳은 괜찮아~? 치료, 내가 했어~."

"아, 이거, 네가 해 주었던 거였나. 응, 괜찮아. 아직 조금, 아니 꽤, 그렇다기보다 많이 아프지만, 진짜."

"아하하하, 솔직한 사람이구나~."

그렇게 말하고 태평하게 웃어 주는 태도에도 힐링을 받는다. 실제로 상처 치료까지 해 주었으니 이중의 의미로 힐링을 받았다고 해야 할 것이다.

너그럽고 자상한, 그런 분위기의 여자를 보면 스바루도 자연히 마음이 풀어진다. 다만 그 여자가 한 손에 내내 뼈 붙은 고기를 휴대하고 있는 것이 크게 신경 쓰였다.

"응? 배고파졌어~? 고기 먹고 싶어~?"

"어, 아니, 괜찮아. 배가 고픈 것은 아니지만, 먹으면 움직일 수 없어지니."

"아하하, 그건 그렇지~. 그리고 배가 가득 차면 죽을 때도 괴로워~."

"하하……."

냠냠 고기를 뜯는 행동에 자상한 풍모라도 슈드라크다.

아무튼, 그런 식으로 어딘가로 스바루와 아벨을 안내하는 슈드라크의 민족에게 적의 같은 것은 느껴지지 않는다.

미젤다도 그랬지만 스바루와 아벨이 『혈명의 의식』을 받을 각오를 한 시점에서 이미 첫 교섭 실패의 영향은 남기지 않은 모양이었다.

즉, 의식의 결과는 어쨌든 이들에게 준 인상을 회복하는 것은 성공했다는 뜻이다.

이거라면 혹시, 만약 의식의 성과가 좋지 못하더라도 다시 교섭의 자리에 앉을 수 있을지도 모른다.

"──같은, 속편한 생각을 하는 얼굴이군."

"남의 안색이나 눈빛 같은 걸로 이것저것 생각을 읽지 마. 당신도 그렇지만 제국인은 순 그런 사람뿐인가?"

"네놈이 학을 떼는 원인은 모르고, 누구와 비교하고 있는지도 관심은 없다. 단지, 제국의 인간은 살아가면서 상대를 잘 보는 것을 배운다. 왕국인과는 그 차이가 있겠지."

"상대를 잘 본다라……."

같이 연행 중인 아벨, 그의 말에 스바루는 느끼는 것이 있었다.

"그런데, 말이다. 네놈은 이 틈에 도망치자고는 생각하지 않나?"

"그런 묘한 유혹을 던지는 건 그만두지 않겠어? 생각이 없지는 않지만, 안 해."

"호오, 왜지? 지금이라면, 그 감옥 안에 있었을 때보다 도망칠 곳은 있지 않나. 빈틈을 잘 만들면 슈드라크의 눈을 피할 수 있을지도 모른다만."

"그야, 머리에 피가 올랐을 때라면 그렇게 무모한 짓도 하겠지만……."

도발하는 듯한 아벨의 말에 스바루는 다시 주위를 보았다.

숲의 어둠은 깊어서 스바루는 몇 미터 앞도 내다볼 수가 없다. 더욱이 스바루가 돌아가야만 하는 진지의 방향과 거리도 애매해서 도망쳐도 막막하다.

거기에다 주위의 슈드라크는 전원, 두 손이 고장 난 스바루보다 훨씬 실력이 있다.

"──? 왜 그래~?"

"분명히 호에게 넋이 나간 거야. 호, 마을에서 제일 미인."

"와햐~ 나, 곤란해라~."

스바루의 눈치 보는 시선에 옆의 여성과 우타카타가 그렇게 말을 나누었다.

아잉아잉 고개를 젓는 여성은 볼을 붉혀서 대단히 귀엽지만 빈틈이 없다. 아마 스바루가 도망치려고 해도 한순간에 잡혀 바닥에 깔리고 끝날 것이다.

"게다가 내가 도망치면, 당신은 대체 어떻게 되는데."

"──그렇군. 즉, 네놈은 그런 작자인가. 혐오스러운, 시답잖은 영웅 희망자."

"뭐 어째?"

아벨이 눈길을 떼고 내뱉듯이 말했다.

그 말투에 발끈한 스바루는 복면에 숨은 옆얼굴에 달려들려고 했다. 그러나 그 진의를 캐묻는 것보다 먼저 선두를 걷던 미젤다의 발이 멈추었다.

"여기다."

"여기라니, 아무것도 보이지 않는데……."

들고 있는 횃불이 주위를 비추어도 보이는 건 끽해야 몇 미터 범위. 스바루에게는 똑같은 숲의 광경이 펼쳐진 것으로만 느껴졌다.

여기에, 도대체 무엇이 있느냐고——.

"가 보면 알 거다."

"와하악——?!"

암흑에 시력을 집중하며 앞으로 몸을 숙이던 스바루. 그 등을 뒤로 돌아간 타리타에게 떠밀려 한 발, 두 발 내디딘 순간에 발이 허공을 갈랐다.

발판을 잃어 디딜 근거를 상실한 증거다.

"이 감각…… 또냐고?!"

무심코 소리치면서 스바루는 지면의 공백—— 정확히는 급경사다. 그 경사에 발을 디뎌 넘어지지 않도록 미끄러져 내려갔다.

그대로 급경사를 달려 내려가 간신히 아래에서 숨을 돌렸다.

"위, 위험하게……. 반사적으로 손도 짚을 수 없는 판인데, 갑자기익?!"

"비켜."

가까스로 멈춰 선 등에 강렬한 충격을 받아 결국 앞으로 고꾸라졌다. 원망스럽게 등 뒤를 보니, 스바루의 등에 부딪친 것은 아벨이었다.

아무래도 아벨도 스바루와 같이 급경사에 떠밀려온 모양이다.

"보는 바로, 구멍 바닥인 것은 아닌 듯하지만…… 여기가 의식 장소?"

"그러하겠지. 자, 남은 것은 무엇이 나올까. 엘기나라고 했었지."

"당신, 짚이는 게 있어?"

"엘이라는 말에는 크다는 의미가 있지만…… 음."

경사 아래로 밀려 떨어진 스바루와 아벨의 대화 중에 무언가가 던져졌다. 아벨의 발밑에 구른 그것은 천보따리였다.

그 보따리 안에서 얼굴을 내비친 것은———.

"내 짐과, 네놈의 쓰레기로군."

"내 것도 짐이야!"

던진 것은 스바루와 아벨의 압수된 장비였다.

개중에는 길티윕은 물론, 스바루의 등에 꽂혀 있던 나이프———아벨에게 받은 물건이 돌고 돌아 이 자리로 돌아왔다.

아벨도 자신의 검과 망토를 주워 날렵하게 착용했다.

"그런데, 왜 이것이……."

"우리가 보고 있어! 힘내!"

아벨을 본받아 장비를 되찾은 스바루의 의문에 높은 목소리가 대답했다. 쳐다보니 경사 위에서 두 손을 흔드는 소녀, 우타카타가 장비를 던져 준 모양이다.

미젤다와 타리타도, 우타카타의 그 행위에 언성을 높이지 않았다. 이 정도의 조력은 의식의 진행을 방해하지 않는다는 뜻일까.

"그러면, 힘내 줬으면 해~."

"진짜냐……."

조금 전의, 머리를 노랗게 물들인 여성이 태평한 목소리로, 태평한 기색으로, 느긋하게 미소 지으면서 큰 바위로 경사 입구를 막는 것이 보였다.

믿기 어려운 괴력—— 저 튼튼한 즉석 감옥이 누구 손으로 만들어졌는지 알겠다.

그렇게 입구에 뚜껑을 덮으니, 스바루와 아벨이 떨어진 곳은 좌우로 20미터가량 넓이가 있는 계곡의 공간이었다.

뚜껑이 덮인 입구와 반대쪽, 스바루와 아벨 정면에는 어둠이 펼쳐져 있다. 하지만 똑바로 가로지르듯 달리면 도망치게 놔둔다, 같은 만만한 생각은 버려야 할 것이다.

"나츠키 스바루, 두 손은 얼마나 움직이지?"

"아? 두 손…… 보는 바와 같아. 오른손은 올라가지 않고, 왼손도 세게 쥘 수는 없어. 물론, 세심한 작업도 무리…… 으어?!"

"나은 쪽의 손가락에 끼워 둬라! 시간이 없다."

그렇게 말한 아벨이 자신의 소지품에서 반지 하나를 스바루에게 던졌다. 그것을 순간적으로 받은 스바루가 대화 여지를 두지 않는 그의 말에 반지를 왼손 중지에 끼웠다.

검은 보석이 박힌 물건으로, 고급감과 함께 기묘한 위압감이 있는 반지다.

"이건?"

"마를 봉한 반지다. 쓰기 전에 입맞춤해 두어라. 한도는 있지만 불을 뿜어낸다."

"뭐? 마? 입맞춤? 대체 무슨 말을……."

"——온다."

전개 속도에 따라가지 못하는 스바루를 팽개치고 아벨이 자신의 검을 뽑았다. 그렇게 동공이 가늘어진 그를 따라서 스바루도 허둥지둥 채찍을 들었다.

그런 식으로, 소기의 장비 준비를 갖추었을 때——.

"……이것 보셔, 농담이지."

출구가 막힌 경사를 등지고 아벨과 나란히 선 스바루는 눈앞의 그것에 아연해졌다.

천천히 지면을 기며 암흑 속에서 불쑥 모습을 보인 것은, 미끌미끌 축축하게 보이는 광택을 띤 녹색 비늘의 집합체——큰 뱀이다.

이 바드하임 밀림에서, 이미 두 번이나 조우한 뱀 마수.

"설마, 엘기나……?"

"샤아아아————!!"

숨을 집어삼키고 쭈뼛쭈뼛 확인한 스바루의 중얼거림.

뱀은 입을 쩍 벌리고 마치 그 말을 긍정하는 것처럼 크고 큰 포효를 터뜨렸다. 그 맹렬한 풍압을 온몸으로 받으며 스바루는 몸을 굽혔다.

엘기나＝큰 뱀, 그리고 『혈명의 의식』은 가장 어려운 문제에 부딪친다고 했다.

그렇다면, 이번에 스바루와 아벨이 돌파해야 하는 벽은——.

"자, 싸워라, 전사의 증거를 보여라! 슈드라크의, 사냥의 눈이 지켜보겠다!"

"크아아악! 역시 그거냐!!"

벼랑 위, 눈 아래에서 마수와 마주한 스바루와 아벨에게, 미젤다의 기세등등한 목소리와 이어서 다른 슈드라크들의 "와아—!" 하는 높고 높은 추임새가 울려 퍼졌다.

그 환성이라고도 성원이라고도 못할 목소리가 지켜보는 가운데, 뱀이 몸을 준비하고——.

"——온다, 나츠키 스바루!"

"보고 있어! 젠장, 요즘 내내 시험만 받고 있군!"

스바루의 한탄을 덧칠할 기세로 큰 뱀이 꿈틀대며 『혈명의 의식』이 시작되었다.

5

——바드하임 밀림에 생식하는 마수 『엘기나』.

아벨의 말로는 엘이란 '크다'는 의미라고 하니, 뱀이라는 단어는 기나 부분에 해당할 것이다.

어쩌면 그것도 슈드라크의 민족의 독특한 호칭일지도 모른다.

어쨌든 간에 그것을 검증해 문화인류학의 역사에 공헌하는 것은 나중 일이다.

"지금은 눈앞의 적을 대처하는 게 우선——!"

거대한 아가리를 쩌억 벌려 날카로운 이빨을 드러내면서 달려드는 거대한 뱀. 그 몸길이는 10미터가 넘어서, 의지를 가진 거목이 숲에서 날뛰고 있는 것만 같다.

그 몸통도 통나무를 여러 그루씩 합친 것처럼 굵고, 휘두르는 꼬리의 기세도 스치기만 해도 충분히 중상을 입힐 위력이 있다.

항상 있는 일이지만 마수란 신체 면부터 인간을 죽일 작정인 것이다.

"베아———."

'코'라고 이 자리에 있는 파트너의 이름을 부르려던 스바루는 어금니를 깨물었다.

순간적인 사태에 직면했을 때, 스바루는 생각하기보다 먼저 파트너인 베아트리스의 판단력과 대응력에 맡기는 쪽을 최우선시해 왔다.

그게 현재는 스바루 본인의 대응력 부족으로 드러난다———.

"위험……."

"멍청한 놈! 얼빠져 있을 때냐!"

실수했다고 얼굴을 굳힌 직후, 노성과 함께 스바루의 뒤통수가 머리털째로 잡혔다. 그대로 "끼엑." 하는 비명을 지르며 몸을 뒤로 꺾은 스바루가 쓰러졌다.

쓰러진 스바루의 머리 위에서 뱀의 이빨이 가차 없이 닫혀 강렬한 소리가 발생하고 대기가 물려 죽었다. 동시에 휘몰아친 먼지와 바람이 대지를 호쾌하게 날려 버렸다.

"워어어어———."

"몇 번씩 말하게 하지 마라, 어리석은 놈이. 숨을 죽여라."

머리를 꽉 눌린 스바루는 "허업." 하고 흙 위에 엎어졌다. 쳐다보니 마찬가지로 흙먼지로 범벅인 아벨이 자신까지 한꺼번에 스바루를 망토 안에 감싸고 있었다.

둘이서 두르기에는 사이즈가 부족하기에 스바루는 아벨 위에 올라타는 꼴이었지만.

"무, 무슨 생각…… 아, 그런가! 『은형』!"

"그래. 숨을 죽이고 있으면, 순간적으로 놈도 이쪽을 발견할 수 없다. ……그건 그렇고 운이 없군.『혈명의 의식』이 실력 시험 말고 다른 거라면 가망도 있었을 것을."

바로 지척에서 뱀의 기척을 엿보면서 아벨의 눈에 분노와 분한 감정이 섞였다.

그 말투로 스바루에게도 그의 생각이 쓰라리도록 이해되었다.

『혈명의 의식』의 내용은 아무래도 매번 달라지는 듯하다.

개중에는 아마 마수와 싸우는 것 외의 방법도 있었을 것이다. 그러나 스바루와 아벨이 던져진 곳은, 뱀과 싸워서 전사의 증거를 세우는 길이었다.

"이쪽의 두 손은 고장 중에, 아벨의 검술은 이류…… 거지 같은 상황이군."

"이류라니 못하는 말이 없군. 네놈은 현재 내 발목을 잡아끌 팔도 못 쓰는 꼴이 아니냐."

"대꾸할 입은 남았거든……. 맞아, 아까 하던 이야기인데."

뭉게뭉게 먼지가 피어오르는 가운데, 스바루는 왼손을 들어 중지의 반지를 보였다.

아벨이 던져 준 설명이 부족한 반지다. 입맞춤이니 불이 나온다느니, 이것저것 영문 모를 소리를 했지만──.

"어떻게 써?"

"말했을 텐데. 보주에 입을 맞추어 소유자라고 인정받아라. 뒷일은 마법을 쓰는 감각이다."

"뭐야, 그 라이트노벨의 무기 같은 반지……!"

반신반의로 반지를 보면서 스바루는 그 설명에 얼굴을 찌푸렸다. 아벨은 그런 스바루의 감상을 아랑곳하지 않으며 먼지구름 너머 뱀의 움직임을 살피고 있다.

감옥 안에서는 여유가 있던 그도 현실적인 위협을 앞두고서는 긴박감을 숨기지 못했다. 깊은 숨을 반복하면서 아벨은 칼자루를 꼭 움켜쥐었다.

"접근에 성공해도 저 비늘을 관통할 수 있을지는 수상하군. 비늘이 없는 부위…… 눈이나 입, 아니면 비늘이 얇은 부위를 노려야 공격이 먹히겠어."

"그러기 위한 빈틈을 못 만들면 무리잖아. 어떻게든 해서……."

"그 빈틈을 네놈이 만들어라. 무엇 때문에 나와 네놈 둘이 덤비는 거지?"

"그런 말을 할 것 같긴 했지만, 남에게 미끼가 되라는 말을 들으면 열 뻗치네……!"

그렇다고는 해도 장비의 내용과 몸 상태를 보아 역할 분담은 그것밖에 없다.

스바루가 서포트, 아벨이 오펜스라는 자못 낯익은 역할이다. 변함없이 어시스트밖에 맡지 못하는 것이 나츠키 스바루의 배역.

"현재, 마수는 이쪽을 놓쳤다. 반지의 불로 놈의 주의를 끌어라. 그 틈을 찌른다."

"그래, 알았——."

아벨의 작전에 동의하고 스바루도 그렇게 생각한 순간, 별안간 위화감을 느꼈다.

위화감의 정체는 마수 『엘기나』다.

뱀 모습의 마수, 그 거대함으로 치면 아나콘다 등에 해당하는 스케일이지만, 위협도는 적극적으로 인간을 노리기에 아나콘다보다 윗줄.

그리고 상대가 뱀형 마수라면, 그 생태가 뱀에 가깝다면——.

"——큭."

전율한 순간, 스바루는 무의식중에 반지에 입술을 대고 있었다. 그 뒤로 반지를 머리 위로 뻗어 아벨이 노려보는 먼지구름 쪽으로 겨누었다.

그 행위에 아벨이 의문을 품는 것보다 먼저, 스바루가 입술을 벌리고——.

"——고아."

그 순간, 먼지구름을 뚫고 스바루와 아벨을 노리던 뱀의 콧잔등에 불꽃이 작렬했다.

6

——피트 기관이라고 불리는 그것은, 뱀이 가진 열감지 기관이다.

숲과 바위 그늘 등에 생식하며 야행성일 때가 많은 뱀에게는 암흑 속이라도 사냥감의 위치를 파악하기 위해서 피트 기관이 구비되어 있다. 그로써 사냥감의 온도를 탐지해 어둠 속에서도 재빠르게 사냥감을 포착, 포식하는 것이 가능하다.

이 원리가 응용된 것이 적외선 감지기 등으로 불리는 물건이지만, 뱀은 그 기능을 천연적으로 지니고 있는, 그야말로 암흑 속의 암살자다.

그리고 징글맞게도, 이 큰 뱀에게도 피트 기관이 구비된 모양이다.

"샤아아악————."

슬금슬금 몰래 다가와 습격하려던 순간에 요격당한 뱀. 콧잔등을 태운 화력에 절규하며 뱀이 고개를 번쩍 쳐들자, 아벨이 즉시 검을 날렸다.

호기를 놓치지 않는 아벨의 검격, 가장 관통력이 있는 찌르기가 큰 뱀의 목덜미에 육박해 날카로운 칼날이 마수의 비늘을 깊이 찌르——는 것 같았다.

"큭……!"

아벨의 신음성이 나고 충격에 그의 오른팔이 튕겨나갔다.

끝부분을 얕게 비늘에 찌른 지점에서 검격은 그 이상 침입하지 못했다. 자세가 좋았다고는 할 수 없지만, 혼신의 일격이었던 것은 맞다. 그 일격이, 통하지 않았다.

"한 방 더!!"

뒷걸음질 치는 아벨을 노려보며 몰아치려던 마수의 볼에 불구슬이 충돌했다.

열풍과 함께 붉은빛이 작렬하고, 밀림의 습한 공기가 불타지만 뱀에게 준 대미지는 미미했다. 마수는 긴 혀를 내밀어 타 버린 뺨을 핥고는, 그 노란 눈을 스바루 쪽으로 돌리고 입을 벌려 포효했다.

"젠장——."

단 1합, 싸움을 시작한 뒤로 30초가량밖에 지나지 않았다.

하지만 고작 그뿐인 시간으로 이미 스바루와 아벨의 승산이 없음을 알 수 있었다. 아벨의 검은 비늘을 돌파하지 못하고, 고장 난 스바루의 잔재주도 궁합이 좋지 않다.

원래부터 압도적인 폭력에는 승산이 없는 것이 스바루의 한계이기도 하다.

"고아! 고아! 거듭해서 고아!!"

덤벼드는 뱀을 겨누고 스바루는 왼손을 휘둘러 무턱대고 마법을 연사했다.

한 발마다 빛을 내는 반지의 불꽃이 마수에 빗맞아 계곡의 전장 절벽을 무너뜨리고 두 사람과 마수를 일시적으로 분단했다.

"이봐, 미젤다 씨! 이건——."

꽤 벅차다고 호소하려던 스바루는 숨을 집어삼켰다.

머리 위, 두 사람의 분전을 지켜보는 슈드라크의 민족—— 그녀들이 전원 화살을 시위에 재고 두 사람을 조준하고 있었기 때문이다.

"————."

표정을 지우고 냉혹하게 사냥감을 가늠하는 눈초리인 슈드라크의 민족.

그것은 미젤다도, 타리타도, 그 노란 머리의 온화한 여성도,

우타카타조차도, 누구 한 명 예외 없이 두 사람을 차갑게 노려보고 있었다.

"한 번 시작한 의식이다. 『혈명의 의식』에 도망칠 곳은 없어. 저것을 타도하지 않으면, 네놈의 바람은 이루지 못할 뿐만 아니라 그 생명조차 건질 수 없다."

슈드라크의 차가운 눈초리에 얼어붙은 스바루에게 아벨이 선고했다.

그것은 이렇게 볼라키아로 날아와 제국의 진지부터 여기까지 수없이 느끼던 사생관의 차이다. ──그녀들은 함께 웃던 상대와, 1초 뒤에는 죽고 죽일 수 있다.

우타카타를 보면, 그것이 어릴 적부터 배어든 사생관임을 알 수 있었다.

그 사생관의 옳고 그름을 여기서 따지는 데에 아무 의미도 없다.

여기는 주의주장을 부딪치며 상대를 논파하는 것이 요구되는 자리가 아니다.

필요한 것은 슈드라크의 원칙에 따라 『혈명의 의식』에 승리하는 것.

"몸통의 비늘은 뚫을 수 없다. 심장을 꿰뚫는 것이 무리라면, 눈이나 입을 통해 뇌를 노릴까?"

"생물이라면 공통적으로 뇌가 약점이겠지만…… 아마 그것도 어려울 거야. 그렇다면 우리가 노릴 승리 조건은 살짝 더 위쪽이야."

"──위."

뱀의 격파는 어렵다. 그렇다면 마수가 공통적으로 가진 약점을 노릴 수밖에 없다.

"뿔이 부러지면, 마수는 부러뜨린 상대에게 복종해. ――그거밖에 없어."

"작전은."

"아까 제안대로. 내가 미끼, 공격수는 수상한 복면 남자."

"수상해? 여기에 있는 것은 고귀한 복면 남자뿐이군."

말로는 지지 않는 아벨과 말을 주고받은 스바루가 깊이 숨을 마셨다가, 내뱉었다.

승리 조건을 공유하고 할 일은 굳어졌다.

등 뒤와 머리 위, 슈드라크의 민족이 얼어붙은 눈초리로 감시하는 대로, 스바루와 아벨은 전사의 증거를 세우고자 숲을 제 세상처럼 활보하는 뱀에게 도전한다.

전사의 증거라니, 어울리지 않고 바라지도 않지만――.

"그게 있어야 네가 있는 곳에 갈 수 있다면, 나는 손에 넣겠어."

――제국병의 진지에 남기고 와 버린 렘을 생각하며 스바루는 굳세게 발을 내디뎠다.

"샤아아아―――."

모래 먼지를 뚫고 입을 크게 벌린 뱀이 돌격해 온다.

스바루는 그 뱀을 노리고 정면으로 왼손을 내질렀다. 그것을 본 뱀의 노란 눈이 경계를 띠며 입을 다물고 머리를 옆으로 치웠다.

최하급 불꽃은 별다른 대미지를 주지 못했지만, 맞는 것을 거부할 정도로는 뱀의 혐오를 끌어낸 모양이다.

그 경계심이 화가 되었다. 지금, 스바루의 왼손에 반지는 끼워지지 않았다.

"왼손의 표적은 네 낯짝이 아니라, 그 위라고!"

그렇게 말하면서 스바루의 왼손이 던진 것은 채찍 끝부분이었다.

오른쪽이든 왼쪽이든, 거의 차이 없이 다룰 수 있도록 스승 클린드에게 기술을 교육받았다. 어깨 위로 올라가지 않는 오른손보다, 손가락 두 개라도 제대로 움직이는 왼손을 혹사한다.

채찍 끝부분이 노린 곳은 물론 뱀의 비늘이 아니라, 뱀의 머리 위, 우거진 밀림의 굵은 나뭇가지다. 거기에 채찍을 감자 스바루의 몸이 힘차게 튀어올랐다.

"──큭!"

힘차게 튀어오른 스바루를 쫓아서 몸을 뻗은 뱀의 턱이 육박한다.

반사적으로 무릎을 굽히지 않았더라면 스바루의 몸은 다문 이빨에 걸려서 두 다리의 허벅지 아래가 뜯겨나갔을 것이다.

"──아, 언니! 저 남자가, 도망친다!!"

"아니──."

급상승해서 전장이 된 계곡 위를 선회하는 스바루의 모습에 화살을 건 타리타가 비명을 질렀다. 하지만 그런 스바루에게 겨누는 활을 미젤다가 손으로 내렸다.

그리고 미젤다는 녹색 눈을 빛냈다.

"도망치는 게 아니야, 싸울 셈이다!!"

갈채하듯이 외친 미젤다의 시야, 채찍으로 스바루는 하늘을 빙글빙글 선회했다.

마치 놀이공원의 하늘을 빙글빙글 돌면서 나는 어트랙션 같은 선회 궤도를 그리면서 스바루는 오른손의 반지로 절벽 가장자리를 조준했다.

"고오오오오오아──!!"

그것은 영창이라기보다 포효 같은 소리였다.

그렇게 소리를 지른 스바루의 오른손에서 넘쳐 나온 불꽃이 절벽 가장자리── 계곡을 향해서 뻗어 있는 넝쿨이나 나뭇가지에 옮겨 붙어 무시무시한 업화로 변해 계곡을 태웠다.

"우꺄아아아아──?!"

"와와와와! 우타카타, 위험해~!"

"어어어, 언니! 언니! 정말로 괜찮은 건가요?!"

불타오르는 계곡의 광경을 보고 전장을 지켜보던 슈드라크들이 소란스러워지기 시작했다.

우타카타와 노란 머리의 소녀가 얼싸안고, 타리타가 스바루를 쏠 허가를 언니에게 요구했다. 하지만 눈을 빛내는 미젤다는 그 호소를 알아채지도 못했다.

오로지 주먹을 꽉 쥐고 눈이 못 박혀 있었다.

"좋다, 좋다, 재미있어!"

"아아아아아아아──!!"

미젤다의 갈채와 스바루의 숨이 차기 전의 마지막 외침 소리가 겹쳤다.

불꽃을 뿌려댄 반지의 빛이 꺼지고, 마지막 발버둥이 된 외침에 호응해서 사출된 화구가 절벽 일부를 무너뜨렸다. 뱀은 낙석을 피하듯이 물러섰다.

그러나——.

"————."

슬금슬금 물러난 뱀은 자기 주위에 도망칠 곳이 없음을 이해했다.

이미 쓰러진 나무에도 불이 붙은 계곡이다. 이글이글 빛나는 불길은 횃불의 빛조차도 필요가 없었다.

무엇보다 이만큼 성대하게 뿌려댄 불꽃은——.

"대충, 열을 본다 같은 수법인가. ——그것도, 이미 통하지 않는다."

『은형』의 망토로 자신을 숨기고 덤벼드는 아벨의 모습을 뱀에게 감추었다.

"샤아아악————!!"

위험한 기척을 알아챈 뱀이 사납게 눈을 빛냈다. 하지만 머리 위에는 독기를 풍기는 스바루의 존재가 있으며 열감지는 불꽃으로 막혔고 아벨의 모습은 투명화했다.

뱀이 할 수 있는 것은 그 자리에서 불길이 적은 길로 뛰어드는 행동뿐이었다.

그리고 그건 스바루가 불꽃을 뿌리면서 만든 가짜 도피처——.

"하아아아아아————!!"

그 순간, 도피처로 뛰어든 뱀의 머리로 절벽에서 뛰어내린 아벨이 덮쳐들었다.

위로 쳐든 검이 호를 그리며 큰 뱀의 머리에 있는 뒤틀린 뿔로 은빛 섬광이 뻗친다. 그것은 대각선으로 뿔의 중심에 침입해 단숨에 양단하고자——.

"샤아아아————."

뿔이 절단되어 마수가 자아를 상실하는 결판이 나기 직전이었다.

큰 뱀이 마지막 발악으로 머리를 틀어 검의 궤적에서 벗어나려고 했다. 하지만 발악은 발악. 그런 궁여지책은 성립되지 않는다. ——그것이, 전사의 일격이었다면.

"컥——."

뒤튼 머리에 검광이 어긋나고 아벨의 일격이 뿔 중간에서 멈추었다. 그대로 더욱 팔에 힘을 주어 일격을 재개하기 전에, 후려친 꼬리가 아벨을 때렸다.

충격에 휘말리며 아벨의 호리호리한 몸이 수평으로 날아갔다. 낙법도 취하지 못한 채 화마에 휩싸인 골짜기를 구르고 기침하는 목에서 피를 토했다.

"커헉……큭, 실수했다……. 그 얼간이처럼 할 수는 없나……."

흙 위를 기며 피를 토하는 아벨에게로 뱀이 머리를 돌렸다.

큰 뱀이 천재일우, 역전의 호기에 두 눈을 흉악한 기운으로 번들거리며 미끄러지듯이 아벨에게 접근했다. 일격을 막은 아벨은 몸을 가누지 못해 『은형』을 두를 여유도 없다.

입을 벌린 큰 뱀이 뱀답게 통째로 삼키고자 아벨을 덮친다.

그것을 목도한 이상, 이미 생각할 여유는 없었다.

"나는, 『사망귀환』하고——."

있다고, 떠든 것은 퍽 오랜만이었다.

하지만 플레아데스 감시탑 속의, 『사자의 서』로 자기 자신의 발자취를 추체험한 스바루에게는 그런 마수를 유인하려 시도한 경험도 어제 일처럼 선명하다.

그렇기에 창졸지간에 이 수단이 떠올랐다고도 할 수 있다.

"끼, 악——."

세계에서 색이 빠지고 소리가 사라지며 공기의 흐름조차 느낄 수 없어지자, 대신에 스바루에게 다가온 것은 정지한 세계로 넘쳐 나오는 검은 그림자였다.

그것은 『시험』을 치워내고, 샤울라를 잃고, 꺾여 버린 스바루에게로 밀어닥친 그 방대한 양의 검은 그림자와 동질의 존재——.

「——사랑해.」

"그래…… 귀에 딱지가 앉았다."

짧은 한마디에 스바루도 짤막하게 대꾸했다.

그 직후, 스며든 손바닥에 심장이 잡혀 온몸이 손끝부터 갈려나가는 격통, 시야가 붉게 물들었다기보다 안구가 파열한 듯한 충격이 스바루를 파괴했다.

익숙해질 수 없는 아픔과 끝이 예감되지 않는 집착과 절망감.

그러나 그것이 이윽고 멀어지면——.

"나를, 봐라——!!"

세계에 색이, 소리가, 냄새가 감촉이 돌아온 직후, 스바루는 힘차게 외쳤다.

그 존재의 회귀에 따라 커진 독기를 감지한 뱀이 뒤돌았다. 눈앞의, 언제든지 죽일 수 있는 나약한 복면 남자가 아니라 머리 위의 팔팔하고 냄새 나는 스바루에게로.

"부탁, 한다――!"

돌아본 뱀과 눈이 마주친 순간, 스바루는 오른손의 반지에 입을 맞추고 있었다.

거기서 단숨에 채찍을 놓고 스바루의 몸이 포물선을 그리며 뱀으로 날아간다. ――그 머리에 닿으려면 돌아서게 해야만 했다.

『사망귀환』의 고백은 그 때문에. 아벨을 죽지 않게 하기 위한 의도도, 조금 있다.

그리고――.

"아, 아아아아아아아――!!"

뱀의 위턱에 발을 걸고 꼴사납게 고꾸라지듯 앞으로 날았다.

눈앞, 그 중간까지 날이 박힌 하얀 뿔과 앞으로 한 걸음이면 뿔을 절단했을 도검이 있다. 그 칼자루 꽁무니에 스바루가 혼신의 오른쪽 주먹을 때렸다.

물론, 한낱 스바루의 권격으로 이 굵은 마수의 뿔이 절단되리라고는 생각지 않는다.

하지만 그것은 한낱 권격이 아니다. ――마력이 담긴, 마석째로 갈긴 한 방이다.

칼자루와 충돌한 반지의 보주가 깨지며 붉은빛이 새어 나왔다.

그 순간, 흘러나온 붉은빛은 커지면서 스바루의 오른팔과 뱀의 머리 뿔을 중심으로 폭발을 일으키고 모든 시야와 소리가 날아갔다.

"_____."

스바루는 빙글빙글 회전하면서 지면에 떨어져 두 바퀴 세 바퀴 굴러갔다.

온몸을 거세게 찧었지만 그것이 초래한 피해가 얼마나 되는지도 모르겠다. 단지 오른쪽 반신이 타들어 가듯 뜨겁고 어떤 상태인지 볼 수도 없다.

위를 보고 누운 몸이 경련을 일으킨다. 쓰러진 스바루는 입 끝으로 노란 위액을 흘리면서 땅울림을 느꼈다. 그것이 스바루 바로 옆에 머리를 떨어뜨린 뱀이 쓰러진 진동이었다는 것을, 자신의 중대사를 빈사의 스바루는 깨닫지 못했다.

하지만──.

"──나츠키 스바루! 이봐, 나츠키 스바루! 서라! 지금 당장 서!"

이미, 의식조차 다 끊어져 가는 한 가닥 실로 연결한 것만 같은 상태의 스바루에게 거칠게 달려온 누군가가 그렇게 부르며 몸을 흔들었다.

이미 아무 생각도 할 수 없다.

당장 의식을 놔 버리고 싶다. 아픔과, 뜨거움과, 갈증과 괴로움과 좌우지간 이 세상에 존재하는 모든 나쁜 말이 머릿속에서 휘몰아치고 있어서──.

"서서, 해야 할 말이 있지 않나! 여자를, 렘이라는 여자를 어떻게 할 거지!"

"──아."

"네놈의 입으로 말해라! 네놈의 소망을, 내 입으로 말할 수는 없다!"

강하고 뜨거운 호소를 억지로 귀에 쑤셔 넣고 그에 더해 몸을 일으켜 세운다. 머리와 다리 어느 쪽이 위인지, 그것도 알지 못할 상태인데, 일으켜 세웠다.

몸은 올라가지 않는다. 아마, 상반신만 겨우 일으킨 상태로.

"들어라, 슈드라크의 민족이여! 보는 바대로다!『혈명의 의식』을 완수해 우리는 전사의 증거를 세웠다! 그렇다면, 동포인 네놈들에게는 해야 할 일이 있을 테지!"

"──그래, 슈드라크의 족장, 미젤다가 지켜보았다! 전사여, 나의 동포여! 무엇을 바라는가! 무엇을 하라고 외치는가!"

바로 옆에서, 머리 위의 목소리가 머릿속에 쩌렁쩌렁 울린다.

마치 뇌의 방어가 없어진 것처럼 관통해서 들리는 목소리, 그 것들의 의미를 잘 알지 못하면서도 어깨가 흔들리고 머리가 흔들리며 영혼이 흔들린다.

"대답해라, 나츠키 스바루. 네놈의 소망을 말해라. 네놈의 모든 것을, 쥐어 짜내라."

"──오."

"그 감은 눈 뒤에, 자신이 욕망하는 것을 그려라. 자신의 소망을 말하지 못하는 자에게 주어질 것은 없다. ──나태한 돼지에게 내줄 먹이는 없는 것이다!"

감은 눈 뒤에, 욕망하는 것을 그려라.

은발의 소녀가 보인다. 크림색 머리의 어린 소녀, 분홍색 머리의 소녀, 회색 머리의 청년과 금발의 소년, 그 밖에도 많은, 사람의 얼굴이, 보여서.

──파란 머리의 소녀가, 그 사람들 속에 있는 것이 기뻐서.

"렘, 을……."

"뭐냐!!"

"구, 해 ……."

"_____ ."

후두둑, 자신이 벗겨져 나가는 감각을 맛보면서 스바루의 입술이 그리 읊었다. 그 말을 하자마자 어깨를, 아마도 어깨일 부분을 잡은 손에 힘이 들어갔다.

그리고 목소리의 주인은 "그래." 하고 조용히 끄덕였다.

"들었나, 슈드라크의 민족이여. 이것이 새로운 동포의 소원이다. 이자는 자신의 생명을 걸고 증명했을 터다. 자신의 소망을, 본 것을, 그렇다면!"

"끝까지 말하지 마라. ──우리에게는 긍지도, 용기도 있다."

"_____ ."

몸의 힘이 빠져 축 처져서 의식이 멀어진다.

억지로 잡아 두려던 목소리도 이번에는 그러려고 하지 않는다. 천천히, 천천히, 천천히 멀어지고──.

"──네놈은 자신의 책무를 다했다. 여자는 맡겨 둬라."

마지막의 마지막, 의미를 알 수 없는, 그러나 믿음직한 목소리만이 들린, 느낌이었다.

느낌이 들었다.

7

　──무언가가, 끔찍한 무언가가 소용돌이를 그리는 감각이 있었다.

　소용돌이, 그렇다. 소용돌이다.

　빙글빙글, 빙글빙글, 힘차게 휘돌며 모든 것을 삼켜 가는 소용돌이가 돌고 있다.

　그것이 어디선가, 아니, 자신의 중심에서 빙글빙글 소용돌이가 돌고 있다.

　모든 것을 집어삼키는, 폭풍처럼 강렬하고, 벼락처럼 눈에 선하며, 마그마처럼 뜨거운, 그런 흉악한 검은 소용돌이가 돌고 있다.

　그것은 어쩌면 줄곧 이 몸의 깊은 곳에 잠들고 있던 끔찍한 주박.

　결코 풀리지 않을, 한없이 얽히고, 설키며, 묶인 '죽음' 의 주박.

　이 생명은 선약이 끝났다고, 누구에게도 팔아넘기지 않으려는 탐욕스러운 저주의 표식.

　본래라면 생명을 좀먹었을 원한, 그것들이 서로 간섭해 미움을 주고받고 상대에게 넘기기를 거부해, 저항하고, 쟁탈한다.

　──그 결과, 상반되는 답에 이른다.

　저주는, 이 그릇을 죽지 않도록 한다.

　빙글빙글, 빙글빙글, 힘차게 휘돌며 모든 것을 삼켜가는 소용돌이가 돌고 있다.

　짐승에, 용에, 저주받은 그릇을 중심으로 빙글빙글, 빙글빙글, 소용돌이치며──.

8

 붉은 깃발 천막이 치료용. 진지에 있던 것은 합계 다섯 곳.
 검은 깃발 천막이 비축용. 진지에 있던 것은 합계 스물다섯 곳.
 하얀 깃발 천막이 간부용. 진지에 있던 것은 다 합쳐 세 곳.
 금빛 깃발 천막이 지휘관용. 진지에 있던 것은 딱 한 곳.
 잡무 담당이라는 명목으로 이곳저곳을 뛰어다닐 자유를 얻었기에 짧은 시간이기는 했지만 뜻밖에 곳곳을 둘러볼 수 있었다.
 진짜 야영 진지라는 것을 보는 것은 스바루에게 제국이 두 번째였다.
 첫 번째는 루그니카 왕국에서 겪은 백경전 전후다.
 백경의 출현에 대비하기 위해 플뤼겔의 거목 주위에 진을 쳤을 때, 여기까지 본격적이지는 않았으나 야영 진지라는 것을 설치했다.
 그 뒤에도, 소규모라면 몇 번쯤 야숙 기회가 많았다. 그렇다고는 해도 그것들은 어디까지나 간이적인 것으로 제국만큼 본격적인 것은 그다지 없었다.
 그렇기에 신기함도 거들어서 이곳저곳을 꼼꼼하게 관찰했었다고 생각한다.
 물론 한 명을 제외하고 제국병에게는 그다지 좋은 인상을 품지 못했으며, 무언가 중요한 것이 있는 장소에 드나들려고 했더라면 그야말로 스바루의 목과 몸통은 이별했을 테니까, 껍데기 부분뿐이지만.

그러나, 그 정도의 지식이어도——.

"——충분히 유용한 것이다. 정보가 있고 없고는 천지차이……. 무엇보다 설치한 진용을 알면 적의 병력이 대강 해명되지. 나머지는."

"우리의 용기와 힘을 드러낼 뿐. 잘 알고 있다, 동포여."

"그래, 보여 주도록 해라. 과거, 무제(武帝)라고 칭송받은 황제와 나란히 달리며 온갖 적을 쓰러뜨린 용감한 전사, 슈드라크의 긍지와 무(武)를."

꾸벅꾸벅, 마치 따뜻한 물속을 떠도는 듯한 권태감이 있다.

그런 도중에 들리는 것은, 패기를 뿜는 남자와 여자의 목소리였다.

"————."

그, 목소리 주인인 남자와 여자 외에도 많은 숨소리가 들렸다.

많은, 여러 사람의 기척을 느낀다.

많은, 여러 사람의 뜨겁고 뜨거운, 열의 같은 것을 느낀다.

그것들이 유독 묘하게 자기 중심으로 높아지는 걸 느끼고——.

"──그럼, 시작하겠다, 슈드라크! 지금부터, 반격의 봉화를 올린다!!"

"오, 오오오오──!!"

──어마어마한 함성이, 세계를 통째로 씹어 부술 것처럼 울려 퍼졌다.

"──우아?!"

철퍽, 얼굴에 차갑고 축축한 감촉을 뒤집어쓴 스바루의 온몸이 놀라 펄쩍 일어섰다.

무슨 일이 있었는가, 의식은 급속히 딸려 올라오고 눈을 끔뻑이는 시야는 하얗게 뒤덮여 있었다. ──아니, 이것이 축축한 감촉의 답이다.

스바루의 얼굴에 덮인 것은 적시고 거의 물기를 짜내지 않은 천조각이다.

이전, 어떤 책에서 얼굴에 수건을 덮고 그 위에 물을 흘린다는 고문이 있다고 읽은 적이 있다. 준비할 물건은 수건과 물만 있으면 되어서, 가볍게 물에 빠트리는 감각을 맛보여 줄 수 있다는, 마치 지옥 같은 물고문 테크닉──.

"내, 내가 할 수 있는 말은 아무것도 없다고⋯⋯!"

"오오, 스, 일어났다. 기운 차려서, 우도 안심."

"아, 아⋯⋯?"

고문관치고는 어린 목소리가 들려서 스바루는 놀라면서 고개를 가로저었다. 그러자 덮인 천이 흘러서 별일 없이 시야를 확보할 수 있었다.

아무래도 고문이 아니었는지, 트인 시야에는 어렴풋이 큼직한 나무들 잎사귀에 가려진 하늘이 보였다. 그리고 그 하늘을 가리듯이 쏙 얼굴을 내민 것은——.

"너, 는……."

"우타카타! 우, 스의 호위! 간호! 보호자역! 깨어나서 다행이다!"

"영 감이 안 잡힌다만."

깔깔 웃으며 그렇게 높은 목소리로 주장한 것은, 검은 머리 끝부분을 분홍색으로 물들인 소녀—— 그렇다. 우타카타였다.

"스, 『혈명의 의식』, 마쳤어! 우도 미도 호도, 다 같이 놀랐어!"

"점점 기억이 나기 시작했어……. 그래, 『혈명의 의식』을 했었지."

슈드라크의 민족에게 자신들을 인정받기 위해서, 『혈명의 의식』에 도전했다.

슈드라크에 전해지는 성인식이며, 제구실을 한다고 인정받기 위한 행위. 거기에 스바루와 마찬가지로 잡혀 있던 아벨 둘이서 도전해서——.

"……안 되겠어. 무아몽중이었던 탓인지 후반부가 전혀 기억이 안 나. 살아남았다면 아벨이 잘 해결해 준 건가……?"

"——? 스, 기억하지 못해? 미, 대폭소했었어."

"대폭소라니, 내 꼴불견에? 좀 봐주라…… 어."

갸우뚱한 우타카타의 말에 얼굴을 찌푸린 스바루는 몸을 훌쩍 일으키려 했다. 그 도중, 오른손을 바닥에 짚은 순간에 스바루는 묘한 감각을 맛보았다.

오른손의 감촉이, 이상했다. 그것도 바닥이 아니라 스바루의 팔에 원인이 있음직한 감각.

"──저기, 우타카타 씨? 나의 그, 오른손은 어떻게 됐답니까?"

"스의 오른손? 아, 굉장했어! 찌글찌글해서, 푸왁했어."

"찌글찌글해서, 푸왁?!"

싫은 예감밖에 들지 않는 의성어가 나와서 스바루의 눈이 휘둥그레졌다.

그 뒤에 심호흡을 반복하다가 우선 마음의 준비 쪽을 마치고 나서, 결심하려고 했다. 우선 고개를 왼손으로 돌렸다. 손가락이 세 개 부러져 있다. 아프지만, 안심했다.

그리고 천천히, 오른손 쪽으로 시선을 돌리고──.

"뭐야, 이게……."

순간, 보인 것이 무슨 착오인가 싶을 만큼 이질적인 상태였다.

원래 스바루의 오른팔에는 검은 반점의 끔찍한 무늬가 번져 있는데, 그것은 수문도시 프리스텔라에서 『색욕』의 대죄주교와 일전을 치렀을 때의 후유증이었다.

『색욕』의 카펠라는 자신의 피를 용의 피라고 지껄이며 스바루와 크루쉬 둘에게 그것을 뒤집어씌웠다. 그 결과, 크루쉬는 아물지 않는 상처를 입고 스바루는 그녀의 육체에 번지는 끔찍한 피를 받아들이는 것처럼 오른쪽 다리와 오른팔에 거뭇거뭇한 무늬를 새겼다.

그렇다고는 해도 겉모습 외의 악영향은 없었기 때문에 스바루는 평소에는 긴소매 옷을 입어서 가리고, 가능한 한 의식하지 않게끔 해 왔지만──.

"─────."

빼곡한 무늬 수준이 아니었다.

스바루의 오른팔, 그 손끝부터 손목, 그리고 손목부터 팔꿈치에 이르기까지 아래팔 절반 정도가 마치 검은 장갑을 낀 것처럼 새까맣게 물들어 있었다.

스바루는 침을 꿀꺽 삼키고 쭈뼛쭈뼛 그 검은 오른손을 왼손으로 만져보았다.

말랑말랑 탄력 있는 감촉이 왼손에 느껴지고, 반대로 오른손의 만져지는 감각은 희박하다. 오른손은 고무장갑을 낀 듯한 상태로, 움직임도 완만해져서──.

"아니…… 이거, 혹시."

느낀 위화감을 구체화하기 위해서, 스바루는 왼손의 손톱을 검은 오른손에 세게 박았다. 손가락을 꾹 눌러서 할퀴듯이 움직였다.

그러자 오른손의 검은 부분이 투둑 흙벽을 벗겨낸 것처럼 떨어졌다.

"으엑?!" 하고 놀라면서 스바루는 벗겨진 부위에 손가락을 쑤셔 넣어 뭐에 씐 것처럼 벗기는 데에 집중, 이윽고 손끝부터 아래팔에 이르는 검은 부분이 전부 벗겨지고 그 밑에서 멀끔한 신품의, 나츠키 스바루의 오른손이 나왔다.

"뭐, 뭐야, 이거어어어어——?!"

"꺄웅?!"

자기 몸에 일어난 충격적인 사태를 목도한 스바루가 비명을 질렀다. 그 목소리에 놀란 우타카타가 엉덩방아를 찧었다.

하지만 스바루도 여유가 없어서 넘어진 소녀에게 손을 빌려주지도 못했다.

"뭐, 뭐, 뭐…… 어떻게 된 거야, 내 손! 내, 손…… 맞, 겠지?"

쭈뼛쭈뼛 확인해 보지만 오른손은 아무 위화감도 없이 움직였다.

오른팔에 원래 있던 검은 무늬는 사라지고 스바루의 오른손은 멀끔한, 그야말로 이세계 생활에서 1년간 시달려 온 『여아 사역자』의 오른팔이었다.

"아니 누가 『여아 사역자』야!"

"——말소리가 들렸다 싶어 와 보니, 네놈은 무슨 소리를 하는 거냐."

건재한 오른손을 확인하고 혼란에 빠진 스바루에게로 누군가가 다가왔다. ——아니, 누군가가 아니다. 이 오만불손한 말투에 짐작이 가는 사람은 두 명밖에 없으며, 짐작은 남녀로 나뉘기에 구별하기는 쉽다. 이것은 남자 목소리, 즉——.

"아벨인가. 너, 살아 있었군."

"당연하지. 네놈보다 훨씬 무사한 상황이다."

그렇게 말하고 콧방귀를 뀐 것은 변함없는 복면 행색도 낯이 익기 시작한 아벨이었다.

스바루와 함께 『혈명의 의식』에 도전했었지만, 아무래도 죽지 않고 엘기나와의 싸움에서 살아남은 모양이다. 오히려 스바루가 살아남은 것이 아벨 덕분이라고 해야 할까.

아마 엘기나를 쓰러뜨린 것도 아벨일 테니까.

"──음. 네놈, 그 오른팔은 어떻게 된 거지. 그 끔찍한 외형은 그만둔 것이냐?"

"서양 게임의 커스터마이즈 화면이 아니니까 자유롭게 컬러링 바꿀 수 있는 게 아니라고. 긁었더니 검은 부분 전부 벗겨졌어. 그렇지, 우타카타."

"그래그래. 스의 오른손, 툭툭 벗겨졌어! 징그러워!"

"이해는 한다만!"

솔직한 우타카타의 감상에 얼굴을 실룩인 스바루는 아벨에게 오른손을 내밀었다. 그 무사한 오른손을 이리저리 뜯어본 아벨은 "그렇군." 하고 중얼거렸다.

"어쨌든 간에, 원래대로 돌아왔다면 상관없다. 설마 마봉석 반지째로 후려칠 줄은 몰랐지. 손목이 날아가서 살지 못할 거라 생각했다만."

"잠깐잠깐잠깐, 무서운 이야기하네? 누구 손목이 날아갔다고?"

"네놈이다.""스!"

팔짱을 낀 아벨과 오른손을 치켜든 우타카타의 답변에 스바루는 섬뜩해졌다.

"또, 또또, 그런 말이나 하고. 없어졌다면, 이 오른손은 뭔데."

"그것이 끔찍하고도 기묘한 현상이더군. 팔이 없어져서 빈사인 네놈에게 말하게 했다. 그다음은 죽을 줄로 알았지만……
네놈의 손에서 검은 얼룩이 뿜어져 나온 것이다."

"어, 얼룩……?"

"그것이 순식간에 팔의 형상을 취하고 검은 팔이 되었다. 무슨 일이 있었느냐고 묻겠다면, 네놈이야말로 무슨 생각이냐고 되물어야겠지."

날카로운 시선에 꿰뚫린 스바루는 으극 하고 숨을 죽였다.

아벨에게 무슨 말을 들은 스바루도 무슨 일이 일어났는지는 알 수 없다. 아마도, 오른손에 새겨졌던 검은 무늬—— 보이지 않게 된 그것은 무관계하지 않을 것이다.

어쩌면 카펠라의 말처럼 정말로 용의 피가 작용한 결과일지도 모르지만.

"오른쪽 다리의 육종(肉腫)은 프리실라와 검증했지만, 오른팔도 같은 상태였다는 뜻인가……."

스바루가 용의 피를 뒤집어쓴 것은, 3개월 가까이 전의 수문 도시에서 일어났던 사건이다.

그 뒤의 아우그리아 사구를 넘는 여로, 그리고 플레아데스 감시탑에서 겪은 사투, 끝내는 제국 입성—— 그사이 말 그대로 죽을 것 같은 사태에 수없이 직면했지만 어느 것도 다소 비정상적인 치유 능력의 유무로 생사가 갈릴 상황이 아니었다.

그렇기에, 일이 여기에 이를 때까지 오른팔의 이상성을 깨닫지 못했다고도 할 수 있지만——.

"오른손과 오른발 이외는 방치하는 융통성 없는 서비스……

폭탄을 몇 개나 떠안은 거야, 나는."

"결국 말할 수 없는 사정이라는 말인가. 꽤 비밀이 많은 모양이군."

"얼굴을 비밀로 하는 녀석에게 듣기 싫어……."

떫은 표정으로 대답한 순간, 스바루는 "아." 하고 숨을 내뱉었다.

태평하게 오른손의 이상에 대해 사색하거나 아벨의 무사를 확인하고 있었지만 그보다 우선할 사항이 있었음을 떠올린 것이다.

『혈명의 의식』에 참가한 것과, 의식을 마친 것이 죽지 않고 진행되었다면, 요컨대 시간이 스바루의 의식이 없는 사이에도 흐르고 있었다는 뜻이다.

그렇다는 말은, 또 몇 시간이 경과했다는 의미로——.

"——렘. 맞아, 렘이다! 이러고 있을 때가 아니지, 렘을……."

원래 목적, 남기고 와 버린 렘을 데리고 온다.

그러기 위해서 『혈명의 의식』에 도전했는데, 시간 경과로 그녀를 구할 수 없게 되면 그토록 목숨 건 싸움에 도전한 의미가 없어진다.

"아! 스, 무리하면, 안 돼! 죽어!"

"웃기지 마! 내가 죽지 않아도 렘이 죽으면 의미가——윽."

초조해지는 심정에 떠밀려 스바루는 침상에서 내리러 자세를 바꾸었다.

이제 와서 깨달았지만 아무래도 스바루는 기묘한 침상——통나무를 짜 맞추어 만든 가마 같은 상자 안에 누워서 어디로 운반되고 있었던 모양이다.

거기서 힘차게 내려온 순간, 스바루는 온몸을 쑤시는 아픔에 신음했다.

"커, 헉……."

"멍청한 것이. 오른팔이 다시 난 정도로 빈사의 육체가 회복한 줄 알았나? 말했을 텐데. 네놈은 죽을 것으로 봤다고. 내 안목이 틀렸다고 생각하나?"

"그, 건……."

아픔에 웅크린 스바루를 내려다보는 아벨의 차가운 목소리가 떨어졌다.

스바루는 자신의 몸 깊은 곳에서 아벨의 말을 긍정하듯이 슬그머니 무언가가 스며 나오는 듯한, 그런 감각이 있음을 깨달았다.

치명적인 아픔을 여럿 알고 있는 스바루에게는, 이것이 위험 신호인 것을 알 수 있다.

마치, 열어서는 안 될 곳에 구멍이 뚫린 풍선이나 양동이처럼, 안의 물이니 공기니, 부풀리고 있는 요인이 넘쳐 나오는 감각──.

"하지만, 렘을……."

"──이 상태여도 여전히 자신이 아니라 여자 쪽을 신경 쓰나. 뭐 됐다. 알고 있던 사항이다. 오른손을 잃으면서까지 바란 일이니까."

"……아아?"

"이쪽이다."

자신의 생명보다 이 자리에 없는 렘의 안부가 마음에 걸린다.

그런 스바루의 말에 기가 막힌다는 한숨을 흘린 아벨이 턱짓했다. 그대로 그는 스바루를 한 번 쳐다보지도 않은 채 걷기 시작했다. 따라오라는 듯이.

"스, 갈 수 있어? 어깨 빌려줘?"

"아니, 갈 수 있어……. 우타카타의 어깨를 빌리면, 키 차이 때문에 괜히 더 힘들 것 같아."

얼굴을 들여다보며 배려해 주는 우타카타에게 쓴웃음.

스바루는 심호흡하다가 겨우겨우 일어섰다. 발을 질질 끌며 앞에 걸어가는 아벨을 쫓아간다.

"‾‾‾‾‾."

아벨은 조금 앞에서 스바루가 쫓아오기를 기다리고 있었다.

녹색 풀에 덮인 바위를 디딘 아벨은 전망이 좋은 벼랑 끝에서 건너편을 바라보고 있다. 스바루도 큰 바위를 끙끙 올라서 그 옆에 섰다.

그리고――.

"――봐라."

다시 한 번, 살짝 턱짓한 아벨에 따라 스바루는 고개를 들었다.

그렇게 올린 시야에서 스바루는 높은 곳에서 한눈에 내다볼 수 있는 광경을 목격하고, 입을 벌렸다.

버엉, 어안이 벙벙한 듯이. 왜냐하면 그곳에는――.

"――아?"

검은 연기가 피어오르고 불길에 휩싸인 진지―― 제국병의 야영지가 화마에 삼켜지고 있었다.

9

──들리는 것은 함성 소리, 대기를 울리는 승리의 개가.

"하──!!"

함성을 터트리며, 혹은 들은 적 없는 노래를 드높이 부르고 있는 것은 갈색 피부에 활을 지고 전장을 종횡무진 달리는 여전사들.

슈드라크의 민족의 기습으로 제국병의 진지는 괴멸 상태에 빠져 제국병들은 저항할 방도를 잃고 도망쳐다니며 잇달아 토벌당할 수밖에 없었다.

"이, 건……."

"공격으로 돌아서 무기를 빼앗고 약품을 태우고 지휘관을 찌른다. 손가락과 머리를 잃으면 나머지는 가타부타 할 것 없이 뒤돌아서 도망칠 수밖에 없지. ──검랑이 되어서 꼴사나운 노릇이로다."

눈 아래, 검은 연기와 강궁에 내쫓겨 엉금엉금 기는 꼴로 도주하는 제국병이 보인다.

하지만 숲속에서 짐승을 사냥하는 것을 생업으로 삼는 슈드라크의 민족으로부터는 도망칠 수 없다. 아득히 저 먼 곳까지 내다보는 그녀들의 화살은 등을 돌리고 도망치는 병사의 심장을 정확하게 쏘았다.

몇 명이 도망에 성공했을까. 몇 명이 살아남았을까.

도대체, 몇 명이 죽은 것일까.

"이게 무슨……."

"왜 얼이 나가 있느냐, 나츠키 스바루. 네놈이 바라고, 네놈이 가져온 정보로, 네놈의 동포들이 올린 전과다. 여기에 웃지 않고, 어디에 웃으랴."

그야말로 전장으로 화한 야영지의 광경을 내려다보며 스바루는 의식이 아득해졌다. 거기에다 현실을 강하게 떠미는 아벨은 이 소행을 스바루가 바랐다고 내뱉었다.

그 말이 견디기 어려워서 스바루는 갓 나은 오른팔로 아벨의 멱살을 잡았다.

"내가 바란 거라고? 이런, 이런 광경을 말이냐?! 웃기는 소리 하지……."

"──그렇다면, 유혈 없이 소원이 이루어질 줄 알았나?"

"──윽."

그 고요한 눈초리에, 날카로운 설봉에 베여서 스바루는 말을 잃었다.

유혈 없이, 소원이 이루어질 줄 알았느냐는 물음에 아무 말도 할 수 없다.

유혈 없이, 이루어질 줄 알았었다. 가능하다고, 생각했었다.

왜냐면──.

"바꿔 말하겠다, 나츠키 스바루. ──네놈은, 자기 자신 외의 유혈 없이 소원을 이루어질 줄 알았던 거냐?"

"──아."

"같잖은 생각이다. 어리석고 구제할 길 없는 믿음이다. 자기 자신이 피를 흘리면, 다투는 제삼자들을 말릴 수 있다고 진심으로 생각했던 것이냐? 그것은 네놈이 내건 시답잖은 영웅 희망 같은 것보다 더욱 질이 나쁜, 영웅 환상이다."

"———."

"네놈은 인간이다, 나츠키 스바루. 영웅도 현자도 아니다. 따라서, 네놈이 있든 말든 인간은 피를 흘리고 목숨을 잃으며 빼앗고 빼앗기기를 반복한다."

멱살을 잡힌 채로 아벨은 힘이 빠지는 스바루를 뭇매질했다.

말에 얻어맞은 스바루는 이를 딱딱 부딪치며 고개를 도리도리 저었다.

그것은 그럴 것이다. 부정할 수 없는 사실이다. 그것은 이해한다. 하지만 스바루는 그것을 수용할 수 없다. 그것을 당연한 것이라고, 그렇게 수용할 수 있는 세계를 살아오지 않았다.

이세계까지 와서도 여전히 나츠키 스바루의 윤리관은 일본의 고교생인 채다.

"나는 영웅을 바라지 않는다. 놈들에게 매달리고, 의존하고, 기대지는 않는다. 온갖 것을 짊어지고 풍요로운 쪽으로 나아간다. ──영웅에게, 그것은 불가능해."

"대체, 뭐야……. 너, 뭐를 어떻게 하고 싶은 거야……."

힘이 빠져서 그 자리에 다시 무릎을 꿇은 스바루는 아벨을 이해할 수 없었다.

『혈명의 의식』에 함께 도전해 승리를 따냈을 상대다. 뜻밖에 대화의 템포가 맞으며 궁합은 나쁘지 않다고 생각한다. 하지만 무슨 생각을 하고 있는지 이해할 수 없다.

당연하다. ──얼굴도 보이지 않는 상대와, 어떻게 그런 식으로 이해를 나눌 수 있을까.

"얼굴도, 보이지 않는 놈하고 무슨……."

"얼굴이라. ──그렇다면, 보여 주마."

"어?" 하고 의문성을 던질 겨를조차 주지 않았다.

궁색하게, 모기가 우는 것 같은 스바루의 호소를 들은 아벨이 자신의 얼굴에 손을 대었다. 그리고 그가 얼굴에 감은 복면, 그 넝마의 매듭을 손가락으로 풀자 바람이 불었다.

센 바람에 나부낀 복면이 힘차게 벗겨져 날아갔다.

날고, 날아서, 그것은 전장으로 화한 진지를 넘어 아득히 저 먼 곳으로 부는 바람을 타고 어디까지고, 어디까지고 멀리 날아가서──.

"어쩌면 제도까지 가겠지. ──내가 앉아야 할, 옥좌가 있는 수도까지."

바람에 날아가는 넝마 조각을 바라보며 거창한 말을 내뱉은 아벨.

드러난 남자의 얼굴을 본 스바루는 조용히 숨을 죽이고 눈을 떼지 못했다.

그것은 길게 째진 눈이 인상적인 흑발의 미청년이었다.

연령은 스바루보다 몇 살 위로, 20대 전반부터 중반쯤일까. 눈을 빼앗길 만큼 단정한 이목구비를 가졌으며 한동안 숲과 촌락에서 보낸 탓에 머리카락이 엉망인 것과 볼에 묻은 때가 눈에 띄었으나, 그조차도 타고난 미모를 부각시키는 역할을 하고 있다.

훤칠한 팔다리와 호리호리한 몸통 위에 그 얼굴이 실려 있으니, 거의 미장부로서 완성된 존재감이라 할 수 있으리라.

　하지만 역시 이 인물의 가장 특징적인 곳은 그 검은 눈에 있다고 할 수 있다.

　보는 이들 전부를 엎드리게 할 듯한, 가공할 패기와 위압감을 띤 눈빛.

　그것을 정면으로 받아 이미 무릎을 꿇고 있는 스바루는 자신이 그 자세에서 상처나 피로감과는 다른 이유로 움직일 수 없어졌음을 느꼈다.

　아는 것이다. 영혼이, 눈앞의 인물에 굴복했다고.

　그 가공할 존재감의 이유는──.

　"──빈센트 아벨쿠스."

　"뭐……?"

　"내 이름이다. 적어도 다시 옥좌에 앉기 전까지는 이 이름을 대겠다. 하긴, 앞으로도 아벨 쪽으로 언급하는 것이 현명하다고는 생각하지만."

　아연해진 스바루에게 그렇게 말한 아벨이 입 끝을 일그러뜨렸다.

　그것이 몹시 흉악한, 야성미마저 느껴지는 웃음이라고 스바루는 뒤늦게 깨달았다.

　그 이름이 의미하는 내용은 알지 못한 채로──.

　"──아벨! 스바루!"

　스바루의 경직을 푼 것은 날카로운 목소리였다.

　반사적으로 그쪽으로 고개를 돌리자, 손을 흔들면서 두 사람

쪽으로 다가오는 인영이 보였다. 그것은 머리카락을 붉게 물들인 여걸, 슈드라크의 족장인 미젤다다.

"진지의 제압은 완료했다. 이쪽 피해는 최저한으로…… 오오? 아벨, 네 얼굴은 처음 봤지만, 꽤 미남……."

"미젤다 씨……."

"어흠…… 스바루, 너도 깨어나 있어서 잘됐다. 그대로 죽었으면, 동포로서도 보답을 받지 못하니까."

그 순간, 아벨의 민낯에 넋이 나갔던 미젤다가 기침하고 스바루에게 부드러운 눈길을 보냈다.

그것은 죽음을 목전에 둔 산 자에게 건네는 다정한 미소로, 스바루의 마음과 몸이 움츠러들었다. 아벨과 비슷하게, 그녀도 스바루가 오래 버티지 못할 거라 판단하고 있다.

"홀리, 이쪽으로 데려와라."

"네네, 알았어~!"

돌아본 미젤다가 누군가에게 말을 건네자, 기운차고 태평한 대답이 나왔다.

그대로, 성큼성큼 걸어오는 것은 큰 바위조차도 가뿐히 옮기던 노랗게 머리를 물들인 여성── 홀리라고 불리던 소녀였다.

그리고 그 생글생글 미소 지은 홀리의 팔에 안겨 있는 것은──.

"날뛰면 안 돼~. 날아간 쿠나가 아직 일어나지 못해서 불쌍해~."

"멋대로 이런 짓을……! 놔주세요! 무슨 짓을 할 생각인가요!"

"아유, 사람 말을 들어 주지 않는 아이라 곤란하네~."

난처한 표정의 홀리, 그녀의 품속에서 몸을 뒤틀며 버둥대는 소녀가 있었다.

그것은 파란 머리에, 사랑스러운 이목구비를 분노로 물들인, 스바루가 지금 이 자리에서 가장 보고 싶던, 목소리를 듣고 싶던, 만나고 싶던 소녀이며——.

"——렘!"

그 순간, 스바루는 자신의 불량한 몸 상태도, 아벨에 대해 느낀 외경도, 눈 아래의 불길에 휩싸인 전장에 대한 거절감도, 모든 것을 잊고 달리기 시작했다.

그리고 스바루는 홀리에게 안긴 렘에게로 가서——.

"당신은……."

"렘! 다행이다, 너는 무사해서……."

"당신이 이런 짓을 시킨 건가요! 최악이에요!"

그 몸에 스바루가 팔을 뻗자마자, 렘이 휘두른 손이 스바루의 뺨을 때렸다.

짜악 하고 요란한 소리가 울리고, 홀리와 미젤다, 우타카타까지도 놀라 눈을 부릅떴다. 상당한 위력이라서, 스바루도 나동그라질 뻔했을 정도다.

하지만 나동그라지지 않았다. 맞았다고, 어째서 그러냐고 불만을 호소하지도 않았다.

불만일랑 어디에도 없었다.

그야, 렘이 이렇게 살아 있고, 말을 해 주어서, 그것만으로도 족하다.

"렘……."

"――윽, 당신은 끝까지."

상당한 위력으로 뺨을 맞았음에도 스바루는 상관없이 렘의 몸을 끌어안았다. 홀리로부터 빼앗듯이 스바루의 가슴에 마중 받은 렘이 놀란 뒤에 분노로 얼굴을 붉혔다.

곧장 강렬한 일격을 꽂아 넣으려 주먹을 쥐고――.

"당신은……."

스바루의 몸에 마지막 일격을 가하기 전에, 그 만신창이 몰골을 깨달은 모양이었다.

안도로 힘이 빠져서 그 자리에 주저앉은 스바루. 그 팔에 안긴 채로 렘은 스바루의 몸에 난 부상―― 어깨와 몸통, 다리에 왼손 등 다양한 상처에 말을 잃었다.

"아니, 왼손은 렘이 부러뜨린 건데 말이지?"

"그런 건 다 알아요! 하지만 그 이외에 이런 상처…… 이러면 죽어 버린다고요! 바로 치료해야……."

"소용없다."

힘없는 웃음을 띤 스바루를 본 렘이 필사적으로 호소했다. 하지만 그 호소는 미젤다의 짧고 명료한 대답에 기각되었다.

그 말의 날카로움에 무심코 렘도 "네?" 하고 고개를 들었다.

그런 렘의 시선에 미젤다는 고개를 느릿느릿 가로저었다.

"스바루의 상처는 깊어서, 치료를 한다고 나을 것이 아니다. 지금은 정신력으로 버티고 있었지만, 그것도 곧 끊어지겠지."

"끊어지다니, 그럴 수가, 갑자기 왜……!"

"——? 그야 자기 여자를 되찾았기 때문이지."

갸우뚱한 미젤다가 당연하다는 것처럼 말했다.

그 말에 렘이 "아." 하고 숨을 죽이고, 고개를 들지 못하는 스바루가 쓴웃음 지었다.

"미젤다 씨, 표현을……."

"틀린 말을 했나? 동포의 마지막 소원씩이나 되니, 우리도 온 마음을 다했다. 그럴 가치가 있는 남자다, 너는."

"하하, 황공무지로소이다……."

미젤다의 올곧은 신뢰의 말이 기쁜 반면, 밉살스럽다.

왜냐면 이들의 안목이나 말이 틀리지 않은 것은 스바루 본인이 알고 있으니까. 그래서 이 자리의 렘에게 쓸데없는 짐을 지워서 발이 무거워지게 한다.

가뜩이나 움직이기 불편한 발을, 무겁게 해 버린다——.

"왜, 왜 그런 거예요……."

고개를 들고 있을 힘도 없어진 스바루에게 렘의 목소리가 닿았다.

렘의 목소리가 떨고 있는 것과, 렘을 껴안고 있었을 텐데 어느 틈엔가 반대로 자신을 그녀의 팔이 지탱하고 있었음을 깨달았다.

렘이 연청색 눈을 일렁이며 의혹과 불신, 그리고 슬픔의 눈으로 스바루를 보고 있다.

"어째서, 당신은 그렇게까지 하는 거죠? 나를, 어째서……."

"——————."

"어째서인가요."

질문받는다. 왜, 그런 짓을 하느냐고.

이렇게 질문을, 이전에도 들은 적이 있었음을 기억한다.

소중한 아이에게, 역시 비슷하게 질문을 들어서, 스바루는 무어라 대답했던가.

기억이 애매해지고 의식이 끊어질 것 같아서 떠올릴 수 없다.

그렇기에, 눈앞의 울 것 같은 여자아이에게 마음이 가는 대로 답을 돌려준다.

"어째서."

그렇게 물었으니까.

"──네가, 행복해지길 바라서 그래."

"──────."

"웃어 줬으면, 해. ……그러면, 나는 충분해."

많은 사랑에 둘러싸여 소중한 사람들과 같은 곳에서 웃어 주길 바란다.

꽃이 핀 것처럼, 구름 한 점 없는 푸른 하늘처럼, 멀고 먼 하늘 저편에서 눈부시게 빛나는 별들처럼 웃어 주길 바란다.

그저, 웃어 주길 바라. 네가.

"──어? 잠깐, 기다려, 기다려 주세요……."

스바루의 몸에서 천천히 힘이 빠지며 늘어진다.

머리가 떨어지고 목이 그것을 지탱하지 못해 상반신이 축 쓰러진다. 그것을 반사적으로 세게 끌어당긴 렘은 자신의 바로 옆에 머리가 온 스바루에게 호소했다.

대답은, 없다.

"──동포에, 전사의 넋에 안식을."

미젤다가 등을 꼿꼿이 펴고 그 입술에서 경의와, 그것을 뒷받침하는 노래가 흘러나왔다.

미젤다의 노래에 따라 홀리와 우타카타가, 다른 슈드라크의 민족들이, 전장에서 승리의 개가를 부르던 이들이 합창하기 시작했다.

그것은 최후까지 싸워 자신의 긍지를 완수한 전사를 배웅하는 진혼가──.

"기다려, 주세요. 그런 건, 그치만, 나는 이 사람이…….."

진혼가에 전송되며 천천히 생명을 놓으려는 스바루. 그런 스바루의 편안한 얼굴을 보면서 렘이 고개를 도리도리 저었다.

이유는 모르겠다. 의미도 모르겠다.

들을 말도, 결국 렘이 듣고 싶은 의문의 답이 되지 못했다.

그렇지만 이대로는 그것을 영원히 잃어버릴 거라 알아서──.

"부탁해, 이런 곳에서, 죽지 마요, 죽지 마요, 죽지 마요…….."

견디기 어려운, 끔찍한, 본능적으로 기피하고 싶어지는 냄새를 두른 채로 끝까지 렘을 보듬는 눈으로 보던 남자를, 여기서 잃어서는 안 된다고 영혼에 호소한다.

그 호소대로, 렘은 입술을 깨물고 구원을 원하여──.

"아─우─?"

별안간, 어린아이의 옹알대는 소리와 함께, 자신의 어깨에 손이 얹힌 것을 느꼈다.

"──아."

눈물이 고인 눈으로 돌아보니, 렘의 어깨에 손을 얹은 것은 금빛 머리의 소녀다. 그녀는 멍한 표정을 지은 채로 의식이 없는 스바루를 바라보고 있다.

그대로. 소녀는 "우아우." 하고 옹알대고.

"이건······."

스르륵. 따뜻한 감각이 소녀가 만진 어깨를 통해 렘에게 흘러들었다.

그것은 부드럽고, 가슴속이 슬금슬금 간지러워지는 감촉으로, 렘은 자신의 호흡이 답답해지며 어느덧 뺨에서 눈물이 흐르는 것을 참을 수 없었다.

그리고 열은 맞닿은 소녀의 손바닥을 타고 렘을 넘쳐나와, 그대로──.

"────."

단단히 껴안고 있는, 당장에라도 생명을 놓기 직전의 스바루의 몸에 흘러들었다.

"──오호라, 치유 마법인가. 이것은 나도 미처 생각하지 못했군."

"어······?"

무슨 일이 일어났는지, 자기 자신을 알지 못한 채로 있던 렘의 귀를 남자의 목소리가 때렸다. 고개를 드니 팔짱을 낀 검은 머리의 남자가 눈을 가늘게 뜨며 바라보고 있었다.

그 얼굴에 물어보려고 입술을 열려던 순간──.

"입을 다물고 있어라, 여자. 너에게도 무의식적인 그것은, 조

건이 갖추어졌기에 발동한 일종의 기적이다. 긴장을 풀면, 발동이 끊어져 효과를 잃는다."

"_____ ."

"의문도 분노도, 눈앞의 일을 정리한 뒤에 해라. 기회를 헛되이 하지 마라."

남자의 말에는 부정하기 어려운 무게가 있어서, 렘은 대꾸하려는 입을 다물었다.

그리고 남자의 말대로 품속에 있는 스바루의 몸에 열을 보내는 데 집중했다.

이것이, 대체 어떤 효능이 있는 열인지는 렘도 모른다. 다만 품속에서 사라져갈 뿐이던 숨이 희미하게 힘을 되찾고 있다.

그거면, 지금의 렘에게는 충분했다.

"지금은, 아직, 당신이 무엇인지 저에게는 모르겠습니다. 하지만."

거기서 말을 끊고, 다음 말을 망설이다가 렘은 눈을 감았다.

행복해지길 바란다고, 그렇게 들은 말은 거짓이 아닌 것처럼 들렸기에.

"살아 있지 않으면, 내가 웃는 모습도 볼 수 없다고요."

그렇게 속삭이듯이 호소했다.

10

──치유의 빛이 발동하고 나츠키 스바루의 치명상이 아물어

간다.

"————."

팔짱을 끼고 그것을 내려다보면서 남자—— 빈센트 아벨쿠스라고 이름을 밝힌 인물은 끊어지려던 생명을 부지한 스바루에게 탄식했다.

참으로 악운이 강한 남자라고 생각한다. 다 죽어가는 상태로 슈드라크의 민족의 마음을 거머쥐고, 그런 다음에 되찾고 싶은 것을 되찾은 끝에, 자신의 생명까지 건진 것이다.

설마, 저 파란 머리 소녀—— 렘을 되찾으면 자기 생명을 구할 수 있다고 타산적으로 생각했을까도 추측할 수 있지만.

"그렇게 요령이 있으면, 우선 부러진 왼손의 손가락을 고쳤겠지."

렘에게 부러진 손가락도 놔두고서 피와 진흙으로 범벅되며 여자의 탈환을 소원한 남자다.

정말이지 풍문으로 듣는 '영웅' 의 편린은 티끌만큼도 없는 남자였다.

"숨을 거둘 남자에게 마지막으로 줄 선물로 삼을 작정이었지만…… 살아남는다면, 그건 그거대로 좋지."

얼굴을 가리는 감각을 잃어 오랜만에 바람을 맞은 민낯을 만지면서 남자는 눈을 가늘게 떴다.

나츠키 스바루는 목숨을 건지고, 슈드라크의 민족과의 혈맹은 맺어졌다. 아무래도 진지의 제국병들은 아무 말도 듣지 못한 모양이지만, 그것도 예측 범위 내다.

아직, 이 땅의── 아니, 이 제국 내 태반의 사람이 깨닫지 못했다.

강국인 신성 볼라키아 제국에 찾아든, 전대미문의 정변을.

하지만──.

"재상 벨스테츠, 돌아선 구신장. 그리고 정점을 모르는 어리석은 제국병들이여."

열기를 띤 바람이 부는 언덕 위, 남자── 아벨은 아득한 서쪽, 제도 쪽으로 돌아섰다.

신성 볼라키아 제국의 중심, 제도 루프가나. 탈환해야 할 옥좌가 있는 땅──.

"──나의 귀환을 떨면서 기다려라."

그리고──.

"기왕 살아남은 것이다. 따라와 주어야겠다, 나츠키 스바루. ──내 손에, 볼라키아 제국을 되찾기 위해서."

후기

안녕하세요, 나가츠키 탓페이입니다! 네즈미이로네코입니다!

그렇게 되어서 파란의 제7장이 시작되었습니다! 작가가 봤을 때도 참 오랫동안 논렘 수면 상태로 두었던 캐릭터(무의미한 배려)가 눈을 떠서 여러 가지로 새롭게 재미있는 시도를 하고 싶은 의욕적인 장이 됩니다.

어디가 어딘지 모르는 채로 잇달아 일어나는 사태에 농락당하는 스바루와 마찬가지로, 여러분도 조마조마한 기분을 맛보아 주셨을까요? 실은 작가도 이야기의 전개와는 또 다른 방향에서, 꽤 조마조마한 상태였던 것이 이번 26권입니다.

여기까지 함께해 주신 여러분은 아시다시피, 이 작품은 현재 진행형으로 웹 쪽도 갱신 중…… 그 웹과 서적의 차이가, 드디어 소멸했습니다!

즉, 이후 리제로의 전개를 아는 이는 작가와 신뿐!

이후의 리제로는 미지로 가득! 여러분 부디 기대해 주시라!

작가는 조마조마가 지속됩니다만!

그렇게 한숨 돌리기도 필사적인 상황 속에서, 늘 하는 감사의 말로 옮기도록 하겠습니다!

담당자 I 님, 이번의 저 이상으로 조마조마한 진행이었으리라 생각합니다. 최근, 내내 힘들다 힘들다 말하고 있으니 슬슬 만회하고 싶네요! 감사합니다!

일러스트의 오츠카 선생님께는 이번에 『슈드라크의 민족』을 비롯해서 성질이 다른 디자인을 여럿 해 주셔서 감사합니다! 정말로 시간이 없는 가운데, 작업을 부탁드려서 죄송합니다. 하지만 제국은 아직 신 캐릭터가 더 나옵니다! 잘 부탁드리겠습니다!

디자인의 쿠사노 선생님, 밀림 속에 옥좌를 두고 의기양양해하는 황제와 아마조네스…… 문자로 표현하면 영문을 모를 상황을, 멋지게 보여 주셔서 감사합니다! 신장으로 돌입할 때마다 어떤 테이스트를 가지고 오실지 매번 기대하고 있습니다!

만화판 관계로도, 「월간 코믹 얼라이브」에서 아토리 선생님 &아이카와 선생님의 4장 만화판과, 노자키 츠바타 선생님의 『검귀연가』가 절찬 연재 중! 「만화 UP!」에서는 츠카하라 미노리 선생님의 『빙결의 인연』이 클라이맥스! 여러분, 늘 감사합니다!

그리고 MF 문고 J 편집부 여러분, 교열 담당자님과 각 서점의 담당자님, 영업 담당자님과 많은 분들께 신세를 지고 있습니다. 앞으로도 부디 잘 부탁드립니다!

그리고 TV 애니메이션 2기의 제작에 관여해 주신 여러분, 와타나베 감독님을 비롯한 모든 분께 감사를 표합니다. 리제로 중에서도 손꼽히게 어려운 에피소드, 여러분의 열량으로 멋진 애니메이션이 되었습니다. 감사, 대감사합니다!

그리고 그리고 끝으로, 항상 응원해 주시는 독자 여러분께 최대의 감사를!

나츠키 스바루가 가장 많이 죽은 6장이 끝나고, 새로운 고난의 7장, 부디 기대하시길!

그럼 다시, 다음 권에서 만나 뵐 수 있기를! 고마워요!

2021년 3월
《더더욱 기합을 넣고 이야기를 엮을 결의와 함께》

스바루

"자, 그렇게 되어서 다음 회 예고 타임! 여기는 늘 하는 리제로의 다양한 정보를 전하는 코너야. 그렇다고는 해도 렘은 막 병석에서 일어난 몸이니까. 자세한 부분은 나에게 맡기고 자리만 딱 지켜 주면 돼!"

"뭐? 멋대로 말하지 마세요. 일은 일. 그건 지금의 나라도 아니까요. 애당초, 당신에게 의지하는 건 말도 안 됩니다."

"으극! 뭐, 뭐어, 렘이 그렇게 긍정적인 것은 좋은 일이야, 좋은 일! 알았다고, 렘. 너의 사회 복귀를 위해서, 나도 최대한 협력을……."

"바라지 않습니다. ……저기, 빨리 본론으로 들어가는 편이 좋지 않을까요?"

"그렇죠! 그럼, 소식 전하겠습니다! ——우선, 이 이야기의 다음 권, 27권은 7월 발매 예정이다. 내용은 현재 후기에 따르면 신과 작가밖에 모른다나 봐."

"그건 꽤 계획이 미흡한 이야기로군요. ……이 권에서는 당신에게 이래저래 휘둘렸으니, 다음 권에는 그러지 않았으면 좋겠는데요."

"어라?! 나와 인식이 다르네? 내가 휘둘렸던 기분인데……."

"그리고, TV 애니메이션 시즌 2 방송이 무사히 끝났습니다. 세상에 큰일이 난 상황에서 많은 분들의 진력이 있어서 좋은 애니메이션이 되었다 생각합니다."

"그래, 그건 틀림없어. 렘이 잠들어 버린 뒤의 모두가 우왕좌왕하며 정신없었지만, 마지막에는 하나로 뭉칠 수 있었지! 이제 렘만 돌아와 주면……."

"————."

Re: Life in a different world from zero

Rem
렘

Rem

"이크, 아니, 아니야. 보채는 거 아니거든? 슬로 템포, 마이페이스, 자신에 맞춘 리스타트로 해 가자. 그래, 제로부터!"

"왠지 모르겠습니다만 엄청나게 울컥했습니다. 나머지는…… 『Re:제로부터 시작하는 이세계 생활』의 PC 브라우저 게임이 발표된다고 합니다."

"타이틀은 『금서와 수수께끼의 정령』! 듣기로는, 본편 미등장인 오리지널 캐릭터와 리제로 세계 를 대모험하는 이야기라더군. 기대하시라는 거지!"

"일단, 받은 소식은 이걸로 전부입니다. ……후우."

"오? 안심해서 한숨 쉬었다는 말은, 꽤 긴장했던 듯? 뭐야, 역시 렘도 귀여운 구석이 있지 않……."

"뭐? 쓸데없는 말 하지 마세요. 배려를 할 줄 모르는 사람이네요."

"그 소리 들으면 푹 찔리네! 끄으으…… 모두가 없는 이 상황은 힘들어. 다음 권에서 뚝딱 에밀 리아땅 일행이랑 합류할 수 없을까……."

"뭘 중얼중얼…… 불안한 것은 내 쪽인데."

"응? 지금, 무슨 말 했어?"

"──아무 말도 하지 않았습니다. 저리 가세요. 냄새 나니까."

"가슴을 확 후비네!"

※일본어판 발매 당시 내용입니다.

Re:제로부터 시작하는 이세계 생활 26

2021년 07월 20일 제1판 인쇄
2022년 10월 31일 제2쇄 발행

지음 나가츠키 탓페이 | **일러스트** 오츠카 신이치로

옮김 정홍식

발행 영상출판미디어(주) | **등록번호** 제 2002-000003호
주소 21315 인천광역시 부평구 부평대로 283 A동 702호
전화 032-505-2973(代) | **FAX** 032-505-2982

ISBN 979-11-380-0333-9
ISBN 979-11-319-0097-0 (세트)

구매 시 파손된 도서는 구매처에서 교환하실 수 있습니다.
기타 불편사항, 문의사항이 있으신 독자님께서는 노블엔진 홈페이지 [http://novelengine.com] 에서
Q&A 게시판을 이용해 주시기 바랍니다.

노블엔진(NOVEL ENGINE)은 영상출판미디어(주)의 라이트노벨 및 관련서적 브랜드입니다.

나가츠키 탓페이
관련작 리스트

◆

본편 소설 제7장 스타트!

소설, 만화, 애니메이션──

인기 이세계 판타지, 【리제로】가

마침내 **모바일 게임**으로 등장!

만화 최신간

Re:제로부터
시작하는 이세계 생활
공식 앤솔로지 코믹 2권
(원작 : 나가츠키 탓페이)

2021년 8월 1일 출간!
그 밖에도 다양한
관련 서적이 출간 중!!

Re:제로
Re: Life in a different world from zero
부터 시작하는 이세계 생활
Lost in Memories

운명에 저항하다!
다시 시작하는 이세계 생활

제15회 MF문고J 라이트노벨 신인상《최우수상》수상작
2021년 7월부터 애니메이션 방영!

탐정은 이미 죽었다

1~4

◆

애니메이션 방영작

고등학교 3학년인 나, 키미즈카 키미히코는 한때 명탐정의 조수였다.

──"너, 내 조수가 되어줘."

시작은 4년 전, 지상 1만 미터 위의 상공. 하이재킹을 당한 비행기 안에서 나는 천사 같은 탐정 시에스타의 조수로 선택되었다.

그로부터 3년, 우리는 눈부신 모험극을 펼쳤고── 죽음으로써 헤어졌다. 홀로 살아남은 나는 일상이라는 이름의 현실에 빠져 안주하고 있었다. ……그걸로 괜찮냐고?

괜찮고말고.

다른 사람에게 피해를 주는 것도 아니니까.

그렇잖아? 탐정은 이미, 죽었으니까.

니고 쥬우 지음 | 우미보즈 일러스트 | 2021년 8월 제4권 출간
청춘의 상상, 시동을 걸어라!